W0225210

À PROPOS DE L'AUTRICE

Originaire du Pays de Galles, Ella Matthews aime ancrer ses histoires dans les magnifiques paysages de sa terre natale. C'est en lisant elle-même des romances historiques Harlequin qu'elle a eu envie d'écrire, et nous offre aujourd'hui des romans aussi palpitants qu'inoubliables !

Le baiser du chevalier

ELLA MATTHEWS

Le baiser du chevalier

Traduction française de
ANNIE LEGENDRE

Les Historiques

HARLEQUIN

Collection : LES HISTORIQUES

Titre original :
SECRETS OF HER FORBIDDEN KNIGHT

© 2022, Ella Matthews.
© 2023, HarperCollins France pour la traduction française.

Ce livre est publié avec l'autorisation de HARLEQUIN BOOKS S.A.

Tous droits réservés, y compris le droit de reproduction de tout ou partie de l'ouvrage, sous quelque forme que ce soit.
Toute représentation ou reproduction, par quelque procédé que ce soit, constituerait une contrefaçon sanctionnée par les articles 425 et suivants du Code pénal.

Si vous achetez ce livre privé de tout ou partie de sa couverture, nous vous signalons qu'il est en vente irrégulière. Il est considéré comme « invendu » et l'éditeur comme l'auteur n'ont reçu aucun paiement pour ce livre « détérioré ».

Cette œuvre est une œuvre de fiction. Les noms propres, les personnages, les lieux, les intrigues sont soit le fruit de l'imagination de l'auteur, soit utilisés dans le cadre d'une œuvre de fiction. Toute ressemblance avec des personnes réelles, vivantes ou décédées, des entreprises, des événements ou des lieux serait une pure coïncidence.

Le visuel de couverture est reproduit avec l'autorisation de :

HARLEQUIN BOOKS S.A.

Tous droits réservés.

HARPERCOLLINS FRANCE
83-85, boulevard Vincent-Auriol, 75646 PARIS CEDEX 13
Service Lectrices — Tél. : 01 45 82 47 47 - www.harlequin.fr
ISBN 978-2-2804-8911-9 — ISSN 1159-5981

Composé et édité par HarperCollins France.
Imprimé en avril 2023 par CPI Black Print (Barcelone)
en utilisant 100% d'électricité renouvelable.
Dépôt légal : mai 2023.

FSC
www.fsc.org
MIXTE
Papier issu de sources responsables
FSC® C159065

Pour limiter l'empreinte environnementale de ses livres, HarperCollins France s'engage à n'utiliser que du papier fabriqué à partir de bois provenant de forêts gérées durablement et de manière responsable.

Chapitre 1

Côte sud de l'Angleterre, hiver 1337

Johanne mit sa monture au pas et, d'un geste de la main, fit signe à Gemel de ralentir.

Devant eux, le sentier cerné par d'épais taillis amorçait un tournant qui empêchait d'y voir plus loin. C'était l'endroit parfait pour une embuscade.

— Il y a quelque chose au milieu du chemin là-bas, juste devant nous, chuchota-t-elle en tapotant l'encolure de sa monture pour l'apaiser. Avec toute cette pluie, il est difficile de bien y voir, mais je jurerais que ce n'était pas là ce matin.

Gemel tendit le cou.

— Qu'est-ce que cela peut être ?

— On dirait un corps… Un homme, d'après sa taille.

— Laissez-moi aller voir, milady.

Les sabots du cheval de Gemel se mirent à piétiner l'herbe impatiemment. Il s'apprêtait à la dépasser mais, de nouveau, elle leva la main. Elle était le chef, et lui, son lieutenant. Plus simplement son régisseur, en fait, car il y avait beau temps qu'il n'y avait plus d'homm 2022, Ella Matthews es d'armes dignes de ce nom à Castle Brae. Si elle voulait se faire respecter, pas question de montrer le moindre signe de faiblesse. Surtout dans ces temps troublés où la guerre avec les Français pouvait éclater d'un moment à l'autre[1]. Dieu sait quel piège pouvait attendre l'insouciant ! Son défunt mari lui avait appris au moins une chose. Le chef doit toujours contrôler la situation, quelle qu'elle soit.

— Milady, si c'est bien du corps d'un homme qu'il s'agit, nous ferions mieux de rebrousser chemin. Il y a d'autres routes…

Gemel amorçait déjà une volte avec son cheval mais Johanne secoua la tête. Étant donné son immobilité, l'homme en question était probablement déjà mort. Et un meurtre si près de Castle Brae n'était pas à prendre à la légère.

— Je vais y voir de plus près.

Ignorant la protestation étouffée de Gemel, elle poussa sa jument en avant sans se soucier de la pluie qui s'engouffrait sous le capuchon de sa houppelande.

Vu de plus près, il s'agissait bien d'un homme. D'une stature particulièrement imposante, au demeurant. Johanne l'examinait du haut de sa jument, regardant la pluie ruisseler sur le front et les joues de l'inconnu. Il était d'une immobilité de pierre, mais elle crut percevoir un souffle léger soulever sa cage thoracique.

— C'est bien un homme ! cria-t-elle par-dessus son épaule. Et plutôt bien nanti, à en juger par ses vêtements. Il a l'air de respirer. Mais difficile d'en être sûre. Je descends…

1. Nous sommes en effet à la veille de ce qu'on appellera plus tard la guerre de Cent Ans (24 mai 1337- 9 octobre 1453). Longue période de conflits ponctués de trêves, elle est provoquée par la revendication de la Couronne de France par le roi d'Angleterre Édouard III au détriment du roi de France Philippe VI. Cela fait des décennies que les Plantagenêts et les Capétiens se querellent pour la possession des fiefs de Guyenne, dont la capitale est Bordeaux.

Elle s'apprêtait à sauter de son cheval quand un cri de Gemel la retint.

— Ne faites pas ça, milady ! s'exclama-t-il d'une voix effrayée. C'est peut-être un piège.

Pivotant sur sa selle, Johanne scruta la rangée d'arbres qui bordaient le chemin de part et d'autre. Mais la pluie brouillait le paysage. Tout semblait calme. Aucun bruit ne leur parvenait des alentours. Même les oiseaux s'étaient arrêtés de chanter.

— Bah ! Il s'agit probablement d'un ivrogne, grommela Gemel. Qu'il cuve son vin dans la boue si ça lui chante. Ça m'étonnerait que quelqu'un s'inquiète pour lui.

Mais Johanne ne l'écoutait plus. Pas question de laisser quelqu'un mourir seul sans essayer de le tirer d'affaire. Cette fois, elle glissa de sa selle sans un regard en arrière.

— Milady ! cria son intendant. Je n'aime pas ça. Remontez sur Heled et fichons le camp d'ici.

Mais Johanne, tenant sa jument par les rênes, avançait d'un pas décidé sur l'homme effondré dans la boue du chemin. Elle se pencha lentement sur le long corps étendu, prête à bondir en selle et à s'enfuir au triple galop au moindre signe d'une embuscade.

L'homme respirait à peine. Elle lui enfonça doucement l'extrémité de sa botte dans les côtes, sans obtenir de réaction. Elle recommença, avec plus d'énergie. Toujours rien.

Johanne s'accroupit. Si près, on pouvait distinguer une barbe naissante sur les joues du blessé. Ses cheveux, épais et d'un noir d'ébène, étaient plaqués sur son front par la pluie, son manteau était détrempé. À l'évidence, il ne venait pas de se jeter sur le sol dans l'espoir de surprendre d'innocents voyageurs. Cela faisait déjà un bon moment qu'il était allongé là. Elle nota du coin de l'œil la boucle d'argent de sa ceinture, indubitable signe de richesse.

Elle se pencha sur lui. Oui, l'inconnu vivait encore.

Mais ses lèvres arboraient une inquiétante couleur bleue. Johanne effleura son front du bout des doigts.

Une main d'acier se referma brutalement sur son poignet, la serrant si fort qu'elle eut l'impression d'être brûlée au fer rouge. Elle se débattit, en vain.

Deux yeux sombres la dévisageaient sous d'épais sourcils.

— Un ange venu du ciel, murmura l'homme d'une voix rauque.

Puis ses paupières battirent, il ferma les yeux et sa main retomba à son côté.

Johanne se frotta le poignet, les larmes aux yeux. Pour quelqu'un qui était à moitié mort, l'animal avait encore une sacrée poigne.

— Milady ! appela Gemel, qui avait mis pied à terre et avançait à pas lents, sa dague en avant. Êtes-vous blessée ?

Johanne, prise d'un soudain élan protecteur, effleura de nouveau le front de l'étranger.

— Il ne voulait pas me faire mal. Il me prenait pour un ange du paradis.

Gemel eut un petit rire. Il avait laissé retomber son bras armé mais il était toujours prêt à bondir.

— Le pauvre, s'il savait ! Sauf votre respect, milady, vous feriez un drôle d'ange pour accueillir là-haut toutes ces pauvres âmes !

Johanne sourit à la plaisanterie de Gemel. Le brave homme avait raison. Quant au blessé, il devait être bien mal, pour l'avoir prise pour un ange. Depuis la mort de son époux, c'est au diable qu'on avait plus souvent comparé la dame de Castle Brae ! Peu lui importait, du reste. Dans un monde régi par les hommes, il valait mieux susciter la peur que la concupiscence ou la pitié. Même si jouer ce rôle était parfois bien pesant.

— Il faut le porter au château. Vite !

Cette fois, son régisseur ne discuta pas. Maintenant

qu'ils étaient devant le corps, il était évident que le blessé ne représentait aucun danger. Et même Gemel, toujours très méfiant, ne rechignait jamais, en bon chrétien qu'il était, à aider un homme dans le besoin.

— Nous allons le hisser sur le dos de Maldwyn, décréta Johanne. Heled serait incapable de supporter un tel poids.

Se penchant en avant, Gemel souleva l'homme tant bien que mal par les épaules.

— Bon sang ! Il est aussi lourd qu'un âne mort.

Johanne rit doucement en s'emparant des deux jambes de l'inconnu. On aurait dit deux solides troncs de bouleaux, longs, souples et fermes. Elle agrippa fermement les cuisses musclées, bien décidée à ne montrer aucune faiblesse.

L'homme se laissait porter, aussi lourd et rigide qu'un sac chargé de plomb. Même le cheval de Gemel, pourtant un solide étalon de huit ans, vacilla sur ses jambes quand on lui jeta cette charge humaine sur l'échine. Mais, parfaitement éduqué, il n'essaya pas de se débarrasser de cet importun fardeau.

— Tiens ! s'exclama Gemel. Qu'est-ce que c'est que ça ?

Une fine corde de chanvre, à peine visible au travers du rideau gris de la pluie, était tendue au travers du chemin.

Johanne s'avança de quelques pas.

— C'est un piège, à n'en pas douter. Il y a du sang… Mais ce n'est pas celui de notre blessé. Il ne saigne pas. Peut-être celui de son cheval qui, libéré de sa charge, est reparti chez lui au galop ? Un tel obstacle peut mettre un homme à bas…

Elle parcourut le chemin du regard. Aucun signe nulle part d'un animal blessé.

— Nous n'avons pas le temps de partir en quête d'un cheval, dit Gemel, aussitôt approuvé par Johanne.

S'il s'agissait d'une embuscade, ses auteurs pouvaient

être là, tapis dans les sous-bois. De nouveau, elle scruta les taillis épais.

— Pensez-vous que ce soit l'œuvre de Morcant ? Pouvait-il savoir que je passais par ici aujourd'hui ?

Gemel, occupé à couper la corde avec son coutelas, opina du chef.

— Dieu seul le sait, milady. C'est possible... Mais nous avons intérêt à ouvrir l'œil. À mon avis, vaudrait mieux laisser cet individu là où nous l'avons trouvé. Ce serait un complice de notre fichu voisin que ça ne m'étonnerait pas.

— À moins qu'il n'ait été pris au piège que Morcant avait dressé à notre intention.

— Ce n'est pas pour autant que vous êtes responsable de l'état dans lequel se trouve ce pauvre diable, milady.

— Si nous le laissons là, il va mourir.

Gemel eut un bref hochement de tête.

— Et nous devrions en répondre devant Dieu, soupira-t-il. Dans ce cas, dépêchons-nous de rentrer.

Johanne se remit en selle sur sa jument tandis que Gemel conduisait par la bride son cheval lourdement chargé.

— Castle Brae a besoin d'hommes forts, expliqua-t-elle tandis qu'ils achevaient leur trajet de retour, un homme jeune et de ce gabarit peut être un solide atout.

Elle ne put saisir la réponse de son régisseur dans le vent et la pluie, mais d'après la raideur de sa nuque, elle savait qu'il ne partageait pas son point de vue. Aucun doute qu'il serait ravi de voir l'étranger quitter les lieux une fois guéri. Mais ce n'était pas à lui de décider. Depuis la mort de son tyran de mari, toutes les décisions concernant la maison forte appartenaient à la maîtresse du domaine. Et elle n'avait pas l'intention d'y changer quoi que ce soit. En tout cas, pas avant que son unique fils ait atteint sa majorité. Ce qui n'était pas avant longtemps, étant donné l'âge de l'enfant. D'ici là, elle mettrait tout en œuvre pour préserver l'héritage de son fils. Et si cela impliquait de sa part rudesse et abus d'autorité, qu'il en soit ainsi. Du vivant de Badon, elle avait observé ses manières de faire et elle avait vite compris que le meilleur moyen de garder le pouvoir, c'était de paraître toujours contrôler la situation. Pas question de perdre son temps à répondre aux invitations de ses voisins, en se montrant sous son meilleur jour, si ce n'était pour conclure des alliances avec ceux qui pouvaient lui être utiles.

Quand ils avaient trouvé l'inconnu au milieu du chemin, Gemel et elle étaient presque arrivés au château. Mais la pluie incessante avait transformé le chemin en bourbier, ce qui ralentissait considérablement leur marche. L'homme ne bougeait toujours pas, malgré l'inconfort de sa position, jeté comme il était au travers de la selle. Il ne réagit même pas quand le cheval de Gemel trébucha, manquant tomber, et que le régisseur s'étala dans la boue avec un fort juron.

Après cela, Johanne mit pied à terre et aida Gemel à conduire les deux chevaux.

Jamais elle ne l'aurait admis, mais quand ils furent enfin en vue de Brae, elle commençait à regretter d'avoir recueilli l'étranger. Elle était trempée jusqu'aux os et de longs frissons lui remontaient le long du corps.

Elle n'avait plus qu'une envie : se réfugier dans l'intimité de sa chambre, se dévêtir, aidée de sa chambrière et se plonger dans un grand baquet d'eau chaude devant une bonne flambée. Mais en tant qu'hôtesse, il lui revenait de s'occuper d'abord de son invité, de lui trouver un lit et de lui procurer les soins que son état exigeait.

— Nous le mettrons dans la chambre au-dessous de la mienne, décréta-t-elle tandis qu'ils s'arrêtaient dans la cour.

— Êtes-vous certaine que ce soit bien raisonnable ?

— C'est la seule qui possède un verrou qu'on puisse tirer de l'extérieur.

Gemel, visiblement contrarié, lança un long jet de salive sur le sol. Il n'était guère d'usage qu'un parfait inconnu s'installe si près de la châtelaine alors que la plupart des habitants de la place forte dormaient dans la grande salle de garde.

Mais il ne protesta pas. Sans doute était-il épuisé, lui aussi. Le trajet avait été éreintant et les lignes dures de son visage, comme taillé à la serpe, disaient son âge.

Il avait passé quarante ans et elle allait devoir l'épargner un peu. Mais c'était difficile. Il y avait peu de gens, au château, en qui elle put avoir une si totale confiance, même si elle ne lui confiait pas tout. L'essentiel, c'était qu'il la croit aussi forte qu'elle en avait l'air.

Une fois arrivés dans la cour intérieure, déserte à cause du mauvais temps, ils entreprirent de décharger le cheval de Gemel de son passager. Johanne, les muscles bandés, les doigts crispés sur sa charge, se sentait prête à laisser tomber le blessé d'une seconde à l'autre, mais ils parvinrent tant bien que mal à leurs fins. Gemel n'eut plus qu'à traîner l'homme par les aisselles jusqu'à la chambre qui s'ouvrait sur la salle de garde de l'entrée, elle aussi vide à cette heure de la journée.

— Demandez à Mary de m'apporter des draps propres et une courtepointe, intima Johanne quand ils furent enfin parvenus à étendre le blessé sur le matelas rempli de paille fraîche.

— Vous ne devriez pas rester seule avec lui, milady. Il aurait vite fait de vous écraser comme une mouche.

— Enfin, Gemel ! protesta Johanne en se redressant de toute sa haute taille. Vous voyez bien que ce pauvre homme est incapable de se mouvoir. Je ne risque rien, je vous assure.

Gemel se haussa à son tour du mieux qu'il put sur ses courtes jambes et l'affronta du regard. Les secondes s'étirèrent en une longue minute tandis que Johanne dévisageait son homme de confiance sans ciller. Elle sentit les battements de son cœur s'accélérer. Tout allait-il s'écrouler comme un château de cartes ? Le moment était-il venu où son autorité allait être définitivement remise en question ? Cela pouvait arriver d'un jour à l'autre, elle le savait. Elle s'y préparait depuis longtemps. De son vivant, Badon ne lui avait guère manifesté de respect et voir tout le monde au château se plier à ses moindres désirs depuis qu'elle était devenue la châtelaine était toujours pour Johanne source d'étonnement. Quelqu'un finirait bien par la percer à jour et s'apercevoir que sous ses airs bravaches, il lui arrivait de trembler comme une feuille.

Mais pas question de perdre la face pour un motif aussi futile. Ce serait par trop humiliant.

Elle soutint froidement le regard vairon de Gemel, qui finit par baisser les yeux. Tournant les talons, il s'empressa d'obtempérer.

Johanne garda sa posture de commande jusqu'à ce que le bruit des pas de son intendant se fût éteint dans le corridor de pierre. Puis, quand elle fut certaine d'être seule, mis à part l'homme inconscient allongé devant elle, elle exhala un long souffle tremblant.

Gemel avait raison. Si l'homme reprenait connaissance et se montrait agressif, il pourrait lui tordre le cou en moins de temps qu'il n'en faut pour le dire. Mais il n'avait quasiment pas bougé pendant tout le chemin et, à le voir allongé sur sa couche, aussi figé qu'un gisant de pierre, il était peu probable qu'il fut sur le point de sortir de sa torpeur.

C'était la première fois que Gemel la défiait. Et il fallait bien le reconnaître, il avait raison. Mais jamais il n'aurait osé adopter une telle attitude devant Badon. Et jamais Badon n'aurait toléré la moindre hésitation, la moindre réticence à obéir à ses ordres. Il aurait jeté le pauvre homme dans l'escalier du donjon et l'aurait congédié à jamais. Mais pas question pour elle d'humilier un serviteur afin de mieux le soumettre à ses volontés. Même si elle tenait à se faire respecter.

Comme il est dur, parfois, soupira-t-elle *in petto*, de trouver la juste mesure.

Bah ! À quoi bon ressasser les mêmes soucis ? Autant se rendre utile. Elle avait là, sous les yeux, un homme qui souffrait et avait besoin de ses soins.

Johanne s'assit avec précaution au bord du lit sur lequel l'inconnu reposait. Dans le silence de la pièce, bien protégée par les murs épais du donjon, elle pouvait entendre sa respiration, régulière mais faible. Elle posa sa main sur son front. Il était toujours froid comme la glace mais à première vue, son hôte forcé ne souffrait d'aucune blessure ouverte. Aucune trace de sang ne souillait son habit et, à moins qu'il soit atteint de graves contusions internes ou n'ait attrapé quelque fièvre pernicieuse, il devrait survivre.

Johanne parcourut le corps de l'homme d'un regard hésitant. Elle ne se trompait pas en supposant qu'il s'agissait d'un riche bourgeois ou d'un homme de Cour. L'étoffe de son manteau était de laine fine et le torque d'argent qu'il portait autour du cou était décoré d'oiseaux ciselés et serti de pierres semi-précieuses.

Quand elle lui retira le bijou, les cheveux mi-longs du blessé caressèrent le dos de ses doigts. Elle se redressa aussitôt, étrangement troublée. Quelle sotte elle faisait ! Elle ne pouvait tout de même pas le laisser ainsi trempé. Son manteau humide s'ouvrit sur une fine chemise de lin qui lui collait à la peau, soulignant les muscles de son torse.

Johanne déglutit péniblement.

Non qu'elle n'ait jamais vu un homme nu, bien sûr.

Badon, fier de son corps musclé, aimait à parader torse nu et saisissait la moindre occasion de s'exhiber.

Et elle était habituée à voir déambuler des hommes nus jusqu'à la ceinture dans la cour ou aux champs. Mais aucun n'avait un corps si bien proportionné et une peau… si douce. Debout et en bonne santé, l'inconnu devait offrir un spectacle de choix.

D'elle-même, la main de Johanne se tendit pour souligner d'une caresse les contours de ce buste d'athlète. Mais elle la retira vivement. Ôter au blessé ses vêtements trempés pour qu'il n'attrape pas la mort était une chose. Mais le caresser, ça non. Elle n'avait pas le droit.

La porte de la chambre s'ouvrit brusquement et Johanne, comme prise en faute, bondit sur ses pieds. Mary traversa la pièce d'un pas vif et alla jeter quelques fagots dans le feu. Puis, s'approchant du lit, elle enveloppa l'étranger d'un regard curieux.

— Oh ! Voilà un bel homme, si je m'y connais ! s'exclama-t-elle avec sa manière de parler enjouée et sans façon. Il ferait bien dans mon lit pour me réchauffer la nuit.

Johanne résista à l'impulsion de recouvrir le blessé de la courtepointe que la chambrière venait de jeter au pied du lit.

— Allume le feu, Mary, au lieu de dire des bêtises.

Johanne s'aperçut, le rouge aux joues, qu'elle aurait voulu jeter la servante dehors et garder l'étranger pour elle seule. Ce qui était absurde, conclut-elle tout en se débattant avec les liens qui fermaient la tunique détrempée. Ce n'était pas parce qu'elle l'avait sauvé qu'elle avait le moindre droit sur lui.

— Quand le feu aura pris, viens donc m'aider à le déshabiller. Il pèse aussi lourd que toutes les balles de paille de la grange réunies.

— Bien volontiers, milady.

Tout bien considéré, garder à Brae cet étranger au seul titre qu'il était bien bâti et qu'il pourrait aider aux tâches quotidiennes et à la défense du château n'était peut-être pas une si bonne idée. Peut-être devrait-elle se débarrasser de lui au plus vite. Même inconscient, il suscitait chez elle un comportement tout à fait inhabituel. Elle réfléchirait à la question à tête reposée mais la réponse semblait s'imposer d'elle-même. À condition qu'il se réveille de sa torpeur, bien sûr.

S'il mourait avant l'aube, la situation serait réglée.

Alewyn reprit lentement connaissance, le crâne douloureux et le corps aussi perclus de courbatures que s'il avait dû combattre un bataillon entier de soldats français.

— Êtes-vous réveillé ? murmura une voix de femme à son oreille.

Il s'arrêta de respirer. Que s'était-il passé cette nuit ? Il n'avait pas le souvenir d'avoir partagé sa couche avec une femme. Avait-il trop bu la veille au soir pour se souvenir de ses actes ? Mais non. Il était sur les chemins, en route pour Dieu sait où. Sur l'ordre de son chef, Benedictus. Il était en mission, ce qui signifiait qu'il n'avait certainement pas le temps de courir les filles ni de s'enivrer.

En tout cas, pas s'il voulait tenir la promesse qu'il s'était faite à lui-même.

— Vous êtes réveillé, je le vois bien. Vos paupières frémissent. Savez-vous où vous êtes ?

La voix continuait à l'interroger mais il n'avait pas la force de répondre.

— Savez-vous ce qui s'est passé avant que vous soyez blessé ?

Non, décidément, il n'avait pas mis cette femme dans son lit. Il n'aimait pas les enquiquineuses. Et Dieu sait que les femmes savaient y faire, dans ce domaine ! Alewyn essaya de nouveau d'ouvrir les yeux, en vain.

— Vous souvenez-vous de ce que vous faisiez sur ce chemin ? insista encore la voix.

Il passa sa langue sur ses lèvres sèches. S'il parvenait à lui répondre, peut-être finirait-elle par se taire ?

— Non… Je ne me souviens de rien…

Sa voix était faible et horriblement rauque.

— Vraiment ? Absolument de rien ?

Alewyn secoua la tête. Cette femme n'allait-elle donc jamais se taire ? Si seulement il avait le temps de réfléchir un peu…

— Non… Je…

Il aurait voulu lui dire qu'il savait parfaitement qui il était. C'était juste qu'il ne comprenait pas comment il était arrivé à se mettre dans pareille situation. Il aurait voulu savoir où il se trouvait et expliquer qu'il ne connaissait rien aux itinéraires de ce pays. Et surtout, il aurait voulu savoir pourquoi il avait l'impression que tout son corps avait été battu comme le grain à la saison des moissons.

Mais tout s'embrouillait dans sa tête et il avait le plus grand mal à trouver ses mots. Et bientôt, ce fut de nouveau le noir complet.

Quelques heures ou quelques jours plus tard, Alewyn se réveilla encore. Il resta un long moment allongé dans la pénombre, s'attendant à entendre de nouveau la voix de l'inconnue. Mais tout était silencieux. Ses paupières étaient lourdes… si lourdes… Faisant appel à toutes ses forces, il parvint enfin à les soulever complètement. Au-dessus de lui s'élevait un haut plafond de pierres scellées, comme dans un château ou une maison forte, bien que la couche de paille sur laquelle il était allongé, posée dans un simple châlit, ne fût guère confortable.

Était-il prisonnier ?

Quand il voulut se hausser sur les coudes, son corps douloureux lui arracha un cri. Il embrassa la pièce du regard. L'endroit était petit mais propre et un feu brûlait dans la cheminée. Une courtepointe remplie de duvet était remontée jusqu'à son cou. Quelqu'un lui avait retiré ses vêtements et le peu qu'il vit de sa poitrine lui arracha un cri. Des hématomes bleuâtres lui recouvraient tout le torse. Pas étonnant qu'il souffre autant ! Avait-il participé à un combat ? Un corps à corps, peut-être ? Aucun souvenir. Et quoi qu'il en soit, depuis qu'il avait atteint l'âge adulte, il n'avait jamais perdu ce genre de combat. Pas même le jour où cinq hommes l'avaient assailli par-derrière. Alors, s'il s'était battu, c'était son adversaire qui devrait être couvert de bleus, à cette heure. Pas lui.

Étant donné la façon dont sa mystérieuse visiteuse l'avait interrogé, elle paraissait elle aussi tout ignorer des récents événements. À moins qu'elle mente, évidemment.

Alewyn se laissa retomber sur sa couche avec un nouveau gémissement. Pas facile de réfléchir avec un tel mal de crâne.

Tournant le cou de part et d'autre avec une grimace, il jeta encore un coup d'œil autour de lui. Aucune trace de ses vêtements. La pièce était entièrement vide, à l'exception du matelas sur lequel il reposait et d'un coffre contre un mur.

Eh bien, si les maîtres de maison, quels qu'ils soient, s'imaginaient que cela l'empêcherait de reprendre sa liberté, ils commettaient une belle erreur.

Mais quand Alewyn voulut se mettre sur son séant, tout son corps hurla de protestation.

Bon sang ! Mais qu'est-ce qui avait bien pu lui arriver ? Et pourquoi diable ne se souvenait-il de rien ?

Chapitre 2

La porte de la chambre s'ouvrit avec un craquement. Une belle créature, toute en boucles rousses et longs membres gracieux, passa la tête dans l'entrebâillement et, après un coup d'œil inquisiteur, pénétra dans la pièce. Il y avait une précipitation dans sa démarche qui laissait supposer qu'elle traitait d'affaires importantes.

— Ah ! Fort bien. Vous voilà réveillé. Comment vous sentez-vous ? Vous semblez avoir reçu une sacrée correction !

Alewyn battit des paupières. Il reconnaissait le ton pressant et curieux de la voix qui l'avait déjà interrogé. Comme l'inconnue se rapprochait, il crut un instant reconnaître ces yeux d'un bleu perçant et cette chevelure de flamme. Mais il ne put la situer plus précisément. C'était décidément bien frustrant. Un peu comme lorsqu'on croit pouvoir toucher quelque chose qui recule et s'efface au fur et à mesure.

S'approchant de sa couche, la femme posa une timbale pleine d'eau sur le sol, à portée de main.

— J'ai pensé que vous pouviez avoir soif.

À la vue du liquide, Alewyn sentit sa gorge se contracter douloureusement. Il n'avait pas encore réalisé à quel point il pouvait être assoiffé. Mais serait-il seulement capable de porter le récipient jusqu'à ses lèvres ? Il jeta un coup d'œil à la femme qui, penchée sur lui, l'enveloppait d'un regard intrigué. Non, pas question de se rendre ridicule devant elle. Pas question d'exhiber ses faiblesses, du moins pas tant qu'il saurait s'il était en territoire ami ou ennemi.

Se redressant, l'inconnue fit volte-face, se dirigea vers le foyer et tendit ses longues mains blanches à la flamme. À son tour, Alewyn l'inspecta discrètement entre ses paupières mi-closes. Elle était grande. Davantage que la plupart des femmes. Sa robe était d'une coupe sobre et pratique mais taillée dans de la bonne étoffe. Et elle laissait deviner de gracieuses courbes féminines au niveau des hanches et de la poitrine. Des courbes qui faisaient déjà frémir les paumes de ses mains. Son corps s'émut à son tour et, peu désireux que la dame remarque elle aussi cette réaction mal venue, Alewyn tira la courtepointe jusqu'à son menton. Quoiqu'il ne fût pas mécontent qu'au moins quelque chose continue à fonctionner dans son grand corps rompu.

Il sourit devant l'ironie de la situation. Il n'était pas vraiment en mesure de mettre une femme dans son lit et, même si c'était le cas, et que la dame fut intéressée, il ne le ferait pas. En dépit de l'attraction physique évidente qu'elle exerçait sur lui, cette jeune personne n'était pas son type. Ou du moins, pas le genre de femme qui convenait à son mode de vie. Il passait plus de temps sur les champs de bataille ou dans les tournois que dans les chambres des dames de haut lignage. Aussi, quand il avait besoin d'une femme, il jetait toujours son dévolu sur une de ces créatures douces et complaisantes, qui savaient ne pas faire d'histoires. Exactement à l'opposé de la sorcière rousse qui le contemplait de toute sa haute taille. Même à l'heure présente, bien qu'elle se tînt à peu près tranquille, elle semblait vibrer d'une énergie qui irradiait d'elle comme un halo.

Elle allait se remettre à poser des questions d'une minute à l'autre, Alewyn le savait. Il la regardait prendre son souffle, la bouche déjà entrouverte. Alors, il décida de prendre les devants.

— Suis-je prisonnier ?

Elle ouvrit la bouche, comme prête à rire, puis parut se ressaisir.

— Non, bien sûr. Pourquoi dites-vous cela ?

Et, sans se démonter, elle reprit son interrogatoire, se rapprochant plus près du lit.

— Avez-vous commis un acte condamnable ? Est-ce pour cela qu'on vous a abandonné à demi mort dans la boue ?

Qu'est-ce qu'elle allait encore chercher là ? On aurait dit qu'elle parlait sous forme de devinettes. C'était terriblement horripilant.

— Et où m'avez-vous trouvé, exactement ?

— Sur le chemin.

— Quel chemin ?

— Celui qui mène ici.

Faisait-elle exprès d'être aussi imprécise ? Jamais Alewyn ne s'était jeté délibérément dans la boue d'un chemin, et encore moins si loin de chez lui. Ne serait-ce que parce que, si on l'avait trouvé là, on l'aurait immédiatement exécuté. Il était trop dangereux.

Non, décidément, tout cela n'avait aucun sens.

— Voulez-vous que je vous aide à boire ?

Il leva les yeux. La femme s'était rapprochée du lit pendant qu'il réfléchissait et son parfum, de l'essence de rose, comme les fleurs de la roseraie de sa maison natale, lui chatouillait les narines. Elle était si près, maintenant, qu'il aurait pu la toucher.

— Non, merci. Je n'ai besoin de rien.

Elle le regardait toujours attentivement, attendant sans

doute qu'il se remette sur son séant. Et Alewyn commença à s'impatienter. Qu'avait-elle à le regarder comme ça ? Bien qu'il ne voulût pour rien au monde révéler sa faiblesse, il mourait de soif et il ne pensait pas pouvoir attendre qu'elle quitte la pièce. Il se redressa sur un coude, puis sur l'autre, et seules des années d'entraînement le retinrent de hurler de douleur. Bon sang ! Qu'il soit damné s'il ne parvenait même pas à avaler tout seul une gorgée d'eau. Quoique, à y réfléchir, le contact des mains souples et habiles de son hôtesse sur son corps douloureux ne soit pas une perspective si désagréable.

Pourtant, une fois appuyé sur un coude, il parvint à boire une gorgée d'eau fraîche.

— Alors ? insista la femme. Que vous est-il arrivé ?

Alewyn reposa le gobelet sur le sol.

— Vous arrive-t-il jamais de cesser de poser des questions ?

— Oui, bien sûr... Quand j'ai obtenu des réponses.

Elle soutint son regard, et il ne lut aucune forme d'appréhension dans leur profondeur marine.

Alewyn serra les dents. Bon, d'accord, il était nu comme un ver sur cette couche, et sans aucune idée de ce qui avait pu l'amener là, mais il se sentait encore capable de briser cette femelle comme une brindille... Du moins, il l'espérait. Bien sûr, il avait le corps rompu de douleurs, et chaque os, chaque muscle lui faisant souffrir le martyre. Pourtant, il était sûr de pouvoir la vaincre, elle-même et les dix gardes qui ne devaient pas manquer d'attendre leur maîtresse derrière la porte, prêts à intervenir. Il avait été entraîné depuis sa plus tendre enfance aux combats les plus effroyables, avait subi de graves blessures, bien pires que ce dont il souffrait pour l'heure et cela ne l'avait jamais empêché de gagner.

Bon sang ! Elle devrait avoir peur de lui, n'est-ce pas ?

En voyant sa stature hors du commun, la plupart des gens comprenaient aussitôt à qui ils avaient affaire et prenaient le large.

Mais elle, non apparemment. Elle alla même jusqu'à s'agenouiller à son chevet sans se soucier de salir sa jupe. Un étrange sentiment de familiarité l'envahit.

— Nous sommes-nous déjà rencontrés quelque part ?

Elle secoua la tête et quelques mèches couleur de cuivre s'échappèrent de son chignon.

— Non, pas à ma connaissance. Pas avant que nous vous trouvions hier en train de prendre un bain de boue, comme un marcassin.

— Nous ? De qui parlez-vous ?

— De Gemel et de moi.

Ainsi, elle était mariée. Évidemment. Une beauté comme elle, à son âge, ne pouvait qu'être flanquée d'un mari.

Alewyn l'observait entre ses paupières mi-closes. Quel âge pouvait-elle avoir ? Vingt, vingt-cinq ? Guère plus, en tout cas. Bizarre, tout de même, que son mari la laisse entrer seule dans la chambre d'un étranger. Sans doute le maître de maison devait-il penser qu'un joli minois inciterait davantage le nouveau venu à parler.

En quoi il se trompait lourdement.

Mais déjà son interlocutrice revenait à la charge.

— Pourquoi me dévisagez-vous ainsi ?

Alewyn sentit une vive rougeur lui monter au front. Il plongea le nez dans son gobelet.

— C'est seulement que j'ai l'impression de vous connaître, dit-il après avoir bu une longue gorgée d'eau glacée.

La femme haussa les épaules.

— Sans doute à cause de ce qui s'est passé hier. Vous avez ouvert très brièvement les yeux, quand je me suis penchée sur vous, sur le chemin.

Dieu sait pourquoi, son interlocutrice rougit à son tour et elle détourna vivement le regard avant d'ajouter :

— Alors, vous souvenez-vous de votre identité, maintenant ?

Oui, il se le rappelait parfaitement. Il était Alewyn Monceaux, l'un des quatre chevaliers de la garde rapprochée du roi Édouard et fils cadet de l'un des plus puissants barons du royaume. Mais lui, il ignorait qui était cette femme. Et tant qu'il ne le saurait pas…

— Je crains que ma mémoire ne soit toujours aussi incertaine…, déclara-t-il, ce qui, du reste, n'était pas complètement faux. Peut-être me reviendra-t-elle quand je retrouverai mes affaires ?

Et il comprendrait enfin ce qu'il faisait loin de Windsor, sans ses fidèles compagnons d'armes. Il voyageait rarement seul et il espérait de tout son cœur qu'il n'était rien arrivé à ses frères d'armes. S'il avait mis ses compagnons en danger par son imprudence, il ne se le pardonnerait jamais.

— Vous n'aviez aucun bagage avec vous. Même pas une arme.

Le cœur d'Alewyn manqua un battement. Ce n'était pas possible. Il ne voyageait jamais sans des fontes de selle bien remplies. En tout cas, pas sans son épée. Son hôtesse devait lui cacher quelque chose. Pourtant, elle continuait à le dévisager de ses grands yeux bleus, image même de l'innocence. Soit elle savait très bien mentir, soit elle disait la vérité.

— Pas de bagages ? Rien du tout ? Vous êtes sûre ?

— Oui, il n'y avait strictement rien autour de vous. Vous étiez là, étendu sur le dos au milieu du chemin, sans aucune trace de combat. C'est seulement en vous déshabillant que j'ai remarqué vos ecchymoses. Peut-être vous a-t-on assailli pour vous dérober vos effets ?

C'était peu probable. Cela faisait des années que personne

n'avait réussi à le mettre à terre. Qu'il soit à pied ou à cheval. Et cela se savait à la Cour et dans un périmètre raisonnable tout autour. Mais… que venait-elle de dire ?

— Vous… Vous m'avez déshabillé, dites-vous ?

Il regarda les joues longues et pâles de la jeune femme s'empourprer lentement. Elle tourna la tête et il sentit lui aussi une chaleur suspecte lui envahir le visage. Rougir comme un jeune écolier n'était pas non plus dans ses habitudes. Et cela faisait deux fois que cela lui arrivait en moins de vingt-quatre heures. Ce qui était absolument ridicule.

Son hôtesse fut la première à se ressaisir.

— Eh bien… Vous ne pouviez rester dans vos vêtements trempés, n'est-ce pas ? Vous auriez attrapé la mort. Et il aurait encore fallu que je m'occupe de vous mettre en terre. Mais ne vous inquiétez pas. Votre habit est bientôt sec.

Se remettant vivement sur ses pieds, elle gagna la porte avant d'ajouter :

— Mais vous étiez si trempé que je doute qu'ils soient secs. Je vais vous apporter quelque chose à mettre en attendant…

Elle s'interrompit de nouveau et le détailla des pieds à la tête d'un long regard pensif.

Puis elle ajouta enfin :

— Quoique, avec votre taille, je ne sais pas ce que je vais pouvoir trouver.

— Êtes-vous certaine que je ne sois pas votre prisonnier, milady ?

— Mais non, évidemment.

Il ne pouvait voir son visage, aussi, comment la croire ? Mais elle paraissait sincère, ce qui rendait la situation encore plus insolite. Pourquoi le tenir enfermé dans une chambre – car il avait bien entendu le verrou qu'on tirait tout à l'heure pour ouvrir – sans aucun vêtement qui plus est, si ce n'était pour l'empêcher de partir ? Et puis, il y avait toutes ces contusions dont il souffrait. Se pouvait-il que son mari en soit l'auteur ? Cela expliquerait que le bougre d'homme n'ose se montrer, en tout cas.

La porte tourna sur ses gonds avec un long grincement.

— Où suis-je ? demanda-t-il à son hôtesse avant qu'elle ne disparaisse.

Elle tourna la tête.

— À Castle Brae, sur la côte sud d'Angleterre.

Elle resta une longue minute tournée vers lui, comme si elle attendait de voir sa réaction.

Alewyn ferma les yeux, avec l'impression que le flot des souvenirs le frappait en pleine figure.

Apparemment satisfaite que ce nom n'évoque rien pour lui, la femme opina du chef et, sortant de la pièce, referma doucement la porte derrière elle. Il tendit l'oreille mais cette fois, aucun verrou ne fut tiré. Alors, qui diable étaient ces gens assez inconscients pour laisser un parfait inconnu libre de circuler dans leur place forte par les temps d'insécurité que le pays traversait ? Pourquoi n'entendait-il pas tout un remue-ménage d'hommes d'armes dans la salle de garde, derrière la porte ?

Alewyn poussa un long soupir. Décidément, ce dont il se souvenait ne lui disait rien qui vaille. Il se redressa sur sa couche avec un gémissement sourd. Il ne comprenait toujours pas comment il avait atterri, sans armes ni bagages, dans une mare de boue, mais il se souvenait fort bien de la raison pour laquelle il était venu dans cette région. Et cela ne lui disait rien de bon.

Il alla jusqu'au foyer en titubant et, se laissant tomber sur le sol jonché de longues brassées de foin[1] encore parfumé

1. Technique médiévale pour garder la chaleur dans les châteaux de l'époque, mal isolés malgré les tapisseries sur les murs, et le papier huilé qui protégeait les fenêtres.

des odeurs de l'été, réchauffa à la flamme son corps vêtu d'une simple chemise.

Benedictus, qui n'était pas seulement le chef de la Garde royale, mais aussi son frère aîné, serait furieux de le voir dans ce lit, à moitié nu, défait et geignant comme un enfant au maillot alors qu'on lui avait confié une mission. Sans parler de la colère de leur père, qui verrait dans l'échec de son fils une preuve supplémentaire de son incompétence.

La seule consolation d'Alewyn dans ce lamentable échec, c'est qu'apparemment, il n'avait entraîné personne dans sa pitoyable débâcle. Pour autant qu'il sache, il était parti seul et ses compagnons, la fine fleur de la chevalerie anglaise, n'étaient pas impliqués dans cette affaire. Nul d'entre eux n'attendait qu'on vienne à sa rescousse.

Il laissa tomber sa tête entre ses mains avec un gémissement. Cela faisait longtemps qu'il s'était convaincu qu'il ne devait son entrée dans la garde rapprochée des chevaliers du roi qu'à son lien de parenté avec Benedictus. Que leurs fils occupent des postes prestigieux à la cour du roi Édouard était l'une des plus ardentes ambitions de leurs parents, et la fonction de chevalier du roi était la plus prestigieuse. Benedictus était taillé dans la même étoffe que ses parents et ancêtres. Le nom des Monceaux, dont les hauts faits remontaient à la conquête du pays par Guillaume de Normandie, devait garder son prestige.

Bien sûr, la taille hors norme d'Alewyn et ses talents à manier l'épée en faisaient un redoutable adversaire. Mais c'était à peu près tout ce en quoi il brillait, contrairement aux trois autres chevaliers du roi. Will avait une intelligence hors pair pour analyser la situation, Théo savait lire dans ses interlocuteurs comme à livre ouvert et Benedictus, avec son autorité naturelle, était un chef né.

Il avait espéré que cette mission lui permettrait de prouver que sa place au côté du roi n'était en rien usurpée.

Mais non. Lui, Alewyn, le fils cadet des Monceaux, avait échoué dans la mission qu'on lui avait confiée avant même d'avoir commencé.

De nouveau, il gémit. Au lieu de s'assurer qu'il contrôlait les circonstances, comme il aurait dû le faire, il se retrouvait démuni de tout, à la merci d'étrangers qui pouvaient faire de lui ce que bon leur semblait. Et, pour empirer les choses, il se trouvait dans le château de la veuve du Sir Brae.

Il savait maintenant pourquoi il avait l'impression de connaître cette femme. On lui avait fait d'elle un portrait très ressemblant avant son départ en mission. Son mari était mort quelques années plus tôt et la jolie veuve était décrite comme de caractère emporté et peu fiable.

C'était aussi la personne au sujet de laquelle Benedictus l'avait chargé de mener une enquête.

Johanne se tenait derrière la porte de la chambre, les vêtements de l'étranger serrés contre sa poitrine. Ses genoux tremblaient et un long soupir s'échappa de ses lèvres. Pourquoi réagissait-elle ainsi ? Elle était une adulte, n'est-ce pas ? Une femme qui avait été mariée et qui était mère d'un enfant. Elle n'avait rien à voir avec une gamine espérant, le cœur battant, son premier baiser.

Si, en voyant ses vêtements et ses bijoux, l'étranger se rappelait soudain qui il était et s'en allait sans demander son reste, la maison retrouverait son calme et elle-même n'aurait plus à se tracasser. Si, au contraire, il décidait de rester, sa force physique serait la bienvenue à Brae. Mieux qu'utile. Ce serait un véritable cadeau du ciel. Plusieurs hommes étaient venus s'installer au domaine, après la mort de Badon. Mais ils étaient tous chargés de famille, d'un âge déjà mûr, et pas prêts à se battre. Les plus jeunes et les plus aptes au combat étaient partis rejoindre des seigneurs plus puissants dans l'espoir d'une bonne paye, ou de la gloire.

Johanne était restée seule avec une maigre escouade d'hommes d'armes mal entraînés et une place forte qui avait grand besoin de réparations. Et pourtant, il était de son devoir de maintenir le domaine en bon état pour son fils. Elle allait devoir tenir jusqu'à la relève.

Et j'y arriverai ! ajouta-t-elle pour elle-même en serrant les lèvres.

Oui, elle y arriverait.

L'hiver était rude et les remparts s'étaient effondrés en plusieurs places. Les travaux allaient leur train, tant bien que mal, mais trop lentement. Un trou apparaissait sitôt qu'un autre était comblé. Un homme de la carrure de l'étranger pourrait faire des merveilles. Mais s'il choisissait de partir, grand bien lui fasse. Elle saurait venir à bout de toutes ces difficultés.

Pourtant, Johanne restait toujours immobile, figée derrière la porte de son hôte forcé. Elle ne se sentait toujours pas prête à l'affronter.

Distraitement, elle caressa du bout des doigts la boucle de ceinture magnifiquement ornée. Un homme aussi riche devait disposer de solides relations. Sa famille devait le rechercher. Si elle le gardait à Brae, ne risquait-elle pas d'attirer l'attention sur le domaine ? Et c'était bien ce qu'elle cherchait à tout prix à éviter. Oui, sans doute valait-il mieux lui rendre ses vêtements et lui signifier de s'en aller.

À chacun ses problèmes.

Johanne secoua la tête, exaspérée. Bon, assez de tergiversations. Elle proposerait bel et bien à l'étranger de rester chez eux. Et s'il ne voulait pas, bon vent ! Après tout, cet homme ne lui était rien, n'est-ce pas ?

Quand elle entra, l'inconnu était assis en tailleur devant le feu, la lueur des flammes jouant sur sa peau mate.

Et aussitôt, tout le beau discours que Johanne avait préparé s'évanouit. Le souffle coupé, elle regardait le spectacle sans rien dire, comme si le temps s'était arrêté.

Le spectacle qu'il offrait était tout simplement magnifique.

En la voyant, son hôte se remit tant bien que mal sur ses pieds, et, n'ayant rien pour dissimuler ce que la pudeur aurait commandé de cacher, restait là, à la dévisager, avec toute l'impudence dont il semblait capable.

Johanne s'efforça de le regarder bien dans les yeux, sans laisser son regard descendre plus bas. Quand il haussa un sourcil, la magie éclata comme une bulle.

— Tenez, dit-elle en lui lançant le paquet de vêtements qu'elle serrait toujours bêtement sur son cœur. Vos vêtements ! Ils sont secs, finalement.

— Merci.

Il avait rattrapé ses vêtements au vol et ses doigts avaient frôlé la main de Johanne qui tressaillit violemment. Jamais elle n'avait éprouvé pareille sensation. Elle porta la main à sa gorge et sentit son pouls battre follement.

L'homme jeta le ballot d'habits sur son lit et retourna se poster devant le foyer, offrant de nouveau son torse doré et ses longues jambes à la chaleur de la flamme.

Johanne fronça les sourcils.

— Vous n'avez pas l'intention de vous habiller ?

— Pourquoi ? Vous m'avez déjà vu nu, n'est-ce pas ? C'est vous qui m'avez dévêtu, au cas où vous l'auriez oublié.

— Je… Oui, bien sûr, mais…

Les mots se précipitaient dans sa pauvre cervelle et elle ne semblait plus capable de s'exprimer correctement. S'exhibait-il ainsi à-propos ? Pensait-il qu'elle serait émue, de quelque façon que ce soit, par sa nudité ? Eh bien, il se trompait !

Johanne se redressa de toute sa taille.

— Alors ? Avez-vous retrouvé la mémoire ?

Son interlocuteur secoua la tête négativement.

— Je crains que non, milady.

Elle croisa les bras sur sa poitrine.

— Quelles sont vos intentions, dans ce cas ?

— Eh bien… Il me semble que…

Il se tourna à moitié vers elle et elle vit avec plaisir une légère rougeur envahir ses joues mates. Fort bien. Il lui plaisait de constater qu'elle n'était pas la seule à trouver la situation gênante. L'idée l'effleura que l'étranger, aussi impressionnant qu'il fût, était vraiment adorable quand il rougissait. Mais ils n'étaient pas là l'un et l'autre pour nouer une relation amoureuse, n'est-ce pas ? Un homme de cette prestance était né et éduqué pour dominer ses semblables et Johanne n'était plus disposée à se laisser mener à la baguette. Du reste, pour l'heure, c'était elle qui avait le contrôle. Et si elle était là, dans cette chambre, c'était pour envisager dans quelle mesure la présence de son mystérieux hôte à Castle Brae pourrait apporter quelque chose au domaine.

Il s'éclaircit la gorge.

— Milady, il me semble que la meilleure solution est que je reste ici jusqu'à ce que je retrouve la mémoire. Ou que quelqu'un vienne me chercher. Qu'en pensez-vous ? J'espère bien ne pas être seul au monde, conclut-il avec un petit sourire ironique.

Johanne retint un sourire satisfait.

— Vous pouvez rester, bien sûr. Mais il faudra travailler. Brae n'est pas assez riche pour que je puisse vous offrir le pain et le couvert sans contrepartie.

Il hocha vigoureusement la tête.

— Naturellement. Je n'envisageais pas les choses autrement.

Parfait. Avec de telles épaules, l'homme serait un formidable atout. À condition, ajouta-t-elle pour elle-même qu'il veuille bien s'habiller en public. Inutile d'affoler les petites servantes.

— Mais, comme tout un chacun, vous avez l'habitude de porter des vêtements, n'est-ce pas ?

La bouche charnue de son interlocuteur s'étira en un lent sourire.

— Mes souvenirs ne sont pas très clairs sur la question, milady, mais il me semble que oui.

Elle attendit un instant, mais il ne faisait toujours pas mine de se diriger vers la pile de vêtements qu'il avait jetée sur son lit. Décemment, Johanne ne pouvait s'attarder davantage.

— Je vous laisse vous reposer. Un valet va vous apporter à manger dans quelque temps… Mais, demanda-t-elle encore, sur le point de quitter la pièce, en attendant que votre mémoire vous revienne, comment allons-nous vous appeler ?

Il pencha la tête de côté.

— Appelez-moi Al. Cela conviendra fort bien.

— Est-ce votre prénom ?

— Peut-être, rétorqua l'homme avec un haussement d'épaules. Cela sonne bien à mes oreilles, en tout cas.

Johanne allait devoir se contenter de cette réponse pour le moment.

— Comme vous voulez. On m'appelle Lady Johanne. Je suis la châtelaine de Castle Brae.

De nouveau, il eut ce lent sourire et le cœur de Johanne manqua un battement.

— Merci de vous être portée à mon secours, Lady Johanne. Et grâce vous soit rendue pour votre hospitalité.

Elle s'apprêtait à prendre congé quand elle avisa soudain le torse couvert d'ecchymoses de son nouvel hôte.

— Grand Dieu ! J'avais oublié. Il faut soigner tout cela. Je vous envoie ma chambrière avec ses pommades. C'est une vraie magicienne…

Alewyn se réveilla en sursaut. Il avait rêvé d'éclairs éblouissants et du hennissement déchirant d'un cheval. Cela avait-il vraiment eu lieu ? Était-ce un souvenir de l'accident qui l'avait conduit dans ce château ? Ne s'agissait-il que de l'un de ces cauchemars comme il en avait parfois en écho à ses combats ?

Du coin de l'œil, il eut soudain l'agréable vision d'une femme devant la cheminée. Une servante, sans doute. Il se retourna brusquement pour mieux voir et laissa échapper un cri de douleur.

Oui, il y avait bien quelqu'un dans la pièce. C'était Lady Johanne, occupée à tisonner le feu. Comme si elle sentait le poids de son regard, elle se tourna vers lui. Son sourire accueillant émut bizarrement Alewyn.

— Vous êtes réveillé ?

— On le dirait, en effet.

— Comme vont vos ecchymoses ?

— Mieux… Beaucoup mieux. Les pommades de votre chambrière ont fait des merveilles.

— Vous m'en voyez ravie, répondit sa visiteuse en reposant le tisonnier sur son support. La consoude[1], en particulier, fait toujours des miracles. Et votre mémoire ? Vous est-il revenu quelques souvenirs de ce qui vous est arrivé ?

— Il semblerait… Un orage aurait-il éclaté un peu avant que vous me trouviez sur ce chemin ?

Lady Johanne avança vers son lit.

— Oui, en effet. Un orage très violent. Des coups de tonnerre et des éclairs. Et une pluie interminable.

Elle paraissait tout excitée de le voir recouvrer ses souvenirs. Rien dans son comportement, dans ses discours, ni dans la manière dont elle conduisait sa maison n'indiquait

1. La consoude est une plante médicinale très utilisée au Moyen Âge, et encore aujourd'hui, contre les hématomes.

qu'elle fût une alliée des Français, engagée jusqu'au cou dans un complot contre la Couronne d'Angleterre. Une traîtresse pourrait-elle être aussi charmante ? Bien sûr, cette femme pouvait jouer la comédie. Mais, tout au fond de lui, Alewyn avait le sentiment qu'elle était sincère. Du reste, rien ne s'opposait à ce qu'il lui dise la vérité sur son accident dans la forêt. Il ne portait sur lui aucun indice de la nature de sa mission dans le pays.

— Quand vous êtes entrée, j'étais précisément en train de rêver à des coups de tonnerre, à des éclairs et aux hennissements de mon cheval.

Elle hocha de nouveau la tête.

— Il y avait une corde tendue un peu plus haut sur le chemin. Peut-être votre cheval s'est-il blessé ? Il y avait du sang sur cette corde mais pas sur vous.

Alewyn repoussa nerveusement ses cheveux de son front. L'idée que Fleur ait pu se blesser lui était très pénible. Et pis encore qu'elle soit égarée dans la forêt ou tombée entre de mauvaises mains. Il ferma les yeux. Il faudrait aviser au plus vite mais, pour l'heure, il y avait plus urgent.

— C'est possible. Si elle a buté contre un obstacle, j'ai pu être jeté à bas de ma selle, ce qui pourrait expliquer mes contusions. Mais en partie seulement.

Il tâta prudemment ses côtes. Rien de cassé, apparemment, mais il lui faudrait attendre encore un peu avant d'être capable d'affronter qui que ce soit en combat singulier.

Son interlocutrice alla s'asseoir sur l'un des coussièges[1] qui encadraient la fenêtre.

— Auriez-vous des ennemis ? s'enquit-elle. Quelqu'un

1. Dans les demeures médiévales, sorte de banc en bois ou en pierre encastré dans l'embrasure de la fenêtre. Les femmes s'y installaient pour lire ou pour effectuer des travaux d'aiguille à la lumière du jour.

qui voudrait vous neutraliser de quelque manière que ce soit ?

Alewyn déglutit péniblement. Il n'aimait pas mentir mais la situation l'exigeait.

— Pas à ma connaissance.

Elle opina du chef, l'air pensif.

— Logiquement, si vous avez perdu la mémoire, vous ne pouvez en être sûr.

Il ne dit rien. Décidément, il lui répugnait de tromper cette femme. Était-ce à cause de son expression, franche et ouverte, tout à l'opposé de ce à quoi il s'attendait ? Ou bien, tout simplement, était-ce dans la nature de leurs relations ? Ou dans sa nature à lui, plus probablement. Quand il avait été adoubé chevalier, il avait prêté serment d'intégrité morale et de respect de son prochain et mentir contrevenait à ce serment. Il préférait croire, du reste, que cela faisait partie intégrante de sa personnalité plutôt que de répondre à l'attrait de beaux yeux bleus.

— Et vous, Lady Johanne… Avez-vous des ennemis ?

Il ne s'attendait pas à ce qu'elle réponde. Après tout, il n'était pour elle qu'un étranger et elle n'avait aucune raison de lui faire confiance.

Rassemblant ses genoux sous son menton, le visage soudain assombri, elle porta son regard sur le paysage d'hiver.

— Oui…

Le cœur d'Alewyn se mit à battre plus fort. La pauvre femme semblait soudain prise d'une sourde terreur. Elle n'allait certainement pas lui confier d'elle-même qu'elle était une alliée des Français et donc une ennemie de son propre pays. Ce serait trop facile. Et pourtant, quoi d'autre aurait pu expliquer la soudaine panique mêlée de culpabilité qu'il lisait dans le beau regard clair ?

Il demanda d'une voix prudente :

— De qui s'agit-il ?

Le regard de la jeune femme se dirigea vivement vers la porte, comme si elle craignait que l'ennemi en question ne fasse une entrée fracassante.

— Morcant.

Il n'avait jamais entendu ce nom-là auparavant.

— Qui ?

Elle frissonna.

— Lord Morcant, mon plus proche voisin. Il est connu dans le pays pour sa cruauté… Il veut faire de moi sa femme mais je ne veux pas. Je…

Elle posa les yeux sur le torse d'Alewyn, puis reporta son attention sur la cour extérieure et la lisière des forêts.

Alewyn baissa les yeux. Il avait remis sa chemise mais l'avait laissée grande ouverte sur son torse. L'effort pour se rhabiller avait été trop douloureux.

— Oui ?

— Je crains qu'il ne soit responsable de votre… accident. Il a sans doute appris que je devais circuler sur ce chemin hier. L'embuscade devait être destinée à Gemel ou à moi. Plutôt à Gemel. Simple intimidation, dans l'espoir que je viendrais requérir sa protection…

Elle étendit ses jambes devant elle, l'air soudain plus résolu.

— … Il a dû croire, dans sa cervelle épaisse, qu'une fois Gemel hors-jeu, affaiblie et intimidée, je céderais plus vite.

Alewyn massa ses tempes douloureuses de ses deux poings fermés.

— Qui est Gemel ?

— Mon régisseur. Morcant est persuadé que je suis incapable de m'occuper de Brae toute seule… Mais plutôt mourir que d'appartenir de nouveau à un homme ! ajouta-t-elle avec un reniflement de mépris. Et surtout quelqu'un comme lui. Il serait pire encore que Badon, dont il n'a même pas l'intelligence maligne.

Elle se remit sur ses pieds, comme soudain consciente d'en avoir trop dit.

— Mais vous devez être fatigué. Je vous ai retenu trop longtemps… Tenez, je vous ai apporté de quoi vous restaurer.

Elle ouvrit la porte et prit sur le sol un plateau chargé de pain, de fromage et d'un pichet de petite bière.

— Je ne vous demande pas si vous avez besoin d'aide, dit-elle en posant le plateau sur le lit.

Alewyn prit le plateau avec un sourire.

— Et vous faites bien. Je ne souhaiterais guère d'être nourri à la cuiller comme un bébé.

Embrassant d'un coup d'œil discret la large carrure de son interlocuteur, Johanne rit.

— Rassurez-vous. Vous n'avez rien d'un bébé !

Puis elle se détourna, le rouge aux joues, et dit encore très vite :

— Mary va aussi vous apporter d'autres vêtements. Les vôtres sont trop raffinés. Ils ne conviendraient pas pour le travail que vous aurez à faire ici… Je crains cependant qu'ils ne soient un peu étriqués. Il n'y a personne de votre stature à Brae.

Joignant le geste à la parole, elle déposa le paquet de vêtements au pied du lit.

— Merci, Lady Johanne. Je vous suis très reconnaissant pour tout ce que vous faites pour moi.

Sa visiteuse agita une main dans l'air.

— Vous en auriez fait tout autant. Bonne nuit, messire Al.

Elle alla jusqu'à la porte puis marqua un arrêt, la main sur la clenche.

— Je vous serais très reconnaissante de ne révéler à quiconque l'objet de mes… inquiétudes.

— Vos inquiétudes ?

— Morcant. Je ne veux pas qu'on sache ici à quel point il devient désagréablement insistant.

— Vous avez ma parole. Je ne révélerai rien de notre conversation. À qui que ce soit.

— Merci.

Elle sortit d'un pas vif et referma la porte derrière elle. Alewyn resta encore une longue minute les yeux posés sur l'endroit où elle s'était tenue. Curieux personnage que son hôtesse. Un instant, on avait devant soi la châtelaine dure et efficace d'une place forte des régions côtières, la seconde d'après, ce n'était plus qu'une jeune femme douce et vulnérable. Mais non, décidément, il n'y avait rien de fourbe ni de calculateur en elle. Ou alors, Lady Johanne cachait bien son jeu. Il était parti en mission brûlant de réussir, de prouver à sa famille, à ses compagnons d'armes et à lui-même, mais maintenant qu'il connaissait mieux son hôtesse, l'idée de la convaincre de haute trahison ne lui disait plus rien qui vaille.

Le feu n'était plus qu'un tas de braises rougeoyantes. Un silence apaisant était tombé sur Brae et, assise devant la cheminée, son fils dans les bras, Johanne caressait doucement ses boucles fauves.

Se penchant soudain, elle lui posa un baiser sur le front.

— Maman…

— Oui, mon amour, murmura-t-elle contre la peau tiède et douce.

Elle avait espéré Cineas endormi. Pourvu qu'il ne lui réclame pas une autre histoire ! Le temps qu'ils passaient ensemble en fin de journée était infiniment précieux à ses yeux. Mais elle commençait à être lasse et demain sera encore une longue journée.

— Maman… Mary dit qu'il y a un géant dans le donjon. Puis-je le voir ?

— Il n'y a pas de géant chez nous, mon chéri. Nous avons un hôte de passage, en effet. Mais ce n'est qu'un homme comme les autres. Nous l'avons trouvé blessé dans la forêt et il reste ici, à Brae, le temps de se remettre.

Cineas se tut. Mais Johanne connaissait assez son fils pour savoir qu'il risquait de ne pas s'en tenir là. D'une inlassable curiosité, il adorait poser des questions. Du reste, l'entourage de Johanne lui avait fait remarquer que l'enfant avait de qui tenir. Elle espérait seulement être un peu plus subtile qu'un gamin de six ans.

— Est-ce qu'il va mourir ?

— Non. Bien sûr que non !

— Mais comment a-t-il fait pour être blessé, s'il est si grand, et si fort ?

Johanne revit en pensée les ecchymoses qui recouvraient le torse du jeune géant.

— Il a été victime d'un accident, je crois.

Pas question de confier à son fils ses soupçons concernant Morcant, bien sûr. Jamais Johanne n'aurait dû parler de tout cela à Al, du reste. D'ordinaire, elle ne confiait ses inquiétudes à personne. Pas même à Gemel. Mais il se dégageait de son hôte forcé une telle assurance tranquille, une telle énergie vitale que la confidence était sortie d'elle-même de sa bouche. Elle avait été incapable de dissimuler son dégoût à la perspective de devoir épouser son odieux voisin et avait même confié à Al que son mariage avec Badon avait été un échec. Pourquoi avait-elle ainsi baissé sa garde ? Ce n'était tout de même pas à cause de la prestance physique du blessé ? Après tout, ce n'étaient pas les beaux spécimens masculins qui manquaient dans les domaines alentour. Et plusieurs n'avaient pas caché leur intérêt pour sa personne. Mais elle n'avait jamais éprouvé la moindre tentation de partager son corps ni ses pensées avec eux.

— Dis, maman, est-ce que je peux le voir ?

— Quand il ira mieux. Il est grand temps de te coucher, maintenant.

— Resteras-tu avec moi ?

— Juste un petit moment.

Cineas, à moitié endormi, hocha vaguement la tête et se blottit contre son épaule. Elle allait pouvoir le déposer bientôt dans son petit lit et regagner sa chambre, le seul endroit où elle pouvait jouir d'un moment d'intimité.

Johanne réprima un frisson. Si Morcant parvenait à ses fins, même son refuge ne serait plus un abri. Il la rejoindrait jusque-là et agirait en maître.

Cineas releva la tête.

— Tu as froid, maman ?

— Non, mon amour.

— Alors, pourquoi trembles-tu ?

— Tu dois avoir raison, j'ai un peu froid. J'ai passé beaucoup de temps sous la pluie, hier… Nous voici arrivés dans ta chambre. Repose-toi, maintenant.

Une servante était là, chargée de veiller sur l'enfant un moment avant d'aller se coucher dans la pièce voisine. À elles deux, elles installèrent Cineas dans son petit lit.

Apparemment satisfait de la réponse de sa mère, l'enfant se pelotonna sous sa courtepointe qu'il tira sur sa tête. Johanne se pencha sur lui pour l'embrasser puis, comme déjà, il s'était endormi, elle sortit de la petite chambre à pas de loup.

Une fois dans le corridor qui donnait sur les appartements de son fils, elle prit une profonde respiration. Quelles que soient les pressions exercées sur elle par Morcant, jamais elle ne lui céderait. Elle trouverait le moyen de garder à distance son dangereux voisin.

Loin de son sanctuaire.

Chapitre 3

Un vent froid traversait la cour en sifflant. Alewyn s'enveloppa dans les pans de sa cape et balaya l'espace du regard. De la lumière et des rires sortaient d'un bâtiment bas, de l'autre côté de la cour, et on entendait dans le lointain le roulement des vagues sur la grève. Aucun piquet de garde ne semblait protéger l'entrée de la petite place forte et nulle sentinelle n'arpentait les remparts. Rien d'étonnant à ce que Lady Johanne tienne si fort à ce qu'il reste. Elle manquait visiblement d'hommes forts pour assurer la sécurité du château.

Il avança plus avant dans la cour. Le gravier crissait sous ses pieds et il marqua une pause. Et s'il profitait de l'occasion pour visiter les lieux ? Il n'était pas bien sûr de ce qu'il cherchait, mais c'est ce que feraient ses compagnons, en de telles circonstances. Alewyn s'apprêtait à rebrousser chemin vers le donjon quand un petit garçon aux boucles rousses sortit de l'ombre, comme s'il attendait là depuis un moment.

— Qui es-tu ? Serais-tu par hasard le géant qui se guérit de ses blessures chez nous, à Brae ?

Alewyn s'éclaircit la gorge. D'ordinaire, les enfants avaient plutôt peur de sa haute taille, mais celui-ci, la tête renversée l'envisageait bien en face, son regard vif brillant d'intérêt.

— Mon nom est Al. Et toi ?

L'enfant opina du chef, comme si cela expliquait tout, et répondit avec assurance :

— Je suis le baron de Brae mais tu peux m'appeler Cineas.

— Bonsoir, Cineas.

Al savait que Lady Johanne avait un fils, seul héritier de son époux défunt. La vue de l'enfant, si fragile encore et si fier, lui serra le cœur. S'il parvenait à démontrer que sa mère était coupable de haute trahison, nul doute qu'elle serait pendue.

— Vas-tu dans la grande salle pour le souper ?

— Oui.

— Ma mère m'a dit que, quand elle est venue te chercher tout à l'heure, elle n'a pas pu te réveiller. Comment te sentais-tu ?

Alewyn eut un petit rire.

— Comme quelqu'un qui avait besoin de dormir.

Cineas leva les yeux au ciel avec une petite grimace. Il n'était visiblement pas impressionné par l'humour de son interlocuteur.

— Tu es vraiment très grand ! Crois-tu que je serai aussi grand que toi quand je serai un adulte ?

— Certainement.

Cette fois, Cineas le gratifia d'un sourire éclatant.

— Et sais-tu te servir d'une épée ?

Alewyn marqua un temps d'hésitation. Il éprouvait une certaine réticence à mentir à un enfant, mais il n'avait pas le choix.

— Hum… Tu sais que j'ai quelques problèmes avec ma mémoire… Je ne suis pas sûr d'avoir jamais tenu une épée… Mais qui sait ? Peux-tu me dire où se trouve la grande salle ?

Cineas désigna de sa petite main encore potelée le bâtiment qui se trouvait de l'autre côté de la cour.

— Là-bas. Tu ferais bien de te dépêcher. Ils ont déjà commencé.

— Merci. Est-ce que tu m'accompagnes ?

— J'ai déjà pris mon repas, rétorqua Cineas, se mettant néanmoins au petit trot pour emboîter le pas à son nouveau compagnon. Alors ? Tu m'apprendras à me servir d'une épée ?

Décidément, l'animal était coriace.

— Hum…

Il n'était pas venu à Brae pour enseigner les arts de la chevalerie, mais ce serait peut-être un bon moyen de gagner la confiance de Lady Johanne. À cette pensée, l'estomac d'Alewyn se contracta. Oserait-il vraiment faire cela ? Utiliserait-il la naïveté d'un enfant et de sa mère pour arriver à ses fins ? La réponse le frappa comme une gifle. Il n'avait tout simplement pas le choix. Si Lady Johanne était vraiment coupable, elle faisait courir un grave danger à la Couronne. Et la mission d'Alewyn était précisément d'utiliser tous les moyens nécessaires pour découvrir la vérité.

Cela faisait déjà un certain temps que les chevaliers de la Garde royale avaient été informés d'une conspiration visant à introduire des soldats français en Angleterre. Une fois rassemblés en nombre suffisant, ces hommes devaient organiser une attaque contre le roi Édouard à l'intérieur de son propre pays afin d'éviter une guerre sur le sol de France. Un informateur digne de foi les avait prévenus que cette armée devait aborder sur la côte sud, juste en face de Castle Brae. Il avait été aussitôt décidé de mener une enquête.

— Alors, insista Cineas. Tu le feras ?

— Si je parviens à me souvenir de ce qu'il faut faire,

oui, bien sûr, je serai heureux de t'enseigner les rudiments de cet art… avec une épée de bois, naturellement.

Il respecterait sa promesse, mais pas question d'abuser de l'innocence de Cineas pour lui poser des questions sur sa mère.

— … N'avez-vous pas d'écuyer au château ?

— Non. Pas de corps d'armée à Brae, malheureusement. Y a-t-il seulement encore ici quelqu'un qui sache tenir une épée, rétorqua le petit garçon en levant les yeux au ciel, comme il avait dû le voir faire maintes fois aux adultes de la maisonnée.

Alewyn hocha la tête. Rien d'étonnant à cela. Quel écuyer digne de ce nom accepterait de se mettre sous les ordres d'une femme ? Sans compter l'état de délabrement des lieux. Nul besoin d'être un expert pour déduire d'un simple coup d'œil que Castle Brae avait besoin de travaux urgents. Lady Johanne manquait de fonds, à l'évidence. Le désespoir, surtout quand il s'agissait de sauver son propre patrimoine et sa famille, pouvait conduire les individus à de terribles extrémités. C'était peut-être cela qui avait incité la mère de Cineas à trahir son roi.

Pour l'heure, en tout cas, Lady Johanne avait involontairement donné à Alewyn un bon prétexte pour séjourner au château. Il pourrait poursuivre ses investigations au sein de la place. En travaillant avec les gens du domaine, il pourrait gagner leur confiance et, s'il y avait quelque chose à découvrir, il le découvrirait. Sa mission n'était peut-être pas vouée à l'échec, finalement.

— Cineas ! Vous voilà enfin, s'exclama une jeune femme en se ruant sur le garçonnet à leur entrée dans la grande salle. N'étiez-vous pas supposé m'attendre ?

Elle jeta un coup d'œil horrifié sur Alewyn. Le genre de regard auquel il était habitué, tant la plupart des gens le prenaient pour une brute. Ce qui ne le dérangeait pas. C'était même souvent bien utile.

— Venez vite, poursuivit-elle en le tirant par le bras comme pour le mettre hors de portée d'un monstre, dépêchez-vous. Vous devriez être au lit depuis longtemps.

Cineas jeta à son nouvel ami un coup d'œil résigné.

— Bonne nuit, Al. À demain.

— Bonne nuit, Lord Cineas. Heureux d'avoir fait votre connaissance.

Les paroles courtoises n'apaisèrent en rien l'expression soupçonneuse de la jeune femme que Al gratifia d'un sourire éclatant avant de rebrousser chemin.

Alewyn franchit la porte à doubles battants et pénétra dans la salle, s'efforçant, malgré ses douleurs, d'adopter une démarche naturelle. Pas question de donner le spectacle d'un homme affaibli alors qu'il voulait convaincre tout le monde, dans cette demeure qu'il pouvait être utile. Plus tôt, Lady Johanne lui ferait confiance, mieux ce serait.

Au fur et à mesure qu'il avançait au milieu des convives, les conversations s'éteignaient. Tous les regards étaient portés sur lui, mais sans hostilité. Il trouva Lady Johanne près de la cheminée, à la table d'honneur, pour autant qu'on puisse appeler ainsi une simple planche de bois installée sur des tréteaux, sans linge blanc ni argenterie. Ni aucun des raffinements qu'Alewyn avait connus à la cour de Windsor ou au château familial, qui n'avait pas grand-chose à envier en matière d'opulence à la grandeur royale. Tout dans cette salle avait connu des jours meilleurs et pourtant, il y régnait une chaleur humaine et une gaieté bon enfant qu'il ne lui avait pas souvent été donné de rencontrer chez les grands. Malgré sa situation délicate, il sentait les muscles de sa nuque se décontracter.

Quand Lady Johanne lui sourit, du plus loin qu'elle le vit, Alewyn sentit son sang courir plus vite dans ses veines. Il y avait bien longtemps, à son adolescence peut-être, qu'il ne s'était à ce point ému à la vue d'une femme. Son hôtesse lui fit signe de venir le rejoindre et, conscient de tous les regards tournés vers lui, il se fraya un chemin jusqu'à elle.

Le sourire de Lady Johanne s'élargit et, trébuchant maladroitement, il se rattrapa de justesse à une épaule. Le sourire de cette femme était comme un coin de ciel bleu après une longue journée pluvieuse. Alewyn se ressaisit brusquement. Allons, voilà qu'il devenait poète. Quelle stupidité ! Décidément, le coup qu'il avait pris sur la tête devait avoir été plus violent qu'il ne l'avait pensé. Dieu merci, personne ne se doutait de son identité, ni de la raison pour laquelle il était là. Si Lady Johanne se doutait de l'effet qu'elle produisait sur lui, elle pourrait exploiter la situation et le rendre ainsi plus vulnérable.

— Vous me voyez heureuse de vous voir debout sur vos deux jambes, Al. Et pour ainsi dire, rétabli. Asseyez-vous, ajouta-t-elle en indiquant une place libre à sa gauche.

Alewyn se laissa tomber lourdement sur le siège, serrant les dents pour réprimer les douleurs déclenchées par cette délicate manœuvre. L'envie urgente de retourner s'affaler sur son matelas était presque incoercible. Et, s'il posait seulement sa tête devant lui, sur la table, il savait qu'il tomberait aussitôt dans une profonde torpeur. Mais il fallait aussi prendre en compte son appétit. Il salivait devant les plats chargés de viandes et les fumets qui envahissaient la pièce. Depuis combien de temps n'avait-il pas absorbé un vrai repas ? L'espoir que sa voisine n'ait pas entendu son estomac gronder s'évanouit quand elle lui décocha un nouveau sourire.

— J'imagine qu'un grand corps comme le vôtre a besoin de quantités de nourriture, remarqua-t-elle, une lueur amusée dansant dans son regard.

Une fois encore, le cœur d'Alewyn manqua un battement.

Il détourna les yeux, perplexe. Bon sang ! Que lui arrivait-il ? Ce devait être à cause de ce coup qu'il avait reçu sur la tête en tombant de cheval. Il fallait absolument se reprendre. Jusqu'à preuve du contraire, cette femme était son ennemie.

Devant son visage fermé, il vit le sourire s'évanouir sur les belles lèvres pulpeuses, la lumière s'éteindre dans ses yeux.

Et, quand elle se détourna, il éprouva un désagréable sentiment de culpabilité. Qu'il refoula aussitôt. Il n'était pas ici pour distraire la maîtresse de maison. Mais pour prouver au roi, à ses compagnons et à lui-même que sa place parmi les chevaliers du roi était méritée. Mais déjà, Lady Johanne s'adressait à son voisin, un homme d'âge moyen au regard perçant sous ses sourcils broussailleux. Celui-ci se pencha un peu sur son tranchoir[1] pour le considérer un instant de son regard vairon.

Alewyn lui adressa un bref salut puis concentra son attention sur sa nourriture tout en tendant l'oreille pour tenter de saisir quelques bribes de la conversation. Tout ce qu'il parvint à comprendre, c'était que Lady Johanne s'inquiétait de la quantité de provisions pour finir l'hiver, particulièrement rigoureux cette année. Aucune allusion au royaume de France ni à la guerre menaçante entre les deux pays. Cela dit, la châtelaine de Castle Brae n'était pas assez imprudente pour parler ouvertement de ses éventuelles manigances devant un étranger. Alewyn devrait faire preuve de patience.

— Demain, il nous faudra faire l'inventaire de nos

1. Le tranchoir est une simple tranche de pain sur laquelle on pose les aliments solides. Dans les milieux aisés, il peut reposer sur un tailloir, planche de bois, ou une écuelle en terre cuite.

magasins. Vous sentirez-vous assez fort pour nous aider, Al ? Les pommades de Mary ont-elles fait leur effet ?

Alewyn eut un sursaut.

— Oui, bien sûr, Lady Johanne. Je désire vivement me montrer utile… Dites-moi ce que vous souhaitez me voir faire et je m'y emploierai.

Avec un peu de chance, demain, son dos et ses côtes lui feraient moins mal. Plus tôt la châtelaine de Castle Brae lui ferait confiance, mieux ce serait. Et l'espoir que cette confiance irait assez loin pour qu'elle lui livre quelques-uns de ses secrets. Et la possibilité de circuler librement dans le domaine lui permettrait probablement de découvrir ce qu'il ne devrait pas voir.

Lady Johanne le regardait par-dessus le rebord de son gobelet de vin.

— Toujours aucun souvenir ?

— Aucun, milady. Vous m'en voyez navré.

— Gemel ne vous fait pas confiance. Il vous soupçonne de travailler pour le compte de Morcant. Est-ce vrai ?

Il admirait la franchise de la jeune femme, lui qui vivait depuis si longtemps au milieu des comédies et des complots de la Cour. Oui, décidément, cette candeur, vraie ou feinte, était rafraîchissante.

— Je puis vous jurer, objecta-t-il en se posant la main sur le cœur, que c'est dans votre bouche, hier, que j'ai entendu le nom de votre voisin pour la première fois. Je n'ai aucune relation, de quelque sorte que ce soit, avec lui.

Allait-elle le croire ? Après tout, s'il était supposé avoir perdu la mémoire, comment pouvait-il assurer sans faillir qu'il ne connaissait pas le dénommé Morcant ? Alewyn retint son souffle, s'attendant à ce que sa voisine lui en fasse la remarque.

— Gemel s'attendait bien à ce que vous répondiez

cela, remarqua Lady Johanne en se tournant vers l'homme assis à sa droite.

Le dénommé Gemel lui décocha un coup d'œil peu amène mais resta coi, ce qu'Alewyn apprécia. L'homme laissait sa maîtresse mener ses propres batailles, contrairement à beaucoup de ceux qui entourent les puissants et ne peuvent s'empêcher de tenter d'influencer leurs opinions.

Il laissa échapper un imperceptible soupir de soulagement. En tout cas, pour le moment, personne n'avait remis en question ses protestations de bonne foi.

— C'est à juste titre que votre régisseur exprime quelques soupçons à mon égard, milady. Je ferais la même chose à sa place. Si vous m'expliquez quel intérêt Morcant pourrait avoir à m'employer et dans quelle mesure je pourrais servir ses fins, en ce qui concerne son projet de faire de vous sa femme, je pourrais mieux vous assurer de mon innocence. À vrai dire, mes souvenirs sont encore très confus… Si vous pouviez les rafraîchir…

Sentant qu'il s'embourbait, Alewyn se tut.

Johanne but une gorgée de vin sans le quitter des yeux. Elle lécha du bout de sa langue une goutte qui glissait au rebord de ses lèvres et il sentit une flèche de désir lui brûler les reins. Il porta son attention sur une autre table. Il y avait trop d'enjeux dans sa quête pour qu'il s'égare à convoiter cette femme.

Johanne semblait ne rien avoir remarqué de son trouble.

— Comme je vous l'ai dit hier, Morcant est l'un de mes plus proches voisins. Il convoite Brae, non pour les ressources ni la taille de ce domaine mais parce que cela lui procurerait un large accès à la mer. Il fait tout pour me convaincre de l'épouser, jusqu'à la menace et le harcèlement. Jusqu'à présent, j'ai tenu bon, mais…

Elle s'interrompit un instant, l'expression tendue.

— Mais, reprit-elle d'une voix sourde, il semble venir

à bout de sa patience. Nous avons tout lieu de croire qu'il est à l'origine d'un récent attentat. N'ayant pu m'avoir par la persuasion, il veut me faire peur.

Son légendaire appétit soudain coupé, Alewyn reposa sur son tranchoir la cuisse de poulet grasse et odorante dans laquelle il mordait avec entrain un instant plus tôt.

— Il a essayé d'attenter à vos jours ? Dans une embuscade comme celle dont j'ai été l'objet, ou bien s'agit-il de quelque chose d'autre ?

Johanne but une deuxième gorgée de vin.

— Quelque chose de différent. Et je ne peux rien prouver contre lui, bien entendu, précisa-t-elle avec un haussement d'épaules. Mais cela ne peut être que lui. Il veut Brae. Et mon fils et moi sommes sur son chemin.

— Êtes-vous sûre que c'est lui qui a tendu cette embuscade hier ?

Encore un haussement d'épaules.

— Non, bien sûr. Mais je me doutais qu'il n'attendrait plus longtemps avant de passer à une allure supérieure. Peu lui importe que nous y laissions la vie, mon fils, moi ou l'un de nos serviteurs. Il veut nous intimider et que je cède par crainte qu'il arrive quelque chose à mon fils. Il fait tout pour entretenir un climat d'insécurité autour de nous. Mais…

Elle secoua la tête, une flamme dure s'allumant soudain dans son regard.

— Mais, reprit-elle, ce n'est pas votre affaire et je n'ai pas à vous ennuyer avec tout cela.

De nouveau, elle se retourna vers son régisseur et ils reprirent leur conversation là où ils l'avaient laissée.

Alewyn sentait le sang battre à ses tempes. Si seulement l'un de ses frères d'armes était avec lui ! Théo Grenville, de préférence, qui savait si bien lire dans le cœur des gens. Il ne faudrait pas longtemps à son camarade pour mettre à jour le parti de Lady Johanne et déterminer si oui ou non elle avait décidé de trahir son roi. Et pour découvrir quel rôle pouvait bien jouer le sieur Morcant dans cette affaire.

Mais Théo avait été envoyé dans le Nord pour s'occuper d'une autre menace. Et c'était même pour cela qu'on lui avait confié cette mission à lui, Alewyn. Bien que Benedictus ait essayé de cacher ce triste fait, Alewyn avait bien lu le scepticisme dans les yeux de son frère quand Théo avait fait cette suggestion. Et c'était ce qui avait scellé en lui sa décision. Il s'était juré de réussir dans sa mission et de rendre enfin toute sa famille fière de lui.

Il tenta de se redresser sur sa chaise et retint un cri de douleur.

À quoi bon toutes ces belles suppositions tant qu'il était si mal en point ? Il dut se retenir de ses deux mains crispées au rebord de la table pour ne pas glisser sur le sol. Il ne savait toujours pas ce qui lui était arrivé avant que la maîtresse de Castle Brae ne le trouve gisant sous la pluie en forêt, mais cela lui avait sapé toute son énergie. Et du reste, même si tout son corps n'avait pas crié de douleur, même s'il ne se sentait pas la faiblesse d'un agneau nouveau-né, il ne voyait pas trop ce qu'il aurait pu faire. Qu'on lui donne un escadron d'hommes d'armes à neutraliser, là, il serait à son affaire. Mais jouer les espions dans des places fortes perdues au fin fond du royaume ne lui disait rien qui vaille. Ce n'était pas de son ressort. À cette heure de la soirée, Alewyn n'aspirait plus qu'à une chose. Aller se jeter sur sa couche de paille et sombrer de nouveau dans les brumes bienfaitrices d'un profond sommeil.

Ensuite, il retournerait à Windsor et reconnaîtrait sa défaite devant ses pairs.

Se ressaisissant soudain, il s'ébroua. Allons ! Qu'est-ce qu'il racontait là ? S'avouer vaincu n'était pas une option. La sauvegarde du royaume d'Angleterre était entre ses mains.

Se redressant sur son siège, Alewyn empoigna fermement sa cuisse de poulet. Il n'avait pas le choix. Il ferait tout ce qui était en son pouvoir pour découvrir la vérité.

C'est alors que les portes de la grande salle s'ouvrirent à grand fracas. Bondissant sur ses pieds dans un rugissement de douleur, Alewyn chercha son épée à son côté, jurant en s'apercevant qu'elle n'était pas là.

Toutes les conversations s'étaient arrêtées. Et les regards étaient tournés vers la porte.

Un homme au corps massif, aux cheveux hirsutes et à la lippe menaçante se tenait sur le seuil.

Lady Johanne posa calmement son gobelet devant elle et se leva à son tour. Alewyn était si près qu'il put voir que les mains de la jeune femme tremblaient. Mais elle se tenait bien droite sur ses jambes.

Et elle regardait le nouvel arrivant dans les yeux.

— Lord Morcant, dit-elle posément. Soyez le bienvenu.

En entendant ce nom, Alewyn sentit son sang se figer dans ses veines. Tel était donc l'homme qui faisait se révulser de dégoût et de peur mêlés la châtelaine de Castle Brae !

— ... Comme c'est aimable à vous de nous rendre visite, poursuivait-elle sur le même ton. Je crains qu'il ne soit un peu tard pour que vous puissiez vous joindre à notre repas de fête mais c'est avec plaisir que je recevrai vos félicitations.

Alewyn battit des paupières. De quoi parlait-elle ? Quelles félicitations ?

La brute épaisse entreprit de traverser la salle comme en terrain conquis sans que personne ne tente de l'arrêter. Alewyn serra les poings. Un seul mot de la châtelaine de Castle Brae et il jetterait cet individu dehors, nonobstant ses douleurs et le fait que, peut-être, Lady Johanne trahissait son pays. Mais, sur les tables, les poings des hommes étaient serrés et les femmes tenaient leurs paupières baissées. Visiblement, l'escogriffe ne déplaisait pas qu'à la maîtresse de maison.

— Mes félicitations ! Et en quel honneur, je vous prie ? rugit le géant en se plantant devant la haute table, les jambes écartées.

Ignorant le ton plein de morgue, Lady Johanne répartit gaiement :

— Oh ! Vraiment, vous l'ignoriez ? Moi qui croyais qu'apprenant la nouvelle, vous aviez couru tout droit ici pour me faire vos compliments !

Elle agita la main avec désinvolture.

— … Mais peu importe… Laissez-moi vous présenter mon promis.

Joignant le geste à la parole, elle se tourna vers Alewyn, et posa sa main sur la sienne.

Alewyn la dévisageait, bouche bée.

Bouche bée aussi était Morcant, dont les petits yeux porcins allaient de l'un à l'autre des deux fiancés improvisés.

— Votre promis ? répéta-t-il d'une voix rauque.

Alewyn, qui s'était ressaisi, décida que, tant qu'il ne saurait pas de quoi il retournait dans toute cette affaire, il se joindrait de bon cœur à cette comédie. Pour le seul plaisir de voir défait l'escogriffe sans manières qui venait d'interrompre le repas de la maisonnée. Et qui, semblait-il, empoisonnait la vie de sa voisine depuis pas mal de temps.

— Oui, mon promis, répéta Johanne avec une belle assurance, que démentaient ses doigts frémissants entrelacés à ceux d'Alewyn.

Alewyn jeta un bref coup d'œil à Gemel. Lui aussi avait les poings serrés sur la table et ses jointures étaient blanches. Le visage du régisseur était de marbre, mais on lisait dans son regard le même étonnement que dans celui de Morcant. Il n'était pas plus informé qu'Alewyn de cette nouvelle.

À quel jeu s'amusait donc Lady Johanne ? Et surtout, comment Alewyn pourrait-il faire tourner la situation à son avantage ?

Chapitre 4

Un silence glacé figeait la salle tandis que Johanne souriait poliment à l'intrus, ses doigts tremblant dans l'étreinte de la grande main chaude et rassurante de son voisin. Depuis la mort de son mari, elle avait tout fait pour sauver Brae de l'emprise de Morcant mais elle venait de jouer là le coup le plus risqué. L'heure avait sonné où tout ce qu'elle avait patiemment élaboré depuis quatre ans, où tout le pouvoir qu'elle avait conquis pied à pied pouvaient s'effondrer d'un coup. Elle pouvait tout perdre en une fraction de seconde, l'héritage de son fils, mais aussi le bien-être et la sécurité de tous ceux dont la survie dépendait du domaine.

Elle avait tout misé sur Al, un homme qu'elle connaissait à peine et à qui Gemel, non sans raison, ne faisait guère confiance. Sans compter que, si l'individu découvert en forêt était payé par Morcant, elle venait de se couvrir de ridicule.

Elle observa Al du coin de l'œil. À sa place, il paraissait déjà très impressionnant, mais debout, au milieu de toute cette assemblée assise, il était tout simplement formidable.

Johanne n'avait pu encore apprécier à sa mesure toute l'ampleur de sa taille. Certes, elle-même était grande mais le dénommé Al la dominait de plus d'une tête. Quant à sa carrure… S'il lui en prenait l'envie, Al pouvait certainement envoyer les occupants de la salle voler comme fétus de paille par portes et fenêtres, tous autant qu'ils étaient.

Elle retint son souffle.

— Je vous en prie, Lord Morcant, dit-il de sa voix profonde. Prenez place à notre table afin de vous joindre à notre fête.

Le roulement rocailleux de la voix de son compagnon pénétra en elle comme un torrent après le dégel. Elle sentit ses genoux trembler de soulagement. Si elle l'avait pu, elle aurait serré Al contre son cœur.

Morcant se tenait devant eux, parfaitement immobile, ses petits yeux vifs allant de l'un à l'autre. Ce n'était pas un homme subtil. Si Al et lui étaient de vieilles connaissances, ou à tout le moins complices de quoi que ce soit, il serait incapable de le dissimuler. Au contraire, le nouvel arrivant toisait celui qu'il prenait pour son rival d'un œil peu amène.

— Je ne crois pas avoir été informé de cela, dit-il enfin. À quand remonte votre engagement ?

Al poussa un grognement menaçant et Johanne sursauta.

— Un peu de respect pour ma dame, sire Morcant. Sinon, je vous demanderai de prendre la porte. Et tant pis si nos relations de voisinage commencent sur un si mauvais pied !

Morcant le dévisagea un instant, sidéré. À l'évidence, personne ne lui avait jamais parlé sur ce ton qui ne soit un homme mort. Toute la salle était plongée dans un silence de tombeau. Même les enfants s'étaient arrêtés de jouer.

D'ordinaire, dans l'intérêt de sa mesnie[1] et de son fils,

1. Au Moyen Âge, le terme mesnie désigne les gens qui vivent sous le même toit dans une seigneurerie, qu'ils soient ou non de même sang. Cette notion s'oppose à celle de lignage, plus proche du clan celte, par exemple.

lors des rares visites de Morcant, Johanne se contraignait à la plus grande amabilité, s'évertuant à dompter le tempérament notoirement querelleur de son voisin. Elle avait appris ces talents de haute diplomatie durant son mariage, ayant à subir les humeurs difficiles d'un mari aussi impétueux et combatif qu'un vieux taureau au moment de l'herbe nouvelle. Mais Dieu sait pourquoi, ce soir, tant de simagrées lui soulevaient le cœur. Elle avait déjà subi la violence et le despotisme de Badon, son défunt mari. Elle n'était pas prête à recommencer.

Jamais Johanne n'avait vu personne défier Morcant de manière si provocatrice. Même Badon prenait des précautions avec son irascible voisin. Du coin de l'œil, elle vit la main de Gemel se poser discrètement sur le pommeau de son couteau de chasse. Al n'avait pas d'arme, elle le savait. Mais elle ne doutait pas une seconde que, même à mains nues, il puisse prendre le dessus.

Les secondes s'étirèrent en longues minutes qui parurent à tous une éternité. Puis Morcant cligna des yeux, comme un vieux hibou surpris par la lumière et Johanne dut se mordre les lèvres pour retenir un éclat de rire. Contre toute attente, l'intraitable despote inclina la tête.

— Je vous prie de m'excuser, Lady Johanne. J'ai été surpris. Je serai très honoré de me joindre à vous pour cette petite fête.

Deux des convives lui firent un peu de place sur leur banc et il se laissa lourdement tomber sur un siège qu'il jugeait sans doute, au vu de sa grimace, trop modeste pour son honorable postérieur. Al ne le quitta pas du regard jusqu'à ce qu'il se fût assuré que leur invité forcé ne constituait plus aucune menace. Puis, tandis qu'on servait un généreux gobelet de vin au nouvel arrivant, il s'installa de nouveau sur son siège, qui émit un craquement de protestation.

Tout le monde se remit alors à manger mais tout entrain

avait disparu. Johanne se croyait revenue au temps où Badon présidait l'assemblée et où son regard implacable faisait se courber toutes les têtes.

Si le maître du domaine était de bonne humeur, il encourageait de lui-même les conversations avec force plaisanteries et louanges. Dans le cas contraire, il aboyait après tout le monde et les répliques acerbes tombaient sur les nuques inclinées comme autant de coups de fouet.

Johanne, l'appétit coupé, croisa les mains dans son giron. Trop de mauvais souvenirs l'envahissaient soudain, ainsi que la peur de ce qui allait advenir. À son grand étonnement, Al prit une de ses mains qu'il enferma dans la sienne, la chaleur de son grand corps se communiquant au sien. Il l'étreignit fugitivement puis la libéra bientôt, mais jamais Johanne n'avait éprouvé autant de gratitude pour une aussi furtive marque de soutien.

Quand elle se fut assuré que sa main ne tremblait plus, elle prit son gobelet qu'elle porta à ses lèvres. Le vin épicé lui réchauffa doucement la gorge et les entrailles et lui donna la force de reprendre son rôle de maîtresse de maison.

— Messire Morcant, dit-elle avec un sourire contraint, si vous n'êtes pas venu chez moi pour me souhaiter bonheur et prospérité dans ma nouvelle union, pouvez-vous nous dire quel bon vent vous amène ?

Morcant but une large rasade de vin et essuya ses lèvres épaisses et rouges sur sa manche.

— Mais je venais, comme il se doit, prendre de vos nouvelles, Lady Johanne. On dit que nos rapports s'enveniment avec la France et vivre sur cette côte, juste en face de nos ennemis, est dangereux pour une femme seule.

Une saine colère s'empara de Johanne, lui redonnant toute sa faconde. Tous les prétextes étaient bons à Morcant pour s'immiscer dans ses affaires.

— Comme vous avez pu vous en apercevoir en arrivant ici, mon cher voisin, je ne suis plus seule.

— Absolument, renchérit Al d'un ton définitif. Maintenant que je suis là, Lady Johanne n'a besoin de personne d'autre que son futur époux pour envisager la défense de ses terres.

La bouche de Morcant s'étira en un rictus mauvais.

— Fort bien… Et peut-on savoir qui vous êtes, messire ? Ce n'est pas, que je sache, écrit sur votre front.

Johanne se tassa sur sa chaise. Sotte qu'elle était ! Elle aurait dû prévoir cette question ! À son côté, elle sentait Al se raidir. Ses doigts se resserrèrent sur son gobelet et elle s'arracha un sourire aimable.

— Mon nom est Sir Alewyn, déclara Al, plantant son regard dans celui de son interlocuteur.

— Fort bien… Et quelle est votre maison, je vous prie ? Vous appartenez bien à quelqu'un, j'imagine.

Johanne se pencha par-dessus la table. Pas question d'obliger Al à s'enferrer dans le mensonge pour être agréable à son hôtesse.

— Je ne suis pas certaine que nous soyons disposés à subir vos investigations, Morcant.

L'homme tourna vers elle son regard froid.

— Recevez de nouveau mes excuses, Lady Johanne. Vous savez bien que mon seul souci est de veiller à vos intérêts. Je…

Comment osait-il ?

— Si mon frère, Lord Richard, décrète que Sir Alewyn fera un bon époux pour moi, qui suis-je pour en douter ?

Les petits yeux marrons de Morcant allèrent de nouveau de l'un à l'autre. Al restait silencieux, le regard posé sur ses mains maintenant sagement croisées devant lui sur la table.

Morcant laissa fuser un petit rire.

— Votre frère Richard ? Tiens donc. Il y a beau temps

qu'on ne le voit plus, celui-là ! Il s'agirait donc d'un mariage arrangé !

— Comme la plupart des mariages, ce me semble.

— Et pourtant, Richard n'est pas là pour célébrer avec vous l'heureux jour de vos fiançailles !

Alewyn bondit sur ses pieds.

— Je veux bien croire, messire, que vous n'êtes pas venu jusqu'ici pour insulter ma fiancée et moi-même avec vos questions déplacées. Mais je crains que vous n'ayez dépassé les bornes. Laissez-moi vous raccompagner jusqu'à la porte.

Une fois de plus, la bouche de Morcant s'ouvrit largement sous le coup de l'étonnement. Et le silence retomba sur la grande salle. Une chose était de remettre le sieur Morcant à sa place. Une autre, de le jeter à la porte. Johanne ne connaissait personne qui n'ait osé le faire dans la région sans le payer très cher. Et si, jusqu'à présent, Morcant s'était montré relativement indulgent avec elle, malgré ses nombreux actes de résistance, c'était parçe qu'il espérait l'épouser et avoir la mainmise sur le domaine. Maintenant que ses espoirs tombaient à l'eau, Dieu sait comment il allait réagir. En face d'un adversaire tel que Al, les choses pouvaient fort mal tourner.

À moins que ce soit leur chance, au contraire ! Et si, impressionné par la force physique de Al, et le soutien potentiel de sa famille par-derrière, Morcant se repliait sur ses arrières et les laissait enfin tranquilles, ses gens et elle ?

Mais leur visiteur ne bougeait toujours pas. Johanne essuya nerveusement ses mains sur sa robe. Pas question de laisser la violence faire irruption chez elle, surtout avec toutes ces familles innocentes qui dînaient paisiblement autour d'elle. Al continuait de dévisager Morcant, des ondes hostiles émanant par vagues de son corps robuste. Il grommela quelque chose qu'elle ne comprit pas puis entreprit de faire le tour de la table. Le cœur de Johanne se mit à battre plus vite, sous l'effet de la peur ou d'une autre émotion, elle n'aurait su le dire. Quand il fut arrivé devant Morcant, il le toisa de toute sa haute taille. Ainsi dominé par ce splendide athlète, Morcant paraissait à peine plus grand qu'un enfant. Les deux hommes se défièrent un long moment du regard tandis que Johanne, osant à peine respirer, attendait, le sang battant à coups sourds dans ses veines. Et enfin, contre toute attente, Morcant tourna les talons et quitta la salle. Al consulta Johanne du regard, hocha la tête, puis emboîta le pas à leur visiteur.

— Gemel, veux-tu bien les suivre et voir ce qu'ils se disent ?

Gemel lui décocha un regard peu affable.

— Oui, milady. Ensuite, nous aurons à parler.

Johanne hocha la tête. Elle avait beau se raisonner, elle ne pouvait s'empêcher de s'inquiéter pour Al. C'était absurde, bien sûr. Al était de ce genre d'hommes qui savent très bien se tirer de la plupart des mauvais pas. Mais il était diminué par ses blessures et elle avait bien noté ses grimaces de douleur quand il s'était remis sur ses pieds. D'une certaine manière, elle se sentait responsable de lui. Pas question de voir sa situation empirer par sa faute. C'était là la seule raison de son inquiétude, n'est-ce pas ? Après tout, si elle lui avait sauvé la vie, ce n'était pas pour le sacrifier sur l'autel de cette brute. Il n'y avait aucune autre raison à son trouble. Elle ne connaissait Al que depuis deux jours et ils avaient à peine échangé quelques mots. Elle refoula au fond de sa mémoire la façon dont le grand corps de son protégé s'abandonnait dans le sommeil, comme il paraissait si vulnérable malgré sa corpulence et son beau regard de jais.

Non, décidément, un homme comme lui était parfaitement capable de veiller sur lui-même.

Elle ferait mieux de s'inquiéter pour elle-même. Gemel allait la questionner sur ses projets et elle détestait la perspective de devoir lui dire qu'elle n'en avait aucun. En improvisant ces soudaines fiançailles, elle s'était donné un temps de répit mais cela ne faisait que compliquer la situation. Cela dit, elle ne devait aucune explication à son régisseur. Elle était la maîtresse et avait bien l'intention qu'on sache que remariée ou célibataire, cela n'y changerait rien. Qu'elles soient bonnes ou mauvaises, ses décisions lui appartenaient et nul ne pouvait les contredire. Elle s'était battue pendant des années pour en arriver là et n'avait pas l'intention de partager son pouvoir avec quiconque.

Ce soir, en voyant Morcant traverser la grande salle comme s'il était en terre conquise, agissant comme si leur union était une affaire conclue, elle n'avait eu qu'une idée en tête. Se débarrasser de lui une bonne fois pour toutes. Lâcher à brûle-pourpoint qu'Al et elle venaient de se fiancer n'était certainement pas malin. Mais, cela dit, elle ne partageait pas les soupçons de Gemel concernant une éventuelle collusion entre les deux hommes. Morcant avait eu l'air sincèrement surpris en voyant Al à ses côtés. Et encore plus quand elle lui avait annoncé leurs fiançailles.

Mais si elle se trompait, elle venait tout bonnement de se jeter dans la gueule du loup.

Bah ! Dieu sait pourquoi, dût-elle payer son aveuglement au prix fort, elle avait confiance en son rescapé. Malgré son gabarit de guerrier, le regard d'Al était bon et, quand il lui parlait, il se montrait poli et respectueux. Il n'avait rien de commun avec des goujats comme Badon ou Morcant.

La mère de Johanne serait la première à lui reprocher sa naïveté, à lui dire que l'habit ne fait pas le moine et que ce sont rarement les jolis cœurs qui font les bons maris. Et on ne pouvait nier qu'avec ses larges épaules, ses cheveux bruns et ses yeux sombres, l'étranger était diablement séduisant. Elle qui n'avait jamais connu l'amour autrement que dans les bras d'un mari imposé ne pouvait nier l'attrait de ces bras puissants et de ces lèvres sensuelles. Il paraissait tout à fait savoir que faire dans son lit avec une femme jeune et en pleine santé. Et l'expérience paraissait diablement tentante, pour elle qui n'avait connu que la corvée de céder à un homme qu'elle n'aimait pas.

Mais là, elle s'égarait !

Johanne poussa un soupir. Pas question de prendre Al pour mari. Ni même pour amant. Même si elle parvenait à apaiser ses scrupules, elle ne voulait pas risquer de tomber enceinte. Une grossesse l'affaiblirait aux yeux de son entourage et une autre bouche à nourrir serait une véritable catastrophe pour Castle Brae. Non, décidément. Elle n'avait pas de temps à perdre dans ce genre d'élucubrations.

Et il fallait faire bonne figure, afficher une sérénité qu'elle était loin d'éprouver.

Reprenant sa cuiller, elle se contraignit à avaler quelques bouchées du ragoût d'agneau que Maguy, la ronde épouse du cocher et excellente cuisinière, réussissait si bien. Les conversations avaient repris dans la salle en même temps qu'on faisait circuler les pichets de vin. Quand Al et Gemel regagnèrent leur place, on eut dit que rien n'était arrivé. Johanne continua à manger, le cœur au bord des lèvres. Elle avait appris très tôt dans son mariage que, si elle manifestait la moindre émotion, Badon essaierait d'en tirer parti pour son seul intérêt. Aussi, tout au long de ces années avait-elle acquis une belle impassibilité.

— Vous pouvez vous fier à lui, milady, se contenta de murmurer Gemel entre ses dents en se glissant à sa place.

Et, de nouveau imperturbable, il se remit à manger.

Mais Al restait debout.

— Si vous n'y voyez pas d'inconvénient, Lady Johanne, j'aimerais vous parler.

Johanne opina du chef, mais ne fit pas mine de se lever tant qu'elle n'eut pas vidé son écuelle jusqu'à la dernière miette. Une fois, qu'elle en eut fini avec son ragoût, elle reposa sa cuiller.

— Allons dans mes appartements, voulez-vous. Nous y serons mieux pour parler.

Elle se remit sur ses pieds et, très droite, traversa la salle à son tour sans se soucier si son interlocuteur la suivait. Ce ne fut qu'au bout d'un instant qu'elle entendit des pas lourds derrière elle. Mais ils ne dirent pas un mot jusqu'à ce que, ayant traversé la cour puis monté les marches de l'étroit escalier du donjon, Al ait refermé derrière lui la porte des appartements de la châtelaine.

Ils restèrent une longue minute à se regarder, le cœur de Johanne battant à se rompre.

— Quelle mouche vous a piquée, Lady Johanne ? attaqua enfin Al, ses yeux noirs décochant des éclairs. Voilà que je me trouve fiancé à une parfaite inconnue sans même que…

Les mots lui manquaient soudain, tant son indignation était grande, et il se mit à arpenter la pièce en longues enjambées furieuses.

Le premier réflexe de Johanne fut de s'excuser de l'avoir mis dans une position si inconfortable. Mais elle se contint. Pas question de lui montrer à quel point sa situation était critique ni combien elle avait besoin de son aide. Elle ne voulait pas de la pitié d'un étranger.

— Comme je vous l'ai expliqué plus tôt, Morcant me harcèle pour que je l'épouse depuis le lendemain même, ou quasiment, mon époux a rendu l'âme. C'est un homme violent, au tempérament tyrannique, dont je ne voudrais pas pour mari même s'il était question d'amour de sa part.

Or la seule chose qui l'intéresse en moi, c'est Brae. Mes refus réitérés l'ont mis dans une fureur croissante. Il ne supporte pas de voir ses ambitions limitées sur cette côte à cause de moi. Aussi, après les menaces récentes dont j'ai été l'objet, je n'ai qu'une peur. Qu'il retourne sa violence contre mon fils. Ce soir, grâce à vous, j'ai trouvé le moyen de décourager définitivement ses exigences.

Comme un lion en cage, Al fauchait toujours l'espace de ses longues jambes.

— Et après, quand il verra que les noces n'ont pas eu lieu ? Repartirez-vous de la case départ, avec l'inconvénient d'avoir perdu votre crédibilité ? Et sans moi et la protection que je représente ?

Bien sûr, tandis qu'elle mâchonnait son ragoût sans appétit, Johanne avait eu le temps de penser à tout cela.

— Il n'est pas censé savoir que ce mariage ne s'est pas fait. Je ferai en sorte qu'il apprenne que tout s'est passé comme prévu et que nous sommes… mari et femme. Quand vous serez retourné chez vous, je ferai courir le bruit que vous êtes parti à la guerre en France, comme tout le monde. Et si cette guerre n'a pas lieu, que vous êtes parti recruter des hommes à l'étranger…

Elle conclut avec un geste vague de la main :

— Nous verrons les détails plus tard. Cela me laissera quelque répit. Quand mon fils sera assez grand pour prendre la tête du domaine, alors, je n'intéresserai plus aucun homme. Et ce sera tant mieux. Ce mariage fictif me laisse un peu de temps pour préparer l'avenir. Ce n'est pas comme si je vous demandais de conclure avec moi un vrai mariage, n'est-ce pas ?

Al s'arrêta net dans son élan.

— Franchement, milady, je ne crois pas que ce soit une bonne idée. Un serf de Castle Brae peut se montrer trop bavard, les occasions ne manquent pas, à la taverne ou ailleurs. Morcant finira bien par apprendre la vérité. Et votre fils n'a que six ans ! Le temps est long, jusqu'à sa majorité.

Johanne serra les poings. L'idée était bonne. Elle n'en démordrait pas.

— Ce qui est fait est fait. Et je ne pense pas que mes gens parlent. Morcant est détesté dans tout le pays.

Al reprit ses allées et venues. Le remords commençait à s'emparer de Johanne. Elle n'avait pas voulu donner à son hôte forcé l'impression qu'elle voulait profiter de sa bonne volonté. Mais décidément, il se faisait d'une taupinière une montagne.

— Je n'attends rien de plus de vous, Al. Je n'ai pas plus envie de vous épouser que vous n'en avez envie vous-même. Après la mort de Badon, j'ai décidé une fois pour toutes que je ne me remarierai pas. Ce plan que je vous expose n'est pour moi qu'une stratégie afin que Morcant me laisse tranquille. Croyez-moi, Morcant ne remettra plus jamais les pieds ici sans y être invité. Il ne pourra vérifier si vous êtes là.

Arrêtant sa déambulation, Al secoua la tête.

— Non, cela ne peut pas aller. Il faut que vos gens croient que nous avons bel et bien l'intention de nous marier. Sinon, vous courez droit à l'échec.

— Mais c'est impossible, Al ! Ne soyez pas ridicule…

Une lueur traversa le regard sombre de son interlocuteur.

— Merci… Mais je suis rarement ridicule. Si vous voulez que votre plan fonctionne, il faut que nous montrions un front uni. Et pour cela, tout le monde ici doit croire à notre prochain mariage. Même vos proches… Mais il y a une chose à laquelle vous n'avez pas pensé. Et si je retrouve ma mémoire demain et que je me souviens de projets plus urgents ?

Johanne enfouit son visage dans ses mains avec un petit

cri. Il fallait que Al l'aide. Elle en avait besoin plus qu'elle ne saurait le dire. Mais elle ne pouvait l'y contraindre parce que cela irait contre ses principes. Badon avait contrôlé chaque minute de sa vie et elle savait ce que signifiait perdre sa liberté. En prenant les rênes du domaine, elle s'était juré de ne pas devenir un tyran à son tour. Une chose était de savoir commander. Une autre de se transformer en dictateur. Mais Al n'avait-il pas besoin d'elle, lui aussi ? Après tout, vivre à Castle Brae au titre de fiancé puis de mari ne devait pas être une si terrible affaire.

Soudain, le cœur de Johanne manqua un battement. Oui, mais s'il retrouvait la mémoire ? Si une maison, une famille l'attendaient ailleurs ? Si… si… S'il était déjà… marié ?

Al l'observait attentivement. Elle tourna la tête. Elle ne voulait pas lui laisser voir son émotion.

— Lady Johanne, je suis conscient d'avoir une dette à votre égard. Si vous ne m'aviez pas recueilli chez vous, si vous m'aviez laissé dans la boue de ce chemin, à l'heure qu'il est, je serais certainement un homme mort… Je ne voudrais pas me montrer ingrat ni vous mettre dans un tel désarroi.

— Je ne suis pas dans le désarroi, se rebiffa Johanne, les larmes aux yeux.

Sa voix tremblait et elle était sur le point d'éclater en sanglots.

Elle entendit comme un petit cri de protestation puis il avança vers elle.

— Je vous en prie… Ne pleurez pas.

— Mais je ne pleure pas ! se révolta-t-elle, lui tournant le dos.

Elle ne voulait pas de sa compassion. Cela ne faisait que rendre les choses plus difficiles. Elle était si peu habituée à la gentillesse que cela lui faisait faire et dire n'importe quoi.

La voix mélodieuse de son interlocuteur résonna doucement derrière elle.

— Peut-être y a-t-il un moyen que votre plan fonctionne. Je pourrais rester un certain temps et faire comme si nous préparions nos noces, en effet.

Le cœur de Johanne fit un bond dans sa poitrine. Elle fit brusquement volte-face.

— Vous feriez cela ?

— Si cela peut vous aider, oui.

Il s'était encore rapproché et il était si près, maintenant, que, plongeant dans ses yeux, elle s'aperçut qu'ils n'étaient pas si sombres qu'elle l'avait cru tout d'abord. Ils étaient d'un brun chaud, luisant comme du bois poli.

Et surtout, ils étaient remplis d'une sincère compassion.

— Merci. Merci mille fois. Nous dirons à mes gens que vous étiez sur votre chemin pour venir ici arranger notre mariage quand vous avez eu votre accident. Bien sûr, depuis votre arrivée, il y a pas mal de bavardages à propos de votre présence à Castle Brae. Mais ni Gemel ni moi n'avons rien dit qui puisse aller contre notre projet. Vous ne le regretterez pas, je vous le promets… Et pardonnez-moi encore de m'être emportée. Je ne voulais pas vous être désagréable.

Il essuya les larmes de Johanne du bout de ses doigts et elle retint un frisson.

— Je comprends très bien que vous vouliez protéger votre fils, Lady Johanne. Je regrette moi aussi de m'être emporté. Vous avez raison. Après tout, ce que vous me demandez n'est pas grand-chose. Si cela vous permet de vous débarrasser de Morcant, ce n'est pas cher payé pour m'avoir sauvé la vie et pour le prix de votre hospitalité.

Johanne sourit et la chaude compréhension qu'elle lut dans l'or brun des yeux de Al lui fit courir le long de la colonne vertébrale un délicieux frisson. Son compagnon dut le ressentir lui aussi parce que son regard s'abaissa jusqu'à ses lèvres.

Johanne se sentit vaciller. Allait-il l'embrasser ?

Non, elle ne pouvait pas autoriser cela. S'il restait à Brae, c'était parce qu'il n'avait nulle part où aller. Pas parce qu'il était attiré par elle.

Elle recula d'un pas, puis de deux, soulagée qu'il n'essaie pas de la retenir.

— Ce ne seront pas de véritables noces, bien sûr, dit-elle d'une voix rauque.

— Je sais.

— Donc, nul besoin de s'embrasser, n'est-ce pas ?

Une lente rougeur envahit les joues mates de Al. La lueur dorée qui éclairait ses yeux s'éteignit.

— Oui, milady. Je sais cela aussi.

Elle hocha la tête. Parfait. Ils s'étaient compris. Et le petit pincement de regret qui lui étreignit le cœur n'était que pur non-sens. Elle n'avait pas la moindre envie d'embrasser son bel inconnu, elle non plus. Bien qu'elle ait été mariée, personne ne l'avait jamais embrassée. Badon n'avait pas de temps à perdre et, jusqu'à aujourd'hui, elle n'avait pas vu l'intérêt de ce genre d'effusions. Non qu'elle ait changé d'avis, bien sûr…

C'était juste que la bouche de Al paraissait tellement…

— Si vous voulez bien m'excuser, Lady Johanne. Je souhaiterais me retirer dans ma chambre, dit Al d'une voix qui avait perdu toute forme de complicité. Demain sera une longue journée et j'ai encore besoin de me reposer de mes blessures.

— Naturellement. Et encore merci pour votre aide.

Johanne se ressaisit. Après un tel moment d'intimité, il paraissait étonnant de se comporter de manière si formelle, avec une politesse presque glacée. Oui, décidément, il allait falloir désormais veiller à éviter toute forme de rapprochement avec l'homme qui allait l'aider à sauver Castle Brae.

Chapitre 5

Alewyn souleva la hache et l'abattit sur la bûche qui se fendit avec un bruit sourd. Il plaça une autre bûche sur le support et essuya d'un revers de main la sueur qui lui coulait sur le front. L'effort physique était une bonne distraction pour ne pas penser à l'échec de sa mission jusqu'à présent. Cela faisait trois jours qu'il était sur pied, enquêtant discrètement partout où il pouvait se montrer sans susciter les soupçons, et toujours rien.

— Ces bûches n'ont aucune chance de vous résister, on dirait ? plaisanta Edmund, le charpentier du domaine, en surgissant dans son dos.

C'était un brave garçon, amical et plein de ressources, mais muet comme une carpe quand il s'agissait d'évoquer les relations de sa maîtresse avec le voisinage. S'il existait un plan pour affaiblir l'armée royale et la prendre par revers, Edmund n'était pas au courant. Alewyn commençait d'ailleurs à se demander s'il était possible, dans une si petite communauté, de fomenter un complot d'une telle ampleur contre le roi sans susciter des soupçons. À moins qu'il en arrive un peu vite à ces conclusions parce qu'il ne voulait pas que Johanne soit coupable ?

— Honnêtement, Edmund, couper ces bûches ne me fait pas plus d'effet que de trancher l'air de mon épée. N'auriez-vous rien de plus consistant à me fournir ?

Edmund rit. Il se réjouissait visiblement beaucoup de l'extraordinaire force physique d'Alewyn et cherchait chaque jour sans succès une tâche qui résiste au jeune géant.

— Et vous pouvez travailler encore longtemps comme cela ?

— Toute la journée s'il le faut.

Ce qui était faux. Ses muscles étaient encore douloureux des conséquences de sa chute en forêt et il aurait bien été boire une bière. Mais, s'il voulait gagner la confiance des gens de Brae, pas question de montrer le moindre signe de faiblesse.

— Que nous reste-t-il à faire ? s'enquit-il, un peu essoufflé.

Edmund fit un geste du menton.

— Tout le tas qui est là-bas.

De son côté, il prenait son temps, plaisantant plus qu'à son tour, et n'avait pas abattu beaucoup d'ouvrage. Mais pas question pour Alewyn de le lui faire remarquer.

S'il pouvait se faire un ami à Castle Brae, quelqu'un qui pourrait avoir assez confiance en lui pour l'introduire auprès de complices éventuels de Lady Johanne, cela lui permettrait d'avancer dans son enquête.

— Votre dame sera contente de notre travail de la matinée, insista Edmund, haussant comiquement ses sourcils comme à son habitude.

Alewyn s'esclaffa.

Comme convenu, de peur d'un éventuel espion à Castle Brae, Lady Johanne n'avait prévenu personne, au domaine, que leur projet d'union n'était qu'un simulacre. Mais cela avait d'autres inconvénients. Les gens de Johanne le considérant comme leur futur maître, il était traité avec un respect et une considération qu'il ne méritait pas.

Réalisant qu'il n'avait pas répondu à Edmund, Alewyn marmonna :

— Je l'espère bien. Je veux complaire à Lady Johanne en tout point.

— Oui. C'est une femme d'une rare qualité, généreuse et fidèle à ses principes.

Alewyn réprima un soupir. Le problème, c'était que Johanne suscitait tant d'admiration et de dévouement parmi les gens de Brae que nul ne hasarderait la moindre confidence, la moindre révélation, qui pût porter tort à la belle et courageuse châtelaine. Il entendait à longueur de journée que c'était une maîtresse juste, qui ne reculait jamais devant ses devoirs et travaillait aussi dur que les autres, si ce n'est plus. Edmund disait aussi qu'elle adorait son fils mais ne le gâtait pas. Bien qu'âgé seulement de six ans, Cineas devait apprendre à se conduire comme un gentilhomme.

— Et alors, à quand le mariage ?

Alewyn, qui avait oublié la présence d'Edmund, sursauta.

— Le mariage ?

Ne sachant quoi dire, il resta coi un instant. Johanne et lui n'avaient pas prévu ce genre de détail ! Il leur fallait fixer une date, évidemment.

— Pour sûr, poursuivit son interlocuteur, soucieux de ne pas l'embarrasser, vous laissez le soin à votre dame d'en décider. Et je ne vous donne pas tort. La vie est bien plus facile quand on laisse croire aux femmes que ce sont elles qui commandent.

Il ponctua sa plaisanterie d'un gros rire et conclut :

— En tout cas, pour vous, je suis sûr que le plus tôt sera le mieux. Pas besoin d'être grand clerc pour voir que vous êtes amoureux.

Edmund rit encore tandis que le visage d'Alewyn s'empourprait violemment.

Alewyn se remit furieusement à l'ouvrage. Non, il n'était pas amoureux. Ce n'est pas parce qu'on a envie de mettre une femme dans son lit qu'on doit y mêler les sentiments. Et s'il suivait souvent Lady Johanne du regard, c'était parce qu'il avait besoin de la garder à l'œil. Était-ce sa faute si elle offrait un si plaisant spectacle ?

Par chance, Edmund n'insista pas et Alewyn re remit à fendre ses bûches avec une énergie redoublée, se laissant peu à peu absorber par le rythme. Quand Edmund s'éloigna un instant pour bavarder avec des camarades, il en profita pour faire une pause. S'appuyant sur le manche de sa hache, il songea à ce qui venait d'être dit, sans y voir de réponse à ses problèmes. Un peu plus loin, en direction du potager, il crut apercevoir la flamme rousse d'une chevelure de femme. Il retint son souffle, espérant être récompensé par la vision, même fugitive, de la maîtresse des lieux. Et elle vint en effet un instant s'appuyer à la barrière, ses nattes dansant sur ses épaules. Elle s'adressait à quelqu'un derrière elle, et d'après son sourire, il devait s'agir de Cineas. L'amour qui transparaissait dans ses yeux quand elle regardait son enfant tordit le cœur d'Alewyn. Jamais personne ne l'avait regardé ainsi. Ni dans l'âge tendre de son enfance ni à l'âge adulte.

Il reporta son attention sur la pile de bûches qui s'entassait encore contre le mur. Il en avait presque fini pour aujourd'hui. Ensuite, il demanderait un entretien avec Lady Johanne. Il avait espéré que cette fausse promesse de mariage lui permettrait de passer un peu plus de temps avec elle. Et ainsi de déterminer si elle tramait vraiment un complot contre la Couronne d'Angleterre ou si elle n'était qu'un chef de famille soucieux de faire prospérer sa famille et son petit domaine.

Il s'était trompé, hélas ! Et après trois longues journées à effectuer diverses corvées dans le château, il n'avait pas avancé d'un pouce dans son enquête.

Toute tentative de discussion approfondie de sa part avec

la châtelaine avait échoué et, même à table, elle entretenait un bavardage à bâtons rompus avec son régisseur ou n'importe quel autre de ses commensaux. Sauf lui. Son titre de fiancé conservait à Alewyn la même place, à la gauche de la maîtresse de maison et elle lui adressait de temps en temps la parole, se contentant de prendre des nouvelles de sa santé ou sur la manière dont il occupait ses journées. Mais rien de plus. Elle était si habile dans ce comportement d'évitement qu'il n'avait pas compris son manège sur-le-champ. Ce n'est qu'au cours du dîner de la veille qu'il s'en était avisé.

S'il n'était pas ici pour mener une enquête pour le compte de son roi, il aurait été ensorcelé par son rire et par les étincelles qui dansaient dans la profondeur de ses yeux. Mais à vrai dire, quand elle effleurait son bras, quand il sentait sa cuisse se presser par inadvertance contre la sienne, Alewyn avait du mal à mettre en branle sa cervelle. Il s'égarait dans des pensées peu louables. Comment faire rire sa voisine ? Comment la faire se retourner vers lui avec ce sourire attendri et cette lumière dans le regard qu'elle destinait seulement à son enfant ?

Et tout cela ne menait à rien de bon. Ce n'était pas pour ça qu'il était ici. Même si, par miracle, Lady Johanne s'avérait innocente des crimes dont on la soupçonnait et qu'elle ne repoussait pas l'idée de prendre un autre époux, ce n'était pas la femme qu'il lui fallait. Il avait besoin d'une épouse qui l'attende au foyer après ses longues campagnes de guerre ou ses missions auprès du roi. Quelqu'un qui lui rende la vie plus facile et plus agréable. Et non d'une châtelaine dont la priorité était de défendre et de faire prospérer une place forte de moindre importance sur la côte sud de l'Angleterre.

Se redressant d'un coup de reins, Alewyn entama la dernière bûche qu'il détailla en quatre tronçons avec la satisfaction minime mais bien réelle de régler au moins un problème. Dorénavant, il lui fallait absolument s'interdire de penser à Lady Johanne autrement que comme un suspect potentiel. C'était le moment ou jamais de renouveler son serment de servir son roi, aux dépens de tout sentiment. L'Angleterre était sur le point d'entrer en guerre avec la France et, quelle que soit son opinion sur le bien-fondé de ce conflit, sa mission pour l'heure était de faire en sorte que l'Angleterre soit victorieuse.

Il n'avait pas le droit d'échouer.

Et il n'y avait pas de temps à perdre.

Benedictus attendait des résultats au plus vite. Alewyn était incapable de se souvenir du temps qui s'était écoulé depuis qu'il avait quitté la Cour quand Lady Johanne l'avait trouvé sur le chemin. Il ne devait pas être parti depuis longtemps. Il se souvenait parfaitement de son départ de Windsor[1], par un temps glacial, avec des ondées de grêle qui lui frappaient le visage. Il n'avait qu'une hâte, arriver au plus vite à son but, Castle Brae et, à chaque fois qu'il essayait de comprendre ce qui avait pu se passer, ses souvenirs lui glissaient entre les doigts comme des anguilles.

Il était facile d'imaginer que, s'il ne donnait pas de ses nouvelles ou ne réapparaissait pas à Windsor dans le délai d'une quinzaine de jours, Benedictus enverrait quelqu'un à sa recherche. Et quoi de plus humiliant si, d'ici là, tout ce qu'il avait réussi à faire de concret à Brae, c'était de couper du bois ou de réparer quelques trous dans les murs. Nul doute que cela ne lui coûte sa place dans l'escouade des

1. Le château de Windsor, forteresse médiévale construite au XIe siècle par Guillaume le Conquérant pour assurer la domination normande sur les faubourgs de Londres et contrôler la Tamise, est la plus ancienne résidence royale de toute l'Europe. Il est situé dans le Berkshire, à une quarantaine de kilomètres au nord de Londres.

chevaliers du roi. Et si ce n'était pas le cas, il le devrait à la protection de son frère, idée qui lui était insupportable.

Il balança une dernière fois sa hache dans l'air bleu, fendit la bûche dans toute sa longueur d'un seul coup, puis la posa contre le mur. Inutile de tergiverser. Il fallait qu'il parle sérieusement à Lady Johanne avant le coucher du soleil.

— Que faites-vous ?

Alewyn pivota sur ses jambes, surpris. Il était si absorbé dans ses pensées qu'il n'avait pas entendu les pas qui se rapprochaient. Quel bel espion il faisait, décidément ! Cineas, bien campé sur ses petites jambes, le dévisageait franchement, comme à son habitude.

— Comme vous pouvez le voir, messire, je coupe du bois.

La surprise rendait Alewyn si stupide qu'il crut que l'enfant allait chercher ailleurs un compagnon plus intéressant. Mais, à sa grande surprise, Cineas continuait à le regarder, son visage rond à l'image même de la plus vive curiosité.

— Je peux essayer ?

Alewyn considéra la lame bien aiguisée. Impossible de la confier à des mains inexpérimentées.

— À mon avis, ce n'est pas une bonne idée. Si vous vous blessiez, votre mère me ferait couper la tête. Et je la comprends.

Les yeux bleus du garçonnet brillèrent d'un intérêt soudain.

— Et que ferait-elle avec ?

Alewyn fronça les sourcils.

— Avec quoi ?

— Avec votre tête, voyons !

Alewyn rit.

— Ce n'était qu'une façon de parler. Je voulais dire que, si vous vous blessiez, elle serait furieuse contre moi.

Cineas le passa en revue des pieds à la tête, s'arrêtant un instant sur ses épaules, puis conclut :

— Non, ma mère ne vous ferait pas de mal. Vous êtes beaucoup trop fort.

— Oui, vous avez sans doute raison.

— Alors, décréta Cineas, en tendant la main, je peux essayer, n'est-ce pas ?

— Cineas ! Laisse Al tranquille, veux-tu ?

Alewyn se raidit. Lady Johanne s'était approchée sans un bruit et se dressait à côté de lui, son regard bleu et ses boucles rousses enflammés par le soleil.

Il se ressaisit aussitôt. Il était là pour faire parler la châtelaine de Castle Brae. Pas pour se comporter devant elle comme un page énamouré.

— Cineas, rentre au château, veux-tu ? Je dois parler avec Al.

— Mais, maman, il allait justement m'apprendre à me servir d'une hache !

Le front blanc de Lady Johanne se creusa d'une ride et ses sourcils se froncèrent. Alewyn battit des paupières. Comme tous les gamins, Cineas avait le don de prendre ses désirs pour des réalités. Mais lui savait bien qu'il ne l'aurait jamais laissé faire. Soudain, devant Johanne, il se sentait coupable comme un enfant.

— Mais pas du tout ! Je…

Lady Johanne lorgnait son fils d'un œil peu amène.

— Ne mens pas, Cineas. J'ai entendu de mes propres oreilles Al te dire qu'il n'en était pas question. Nous en parlerons plus tard. Rentre, je te prie.

Le corps de l'enfant exprimait toute sa réprobation, mais il fit comme on le lui demandait. Johanne le suivait du regard en secouant la tête.

— C'est un comédien né. C'est amusant, évidemment, mais j'aimerais bien qu'il apprenne à ne pas mentir.

— Il ne voyait pas cela comme un mensonge, à mon avis. Je lui ai objecté que, si je le laissais faire, vous n'hésiteriez pas à me couper la tête. Et comme il a jugé que, physiquement, cela vous serait impossible, il a cru que l'affaire était dans le sac.

Lady Johanne éclata de rire et tout son visage s'illumina. Et Dieu sait pourquoi, Alewyn sentit son cœur se dilater d'une joie incompréhensible.

— Il faut qu'il apprenne le sens des réalités. À votre place, je ne tarderais pas à lui faire commencer son entraînement de chevalier.

— C'est pour bientôt, hélas ! Dans un an. Il aura bien le temps de découvrir la violence et la loi du plus fort, rétorqua-t-elle, son regard aussi sombre, maintenant, qu'il étincelait de gaieté une minute plus tôt.

Alewyn avait appris à tenir une épée à peine tenait-il sur ses deux jambes. Ses parents n'avaient jamais cherché à le protéger des brutalités de la vie. Bien au contraire. Ils avaient élevé leurs deux fils comme si la vie pouvait leur échapper à chaque instant. Mais Alewyn ne connaissait rien à l'éducation des enfants et il ne pouvait se permettre de critiquer la châtelaine, alors qu'il y avait d'autres questions bien plus importantes à régler.

— Vous vouliez me parler, milady ?

— Oui, en effet. Ce soir, le baron Yonescu, un de nos voisins, vient dîner à ma table. C'est un allié depuis toujours et il m'a promis de m'envoyer du renfort si Morcant devenait un peu trop entreprenant. C'est quelqu'un pour qui j'ai une grande estime. Dans son message, il dit qu'il souhaite venir nous féliciter tous les deux pour nos fiançailles. Je souhaiterais que vous revêtiez vos plus beaux atours… si vous n'y voyez pas d'inconvénients.

N'était-ce pas là l'opportunité qu'Alewyn attendait ? Il pourrait en apprendre davantage sur les alliés de Johanne, et leur position dans le pays.

— Dînerons-nous en privé dans vos appartements ou dans la grande salle ?

— En privé. C'est le souhait de Yonescu. D'ordinaire, Gemel m'assiste dans ce genre de formalités mais il m'a semblé normal que ce soir, ce soit vous… Pour la vraisemblance, crut-elle bon d'ajouter.

Alewyn opina du chef. Tout cela pouvait le servir.

— Comme il vous siéra. Mais il nous faudra parler d'abord.

Elle fronça les sourcils.

— À quel sujet ?

— Je ne connais rien sur vous ni vous sur moi.

— Nous ne serions pas le premier couple à entrer dans le mariage sans connaître rien d'autre que nos noms…

Elle ajouta avec un petit rire contraint :

— Et encore… Je ne suis même pas sûre de connaître le vôtre ! Cela dit, vous savez sur moi tout ce qui importe.

— C'est vrai. Surtout quand il s'agit d'un mariage arrangé, ce qui est souvent le cas. Mais vous avez dit à Morcant que c'était votre frère qui s'était occupé de tout cela. Comme je ne le connais ni d'Ève ni d'Adam, et n'ai nulle idée de l'endroit où j'aurais pu faire sa connaissance, peut-être serait-il bon de me rafraîchir la mémoire ?

Il retint son souffle tandis que Lady Johanne réfléchissait à ses arguments.

— C'est vrai… Quand vous en aurez fini avec ces bûches, venez me rejoindre dans mon antichambre, je vous prie.

Il opina du chef avant de s'empresser de retourner à la pile de bûchettes qu'il commença à empiler dans un vaste panier. Pas question de laisser voir à quel point il était satisfait du tour que prenaient les événements. Faire connaissance des voisins de Lady Johanne, c'était faire connaissance de ses alliés. On verrait bien de quel côté se dirigeaient les sympathies de ces gens-là. Alewyn se sentait plus léger qu'il ne l'avait été depuis son arrivée à Brae. Il ne lui restait plus, dans la soirée, qu'à diriger habilement la conversation vers le sujet qui était en ce moment sur toutes les lèvres : la guerre entre les Français et le roi d'Angleterre. C'était le principal sujet de conversation aujourd'hui et nul ne s'étonnerait qu'il le mette sur le tapis. Il sourit pour lui-même, heureux de voir enfin les choses avancer.

Tout cela, bien sûr, n'avait rien à voir avec la perspective de passer un peu de temps en tête à tête avec la maîtresse de maison.

Avant de se rendre chez Lady Johanne, il se rendit dans sa chambre pour y faire un peu de toilette. Rien de tel qu'une matinée d'exercice physique, même en hiver, pour dégager une odeur d'écurie… En prononçant le mot, Alewyn sentit son cœur se serrer. Et sa chère jument, qu'était-elle devenue ? En quelles mains était-elle tombée ? Il se déshabilla, le nez frémissant de dégoût, et, jetant ses vêtements de travail au sol, il versa dans une cuvette deux grands brocs d'eau fumante qu'une servante avait eu la bonne idée de mettre à réchauffer à la crémaillère, dans la cheminée. Un bref examen de son torse lui confirma que ses contusions étaient en bonne voie de guérison. Il pouvait se mouvoir quasiment sans plus souffrir et, dans quelques jours, il n'y paraîtrait plus.

Alewyn s'apprêtait à mettre ses habits personnels, qui avaient été lavés, séchés et soigneusement pliés dans un coffre. Mais il se rappela le dîner. Autant les garder pour cette occasion, comme Lady Johanne le lui avait demandé. Il tenait à rester dans ses bonnes grâces. Il prit donc les vêtements de rechange prêtés par la maîtresse de maison et se passa les doigts dans les cheveux pour se coiffer. Contrairement à la Cour, pas de valet, ici, pour vous aider à vous apprêter.

Puis il se ravisa soudain. N'était-il pas en train de faire le joli cœur pour plaire à la dame de ses pensées ? Il ébouriffa énergiquement son épaisse chevelure brune et décida de se ressaisir. Pas question de céder aux charmes de la jeune femme. Il n'était jamais trop tard pour bien faire.

Lady Johanne l'attendait dans son antichambre comme prévu. Assise devant une petite table, elle remplissait un grand registre.

Elle leva brièvement la tête à son entrée et, quand leurs yeux se rencontrèrent, Alewyn ne put empêcher son cœur de faire un bond dans sa poitrine. Apparemment, ses bonnes décisions avaient déjà fondu comme neige au soleil. Bah ! Il finirait bien par venir à bout de cette absurde attraction qu'il éprouvait pour la châtelaine de Castle Brae. Et sinon, elle n'était pas obligée de le savoir, n'est-ce pas ?

Se dirigeant vers la cheminée, il concentra son attention sur les flammes.

— Merci de bien vouloir me recevoir.

Lady Johanne s'éclaircit la gorge.

— C'est à moi de vous remercier, je le sais bien. Vous me rendez un fier service. Vous me pardonnerez de ne pas avoir assez exprimé ma reconnaissance plus tôt. Je n'ai pas l'habitude de me reposer sur autrui pour régler mes problèmes…

La voix de son interlocutrice faiblit et il lui jeta un coup d'œil par-dessus son épaule.

Elle lui sourit brièvement puis tourna la tête. Il reporta son attention sur le feu. Il lui était plus facile de se concentrer s'il ne la regardait pas.

— Alors…, reprit-elle enfin. Que souhaitez-vous savoir sur mon frère et sur moi ?

— Je…

Alewyn toussota, gêné. En fait, c'était sur les relations de la châtelaine de Castle Brae avec la France qu'il voulait avoir des renseignements. Pas sur sa personne. Mais ça, il ne pouvait pas le dire.

— Eh bien, reprit-il, diverses choses. Par exemple, votre âge, à votre frère et à vous…

Il entendit le bruissement de ses jupes mais s'imposa de ne pas se retourner.

— Je ne pense pas que Yonescu vous demandera mon âge. Mais si vous tenez à le savoir, je compterai vingt-cinq printemps à la nouvelle année.

Cinq ans de moins que lui, qui en comptait trente, donc. Quoique cela n'ait aucune espèce d'importance, se reprit-il très vite.

— Et votre famille ? De qui est-elle composée ?

— Mon père et ma mère sont morts tous les deux. Une de mes sœurs est nonne au couvent de St Helena. L'autre est mariée dans le Nord. Mon frère est le baron Torquil. Sa maison forte est à deux jours de cheval d'ici, vers le nord-ouest, à Tenterden et c'est là que je vivais jusqu'à mon mariage.

Une bûche s'écroula sur les chenets et le feu siffla. S'emparant d'un tisonnier, Alewyn rassembla les tisons à moitié consumés, déclenchant une gerbe d'étincelles. Il avait déjà entendu parler du baron Torquil. Mais le frère de Lady Johanne n'appartenait pas à la cour de Windsor. Il ne put donc mettre un visage sur son nom.

— Le baron Torquil est-il le genre d'homme à contraindre sa sœur à un mariage de raison ?

— Mon frère ne se soucie que de ses affaires et, en conséquence, s'inquiète fort peu de ce qui peut m'advenir. Néanmoins, s'il voyait un quelconque intérêt à notre union, quelque chose dont il put tirer profit, alors, oui, il n'hésiterait pas, comme il en a le droit, à m'imposer ce mariage.

Alewyn haussa les épaules.

— Alors, pourquoi ne pas présenter les choses comme cela ?

En fait, il ne voyait pas à qui ce mariage pourrait profiter, sinon à lui-même. L'image du corps long et souple de Lady Johanne étendu sur son lit, son visage de porcelaine noyé dans l'aura de ses cheveux de flamme, lui traversa l'esprit. Il sentit son corps se tendre et fut heureux qu'elle ne pût le voir de face. Elle saurait sans risquer de se tromper à quoi il pensait en ce moment précis.

— Et que diriez-vous de cette version ? suggéra son interlocutrice. Vous avez fait ma connaissance lorsque j'ai rendu visite à mon frère cet été. Vous êtes aussitôt tombé amoureux…

Alewyn rougit jusqu'aux oreilles et, le lorgnant d'un œil peu aimable, la châtelaine corrigea :

— Vous avez pensé que je ferais un bon parti et vous avez offert à mon frère, qui est mon tuteur légal, une bonne somme d'argent à condition qu'il encourage notre mariage. Comme vous êtes d'une bonne famille, très à son aise, mon frère a aussitôt accepté. Pouvons-nous dire que vous êtes originaire du nord de l'Angleterre ? Je doute que Yonescu connaisse qui que ce soit d'une région aussi lointaine. N'étant pas l'aîné, ce n'est pas vous qui héritez du titre et des biens familiaux. Mais vous avez des biens qui vous appartiennent en propre, venant de votre mère. Qu'en pensez-vous ? Cette fable se tient-elle ?

Alewyn opina du chef. À part le fait qu'il n'était pas originaire du Nord, l'histoire inventée par Lady Johanne ressemblait étonnamment à la vérité. Et il n'aurait aucun mal à jouer ce rôle.

— Oui. Cela me semble tout à fait crédible. Au

fait, pourquoi avez-vous accepté de m'épouser ? Vous paraissez être une femme indépendante et fière, et vous avez déjà été mariée. Quel intérêt auriez-vous à accepter de secondes noces ? J'ai du mal à croire que vous obéiriez aussi facilement à la seule injonction de votre frère.

Lady Johanne eut l'air surprise. Elle s'éclaircit la gorge.

— Eh bien… parce que j'ai vu tout de suite que vous seriez une bonne recrue pour le domaine. Avec votre stature, vos épaules… Ajoutons à cela que vous appartenez à une famille aisée, il me semble que ce sont deux arguments suffisants, n'est-ce pas ? Yonescu sait combien la vie est difficile en ce moment, par ici. Une femme seule a besoin d'alliés. Il n'aura aucun mal à comprendre cela.

Alewyn hocha la tête. Il ne pouvait tourner le dos plus longtemps à son interlocutrice. Et il était assez sûr de lui maintenant pour l'envisager sans se troubler.

— Mais pourquoi avez-vous besoin de main-d'œuvre ? Ce domaine me paraît de taille fort modeste et, à part la nécessité de faire quelques réparations, tout semble aller de soi.

Il ne fit pas allusion au manque d'hommes d'armes. Étant donné qu'il n'était pas censé se souvenir de son passé de chevalerie, paraître s'y connaître en moyens de défense pourrait sembler suspect.

Elle referma son registre et posa ses longues mains fines bien à plat sur la couverture.

— Après le décès de mon mari, beaucoup de ses hommes sont partis chercher la gloire ailleurs. Dans leur esprit, une femme ne pouvait pas les conduire à la victoire si besoin était. Il est vrai, reconnut-elle les yeux baissés, que je manque aussi cruellement d'hommes pour défendre le château.

Elle releva les yeux et considéra pensivement les biceps de son interlocuteur, bien dessinés sous sa tunique. Alewyn dut résister à l'envie de les faire jouer sous la toile fine pour les mettre en valeur.

— Et vous, qu'en pensez-vous ? Auriez-vous été capable de mener ces hommes au combat ?

Lady Johanne lissa du plat de la main le rebord de son registre.

— La guerre est une folle aventure, qui ne mène qu'à la mort et à la destruction. Si c'était ce que ces hommes désiraient, ils ont bien fait de partir.

L'estomac d'Alewyn se contracta. Elle était contre la guerre. Comment aurait-elle pu organiser l'invasion de son propre pays ? À moins qu'elle ait voulu éviter à ses gens de se battre, à son peuple de mourir ? Et pourquoi cela devrait-il l'affecter autant, lui, un étranger ? Après tout, s'il parvenait à inculper Lady Johanne de haute trahison, il n'en serait que plus vite rentré chez lui, la tête haute, fier d'avoir réussi la mission qu'on lui avait confiée. C'était là plutôt une bonne raison de se réjouir.

— Et si le roi Édouard entre en guerre contre la France, comme cela devient de plus en plus probable ?

Se levant lentement, son hôtesse contourna la petite table qui lui servait pour ses écritures. Les longues manches de sa robe frôlèrent les avant-bras d'Alewyn au passage, le faisant frémir doucement. Il s'écarta vivement de manière à maintenir une distance entre leurs deux corps.

Lady Johanne tendit les mains vers les flammes.

— Il nous reste à espérer qu'Édouard ne nous entraînera pas dans une guerre inutile. Quel besoin de sacrifier la vie des hommes pour garder un bout de terre de l'autre côté de la mer ? Une terre que la plupart d'entre nous n'auront nulle occasion de voir et qui n'est d'aucun profit pour la majorité du peuple d'Angleterre ?

Alewyn, le cœur battant, attendait qu'elle en dise

davantage. Garder le silence était une ruse que lui avait apprise son ami Théo. Ne dites rien et la personne avec qui vous vous entretenez éprouvera le besoin irrésistible de parler pour combler le vide. Mais elle ne dit rien de plus sur ce sujet.

— Y a-t-il encore quelque chose que vous souhaitiez savoir me concernant ? s'enquit-elle comme le silence s'éternisait, devenant inconfortable.

— Je…

En fait, Alewyn pensait nécessaire de prolonger encore la conversation, espérant que la maîtresse de maison finirait par se trahir. Mais il ne savait comment procéder sans susciter la méfiance de son interlocutrice. Il aurait dû passer plus de temps avec Théo ou avec son intelligente épouse pour affiner ses stratégies ! Il paraissait difficile de s'éterniser sur le sujet du conflit entre la France et l'Angleterre sans éveiller des soupçons.

— Non, je ne vois rien de plus, finit-il par admettre à regret.

Elle acquiesça d'un geste lent de la tête.

— Dans ce cas, c'est à mon tour de vous poser quelques questions.

Alewyn battit des paupières, surpris.

— Dites toujours.

— Vous vous êtes présenté à Morcant en tant que Sir Alewyn. Est-ce votre véritable nom ?

De nouveau Alewyn cilla. Voilà qui lui avait complètement échappé. Stupide erreur ! Mais, dans la fièvre du moment, il n'avait pas été assez vigilant. Si quelqu'un dans la région avait entendu parler des quatre chevaliers du roi, il ne serait pas difficile de l'identifier.

— Je ne sais pas. Peut-être, en effet. Ce nom est sorti de lui-même de ma bouche, comme s'il m'était familier.

À moins que ce soit celui de quelqu'un que je connais… Je suis navré. Je n'en sais pas plus que cela.

Il haussa les épaules, feignant une indifférence qu'il était loin d'éprouver. Le mensonge avait un goût amer dans sa bouche mais il ne pouvait pas faire autrement. Cette jeune femme était décidément trop naïve et il s'en voulait de la tromper. Les yeux posés sur la courbe délicate de son oreille, l'élégance fragile de son cou, il dut rappeler à son souvenir que la femme qu'il avait en face de lui était peut-être à la tête d'un complot contre son roi.

Parce que, devant tant de grâce et de beauté, il était diantrement facile de l'oublier.

Lady Johanne se tordait nerveusement les doigts devant la flamme. Il la regardait faire, comme hypnotisé. Il ne lui était encore jamais arrivé de fantasmer sur les mains d'une femme. Il ne les regardait guère, à dire vrai, plus intéressé par les rondeurs de leur corsage ou la courbe de leurs reins. Mais pour l'heure, comme dans une sorte de transe, il s'imaginait très bien les longs doigts pâles de Lady Johanne courant dans la toison de son torse, descendant plus bas encore…

— L'hiver est rude, cette année, murmura la jeune femme.

Le cerveau embrumé par l'ardeur de son désir, Alewyn n'entendait plus rien.

— Je vous demande pardon ? s'exclama-t-il en s'ébrouant.

— Je suis désolée… J'oublie toujours que vous avez perdu la mémoire.

Il grinça des dents, furieux qu'elle lui manifeste tant de compassion. Cette gentillesse naturelle lui donnait l'impression que c'était lui, le traître. Lui qui s'apprêtait à trahir les lois sacrées de l'hospitalité. Son instinct lui criait que Lady Johanne n'était pas coupable. Elle était trop humaine. Trop vraie.

— Ce n'est pas grave, la rassura Alewyn. Je vous suis fort reconnaissant de m'avoir sauvé et de me traiter si bien.

— Et si l'on vous attend quelque part pour de plus pressants devoirs ? S'il vous était reproché de ne pas être là où vous devriez être ?

Elle leva vers lui un regard rempli d'inquiétude.

— Eh bien, je…

La voix d'Alewyn le trahit. Ils étaient si près l'un de l'autre, à présent qu'il voyait danser sur le bout du nez de son interlocutrice un vol de grains de beauté. Une minuscule cicatrice marquait l'un de ses fins sourcils. Il mourait d'envie de caresser de sa paume la rondeur de sa joue. Le désir qu'il tentait de juguler depuis son arrivée fit soudain surface, comme une source printanière. Il sentit une fois de plus son corps s'émouvoir. Elle se pencha vers lui, vacillante, les lèvres entrouvertes. Alors, sans y penser, il emprisonna dans sa main la fine main blanche qu'elle avait levée devant elle, comme pour se retenir à l'air invisible, et en caressa la paume de son pouce.

Elle avait la peau douce sous ses doigts calleux. Et au lieu de s'écarter, elle lui emprisonna l'avant-bras dans le cercle de ses doigts.

Alewyn déglutit péniblement. Jamais il n'avait éprouvé de sensation plus voluptueuse. Les deux mains de Lady Johanne se nouèrent aux siennes et leurs doigts se mêlèrent. Elle fit encore un pas vers lui. Elle était si grande ! S'il se penchait un peu, il pourrait lui effleurer le front de ses lèvres.

Encore un peu plus bas et il emprisonnerait sa bouche.

Soudain, se redressant, le regard dilaté, Lady Johanne recula de plusieurs pas.

— Comme vous le disiez, il ne s'agit pas d'un vrai mariage… Je n'ai pas d'autres questions. Nous pouvons nous remettre au travail.

Elle retourna se réfugier derrière la barrière de sa table de travail et, rouvrant le registre, se mit à suivre une colonne de chiffres de l'index. Elle paraissait profondément absorbée. Mais Alewyn pouvait voir sa main qui tremblait.

Chapitre 6

Johanne regardait les flammes des chandelles danser sur la nappe blanche. Elle avait demandé à ce qu'on dispose sur la table sa plus belle argenterie, que l'on ne sortait que pour les grandes occasions. Elle ne put retenir un haussement d'épaules. Pourquoi agissait-elle ainsi ? Dieu seul le savait. Un seul coup d'œil suffirait à leur hôte pour constater que Brae ne jouissait plus de son aisance d'autrefois. Mais elle s'obstinait à donner le change aux yeux de leurs voisins plus aisés, comme si Brae était aussi riche que du temps de son défunt mari.

Badon n'avait jamais eu aucun scrupule à exiger des impôts supplémentaires de ses métayers et de tous les paysans qui cultivaient des terres dépendantes de son fief. Et la plupart du temps, c'était non par un besoin immédiat, mais pour s'offrir des objets de luxe, des prestigieux équipages de chevaux et de carrosses et de longs séjours à la cour de seigneurs plus puissants, en général sans son épouse, censée veiller sur le domaine et élever son enfant. Johanne n'avait jamais osé faire de même, même dans les temps difficiles. Elle voyait bien combien ses gens étaient à la peine, surtout en période de disette, et n'aurait eu le cœur de mettre à réquisition des familles qui, parfois, risquaient de mourir de faim. Badon se serait moqué d'elle, bien sûr, la traitant de sotte femme, mais Badon était mort et, désormais, c'était elle qui prenait les décisions.

Elle fit le tour de la table, changeant un gobelet de place avant de le remettre à l'endroit précédent, alignant cuillers[1] et couteaux. Debout près de la cheminée, Gemel commençait à s'impatienter.

— Milady, vous l'évitez sans cesse. Pensez-vous que ce soit bien sage ?

Inutile de demander à Gemel de qui il parlait. Depuis le jour où, tous les deux, ils l'avaient découvert en forêt, et qu'il l'avait jeté en travers de sa selle, son régisseur lui rebattait les oreilles à propos de Al à longueur de temps.

— Je croyais que n'aspiriez qu'à le voir partir… Et maintenant, il faudrait que je lui tienne compagnie comme à une vieille femme ou un enfant au maillot !

— Plus vous lui parlerez, plus vous en apprendrez sur lui. Et plus nous aurons de chances d'apprendre ce qu'il est venu faire ici. J'ai du mal à croire qu'un homme comme lui ait atterri par hasard sur notre rivage.

— Nous l'avons trouvé dans la forêt, pas sur la plage.

Gemel souffla par le nez.

— Vous m'avez compris. Nous avons constaté tout de suite que ses vêtements sont ceux d'un homme de bonne condition. Quant à son nom… Sir Alewyn… Je l'ai déjà entendu quelque part.

— Vous l'avez déjà dit. Mais tant que vous ne vous rappelez pas dans quelles circonstances, nous devons le prendre pour ce qu'il se présente. Et c'est un bon travailleur.

1. En Angleterre, la première preuve documentée de cuillers, servant pour les aliments liquides tandis que le couteau permettait de piquer de la pointe les aliments solides et de les porter à la bouche, remonte à 1259. C'était un élément avéré de la garde-robe du roi Édouard Ier. La fourchette de table, d'abord à deux pointes, n'apparaîtra qu'aux environs du xve siècle en Italie.

Tout le monde le reconnaît. Il effectue le travail de cinq hommes.

— Tout le monde ici croit également qu'il va devenir votre époux. Et nul n'oserait donc faire la moindre remarque à son sujet… Même si je vous concède qu'il est sacrément dur à la tâche.

Johanne ne répondit pas, espérant mettre ainsi un terme à la conversation. Pas question d'admettre combien de fois elle s'était arrêtée dans la cour pour admirer Alewyn au travail. Quand il se mettait à l'ouvrage, leur protégé s'y donnait de tout son cœur et, surtout, il offrait un magnifique spectacle.

— Nous savons pourquoi il est ici, Gemel. Cet homme a eu un grave accident de cheval, il a perdu la mémoire et il attend chez nous qu'elle lui revienne ou que l'un de ses proches vienne le chercher.

— Pfft ! Je ne crois pas à cette fable.

Johanne serra involontairement les poings. Elle se ressaisit aussitôt et respira un grand coup, les yeux clos. Inutile de se mettre en colère. Le maître de Castle Brae n'étant plus là, Gemel jouait son rôle de conseiller.

— Vous m'avez pourtant dit que je pouvais lui faire confiance.

— Pas exactement. Je lui ai dit que vous pouviez lui faire confiance en ce qui concernait Morcant. Je ne peux pas croire que Al puisse parler à notre voisin comme il l'a fait et être l'un de ses espions. Même s'il faisait tout pour le dissimuler, Morcant n'en menait pas large, précisa Gemel avec un sourire.

Johanne sourit aussi en se rappelant la scène.

— Mais alors, s'il n'est pas ici pour le compte de Morcant, je ne vois pas ce qu'il fait chez nous, à part se remettre sur pied.

Cette fois, Gemel eut un reniflement de mépris.

— C'est que vous n'y voyez pas clair. Il y a des tas de raisons pour qu'un homme veuille se faire oublier du reste du monde. L'Angleterre est à la veille d'une guerre avec la France. Et, par malheur, nous habitons sur une côte assez longue pour héberger tous les bateaux, amis ou ennemis qui voudraient bien y accoster.

— Mais il y a des endroits beaucoup plus propices !

À dire vrai, Johanne n'en savait rien, n'étant jamais allée à Douvres, d'où, paraît-il, par temps clair, on pouvait voir la côte française. Mais si ce qu'on disait était vrai et si la France décidait d'attaquer l'Angleterre, c'est tout de même plutôt par-là, vers l'est, que ses chefs de guerre décideraient d'accoster, n'est-ce pas ? Et tomber entre les mains des Français était certainement pis encore que de devoir abandonner Brae aux mains de Morcant. Avec lui, on avait une chance de le récupérer. Si les Français prenaient le contrôle de la côte, cela signifiait que l'Angleterre avait perdu la guerre.

Et alors, plus rien ne serait pareil.

— Vous avez raison, poursuivait Gemel, indifférent à ses méditations moroses. Il y a de meilleurs endroits pour accoster chez nous. Douvres par exemple. Et je prie chaque jour que Dieu fait pour que la guerre ne vienne pas jusqu'ici. Ce qui ne garantit pas que mes prières seront exaucées. Sans compter qu'il peut y avoir une autre explication de l'apparition de Al sur nos terres. Une raison à laquelle la France serait tout à fait étrangère. Morcant n'est probablement pas le seul voisin intéressé par les terres de Brae. Et si la famille de Sir Alewyn l'était aussi ? Je vous l'accorde, quand nous l'avons trouvé sur ce chemin, il avait bel et bien perdu connaissance. Mais en se réveillant dans vos murs, il a peut-être vu tout de suite l'opportunité qui s'offrait à lui…

— Nous avons déjà repoussé cette hypothèse. Et si

je peux tenir Morcant en respect, je dois pouvoir aussi le faire avec Al. Du reste, il n'a pas montré une seconde qu'il souhaitait que ce faux mariage devienne une réalité.

Ce qui n'était pas tout à fait vrai. Il y avait bien eu ce moment où, alors que la main chaude de Al dessinait un chemin sur sa peau, elle avait cru qu'il s'apprêtait à l'embrasser. Elle s'était lentement penchée vers lui, son corps faisant fi des avertissements que lui lançait son cerveau. Elle voulait, de tout son être, sentir les lèvres de son hôte sur les siennes et il lui avait fallu faire appel à toute sa volonté pour s'arracher à son étreinte. Et maintenant que Gemel et elle abordaient ces questions, elle éprouvait encore cette étrange et bouleversante attirance vers le bel étranger.

— Il va vous falloir vous montrer très prudente, Johanne, dit Gemel avec une douceur qui ne lui était pas habituelle. J'ai bien vu les regards que vous lanciez à ce jeune homme. Et comment lui aussi vous couve des yeux, à chaque fois que vous êtes dans la même pièce.

Maintenant, le cœur de Johanne battait à se rompre. Elle savait, elle sentait de toute son âme, que Al la désirait. Mais elle ne savait pas que c'était aussi visible. Elle s'efforça de continuer à sourire mais de lui-même son sourire s'effaça. Après tout, Al était un travailleur hors pair et elle avait besoin de lui. Et c'était bien pour cela qu'elle avait accepté de le garder chez elle. Alors, peu importait qu'ils soient attirés l'un par l'autre, n'est-ce pas ?

— Je ne le regarde pas autrement que mes autres gens, rétorqua-t-elle sèchement.

Johanne sentit ses joues s'empourprer tandis que Gemel s'esclaffait bruyamment. Il allait ouvrir la bouche pour répliquer quand la porte s'ouvrit, laissant entrer l'objet de leur conversation. Le cœur de Johanne manqua un battement.

Gemel salua Al d'un signe de tête et celui-ci lui répondit. Ils s'adressaient rarement la parole mais, jusqu'à présent, Gemel s'était toujours montré cordial.

— Je vous laisse à votre petite réception, Lady Johanne. Mais réfléchissez à ce que je vous ai dit.

Gemel salua de nouveau Al puis sortit de la pièce à grandes enjambées, refermant la porte derrière lui.

— Il ne me fait pas confiance, remarqua Al tandis que les pas du régisseur s'éloignaient dans le corridor.

— Non, en effet, agréa Johanne qui ne voyait pas de raison de mentir à son interlocuteur.

L'inquiétude de Gemel se lisait sur son visage et, de toute façon, cela ne pouvait pas faire de mal à Al de savoir qu'il était loin d'être au-dessus de tout soupçon.

Al hocha la tête, impassible.

— Et que me reproche-t-il, exactement ?

— D'avoir des vues sur Castle Brae.

Une lueur amusée dansa dans le regard sombre de Al.

— Je vous promets bien que ce n'est pas le cas. Mais c'est ce que je dirais de toute façon, n'est-ce pas ?

Ses lèvres s'étirèrent en un petit sourire.

Johanne n'aimait pas la manière dont son cœur réagissait à ce sourire, moitié taquin, moitié provocateur.

— Il se demande aussi si vous n'êtes pas un espion.

Fût-ce un effet de son imagination ou, à cette déclaration, le visage de Al perdit un peu de sa couleur ?

— Et qu'y aurait-il à espionner ici, si loin de tout ?

En tout cas, il ne l'avait pas nié. Mais en effet, il n'y avait pas grand-chose à cacher ici. Si son mystérieux chevalier était venu pour espionner ici, il perdait son temps.

Elle haussa les épaules.

— Je n'ai aucune idée de ce qui pourrait intéresser un espion chez moi. Ma vie est d'une morne simplicité comme pour tout le reste de la maisonnée. Notre seul souci est de nous assurer qu'il y aura assez de nourriture sur les tables à la fin de chaque jour.

— Il vous arrive donc communément de vous faire attaquer sur les chemins sans que cela vous soucie plus que cela ?

Johanne s'appuya du bout des doigts sur la table.

— Je ne me souviens pas vous avoir dit que j'avais été attaquée…

— Peut-être pourriez-vous m'en dire davantage avant que votre invité arrive ?

Al s'était penché vers elle par-dessus la table et plantait son regard dans celui de Johanne qui le regardait comme un lièvre pris dans la flamme d'une lampe. Une fois de plus, son cerveau lui dit de reculer et ses pieds refusèrent d'obéir. Il avait revêtu les habits qu'il portait le jour où Gemel et lui l'avaient trouvé dans la forêt. Beaucoup plus seyants que la tunique et le pantalon de toile grossièrement coupés qu'elle lui avait prêtés, ils collaient à son corps comme une seconde peau. Les doigts de Johanne frémissaient de l'envie de caresser la ligne puissante de ses muscles.

— Johanne…

Elle sursauta en entendant son nom prononcé d'une voix sourde. Et, dans les yeux de Al, elle lut le même désir.

— … Quand vous me regardez ainsi, cela me donne envie de… Mais je ne peux pas…

Il repoussa la mèche de cheveux qui retombait sur son front et s'écarta vivement.

Johanne restait figée, stupéfaite. Elle ne s'attendait pas à ce que Al formule à haute voix le désir qui pulsait entre eux. Elle espérait que, comme elle, il le refoulerait avec sa courtoisie habituelle, tout au fond de lui jusqu'à son départ de Brae.

— Je…

Elle ne savait que dire, en vérité. Peut-être, s'excuser ? Ou chasser tout cela d'un revers de main négligent ?

Mais il ne lui laissa pas le temps de s'exprimer.

— Excusez-moi. Je n'aurais pas dû.

Johanne sentit un trou se creuser dans sa poitrine. Sous l'effet de la déception ou du soulagement, elle n'aurait su le dire. La table était entre eux maintenant si bien que, à la lumière des bougies, elle ne pouvait plus voir l'expression de son regard.

— Vous vouliez me parler de l'attentat dont vous avez été victime. Êtes-vous sûre que c'était bien vous qui étiez visée ?

Johanne soupira.

— Oui, absolument. Je chevauchais en forêt avec Gemel. Nous revenions de Snargate où nous étions allés embaucher un maçon. Vous avez dû remarquer que Brae a besoin de travaux.

— Où est Snargate ?

— À une matinée de cheval d'ici, vers le nord. Je m'éloigne rarement autant de chez nous. Je n'aime pas laisser Cineas. Mais ce maçon nous avait été particulièrement recommandé.

— Par qui ?

— Par Yonescu.

Son interlocuteur marqua un temps de réflexion.

— L'homme avec qui nous dînons ce soir ?

— Oui.

— Et vous l'avez trouvé, ce maçon ?

— Non, nous l'avons manqué.

— Comment le savez-vous ?

— Que voulez-vous dire ?

Al poussa un soupir.

— Rien de particulier. J'essaie juste de comprendre. Pour vous aider.

Johanne scruta son interlocuteur au travers de l'atmosphère qu'une chandelle mal mouchée rendait opaque. Elle ne voyait toujours pas à quoi ces informations pouvaient lui servir.

— Comme vous voudrez, rétorqua-t-elle sèchement, le feu du désir remplacé par une irritation sourde. Je vais vous raconter par le menu ce qui s'est passé ce jour-là mais je ne vois pas ce que vous pourrez en faire. Nous devions rencontrer le maçon en question dans une taverne mais quand nous sommes arrivés, il n'était pas là. L'aubergiste nous a dit que le maçon était venu la veille, qu'il avait attendu toute la journée puis qu'il était reparti.

Alewyn opina lentement du chef.

— Bon, c'est plausible, après tout…

— Vous semblez pourtant sceptique. Si vous soupçonnez Yonescu d'un quelconque mauvais tour, je vous dis tout de suite que vous faites erreur. Vous ne connaissez pas le passé, qui plaide largement en sa faveur. Depuis la mort de mon mari, avec qui il entretenait d'excellentes relations, Yonescu s'est toujours montré bon et secourable à mon égard. Quant au maçon, il n'y a aucune raison de ne pas croire à son histoire ni de supposer qu'il n'était pas ce qu'il prétendait être. Yonescu s'est excusé longuement, alors qu'il n'y était pour rien, et m'a proposé son propre ouvrier sitôt que celui-ci aurait achevé l'ouvrage en cours. Du reste, je l'attends pour le début du printemps.

— Pardonnez-moi. Je ne voulais pas me montrer grossier.

Elle haussa les épaules.

— Il n'y a plus grand-chose à raconter. Sur le chemin du retour, nous avons été accostés par trois hommes. Gemel a beau ne plus être tout jeune, dans son jeune temps, c'était un fameux combattant.

Interrompant son récit un instant, Johanne prit une profonde inspiration. Elle haïssait devoir se rappeler ce terrible moment, à quel point elle s'était sentie vulnérable et, surtout, ce qu'elle avait perdu.

— Gemel a réussi à retenir les trois hommes. Quant à moi…

Elle secoua la tête misérablement, des larmes plein les yeux et reprit, la voix étranglée :

— Quant à moi… ce jour-là, j'ai perdu mon cheval. Un bon vieux compagnon que je connaissais depuis l'enfance. Je ne vois pas pourquoi cela me met encore dans un tel état, dit-elle en s'essuyant furieusement les joues.

Déjà, Al était sur elle et la prenait dans ses bras. La tristesse qu'elle éprouvait à chaque fois qu'elle songeait à son vieux Bel s'estompa tandis que le menton hérissé de barbe de son compagnon venait frôler son front. Elle dut retenir un frisson de plaisir.

Et une fois de plus, alors que son esprit lui disait non, elle passa ses bras autour du large cou de son compagnon et posa sa joue contre son torse musclé. Elle sentit Al frémir et son émoi se communiqua dans tout son être. Jamais Badon n'avait vraiment réagi à son contact. S'il la mettait dans son lit, il le lui avait assez répété, c'était simplement pour avoir un héritier. Johanne avait entendu dire que ce qui se passait dans un lit entre un homme et une femme pouvait être plaisant. Mais, jusqu'à présent, elle n'avait jamais eu l'occasion de s'en rendre compte par elle-même.

Serait-elle vraiment coupable de vouloir en savoir davantage ? D'éprouver toutes ces merveilleuses sensations dont les gens parlaient avec tant de lyrisme ? Si le plus léger effleurement de la peau de Al contre la sienne la mettait dans cet état, qu'en serait-il s'il pesait de tout son corps sur le sien ? De nouveau, un violent frisson la secoua.

Al resserra son étreinte.

— Je ne voulais pas vous embarrasser avec mes questions inopportunes, milady. Je suis désolé.

Elle entendait sa voix grave vibrer contre son oreille. Il fallait reprendre ses distances, tout de suite. S'il la serrait ainsi dans ses bras, c'était seulement par pitié. Et pourtant, elle était si bien dans ce rempart naturel. Elle se sentait protégée de tous les dangers du monde.

— Vous sentez-vous capable de poursuivre votre récit ?

Johanne ferma les yeux. Ainsi, il n'était pas aussi ému par leur étreinte qu'elle l'était elle-même. Il suivait son idée et tenait à tout savoir de l'attaque de Morcant. Plus tard, il ne faudrait pas oublier de se demander les raisons de cette insistance. Mais pour l'heure, elle devait lui dire tout ce qu'il voulait savoir.

— Il n'y a plus grand-chose à raconter. Gemel a réussi à tenir les hommes en respect pendant que je m'enfuyais sur son cheval. Il a blessé deux de ses assaillants et le troisième, prenant peur, s'est enfui. Il m'a rejoint et nous sommes rentrés.

Ce simple résumé ne disait en rien sa terreur quand elle avait compris que ses derniers jours étaient sans doute arrivés, le besoin impérieux de serrer son enfant dans ses bras pour la dernière fois avant de mourir. Jamais elle ne serait assez reconnaissante à Gemel de son courage et de son dévouement.

— Comment pouvez-vous être certaine que Morcant était derrière cette embuscade ?

— Je n'en suis pas sûre, naturellement. C'est juste que… les hommes qui nous ont attaqués ont mentionné son nom… et il n'a jamais caché son désir de mettre la main sur Brae. Pourquoi me demandez-vous cela ? Avez-vous une autre hypothèse ?

— Il me semble que… Mais pardonnez-moi. Je ne suis pas bon dans ce genre de spéculations…

— Quelles spéculations ?

— Cette attaque. C'est presque trop évident.

— Pouvez-vous m'en dire davantage ?

La joue collée contre le torse de Al, elle entendait dans son oreille les battements lents de son cœur.

— Je n'ai rencontré Morcant qu'une seule fois. Mais il ne cache en rien ses désirs. Il s'enflamme dès qu'il en parle. Sans doute joue-t-il sur votre inquiétude en sous-entendant lourdement qu'un mari vous serait très utile pour organiser votre défense en cas d'attaque des Français. Mais de là à mettre sur pied une embuscade pour attenter à votre vie ? Quant à la mention de son nom, de manière si ouverte… Franchement, cela ressemble par trop à un coup monté. Et…

La voix de Al s'éteignit.

— Et ?

— Je ne doute pas des talents de Gemel au combat. Il semble compétent. Mais un homme d'âge mûr contre trois hommes d'armes sérieusement entraînés… Croyez-moi, Johanne, dit-il tandis qu'elle le sentait hausser les épaules, si ces gars avaient voulu vous tuer, ils ne vous auraient pas ratée.

Ils restèrent un instant silencieux dans les bras l'un de l'autre. Bizarrement, ni l'un ni l'autre ne semblait gêné.

— Mais alors, s'ils n'avaient pas l'intention de me tuer, pourquoi toute cette mascarade ?

— Je ne sais pas. Peut-être quelqu'un essaie-t-il de vous effrayer.

Il se frotta pensivement le menton et, impulsivement, Johanne s'arqua contre lui, frémissante. Alewyn se figea. Retenant son souffle, elle leva lentement la tête et rencontra son regard. Maintenant, les yeux de son compagnon étaient presque noirs. Lentement, presque imperceptiblement, il se pencha sur elle. Il était encore temps de s'écarter, de reprendre ses distances pour mettre un terme à ces absurdités. Mais Johanne ne bougea pas. Elle ferma les yeux et attendit, le cœur battant.

La porte de la pièce s'ouvrit à grand fracas. La libérant brusquement, Al fit volte-face, sa main cherchant à son côté une épée qui n'y était pas. Sa haute stature empêchait Johanne de voir l'intrus.

— Bonsoir, mes amis !

La voix aimable de Yonescu brisa le silence et Johanne respira un grand coup pour calmer les battements de son cœur.

— Un grand bonsoir, Yonescu, dit-elle en se précipitant vers leur invité, les deux mains tendues.

En comparaison, de Al, Yonescu paraissait petit et étroit d'épaules. Il était presque chauve, mais son regard était vif et il avait un sourire entendu en les regardant l'un après l'autre.

— Je crains d'avoir interrompu quelque chose. J'aurais dû frapper, je m'en excuse. Mais vous me voyez ravi de constater qu'il ne s'agit pas seulement d'un mariage de convenance.

Johanne s'empourpra. Elle avait espéré que le dos large de son compagnon avait caché au nouvel arrivant ce qu'ils étaient en train de faire. Quelle sotte elle faisait ! Ses deux mains n'étaient-elles pas plaquées sur le dos de Al ? Il n'y avait aucune raison qu'elles soient là si ce n'était pour…

— Ah ! ma chère ! Inutile d'être gênée. Je suis ravi de vous voir enfin heureuse. Vous l'avez bien mérité, après ce mariage difficile et ces années de veuvage. Laissez-moi regarder votre promis…

Al avança d'un pas, sa haute silhouette dominant de manière impressionnante leur hôte qui, à son crédit, fit montre de la plus grande impassibilité. Mais Johanne avait déjà remarqué que Al savait fort bien doser l'effet qu'il voulait produire sur les gens. Quand il s'adressait à plus faible que lui, il savait baisser le volume de sa voix et même rentrer ses épaules pour paraître moins intimidant, se donnant ainsi l'apparence d'un aimable géant.

— Sir Alewyn, permettez-moi de vous présenter mon voisin et mon plus fidèle allié, Sir Yonescu.

Les deux hommes se serrèrent la main.

— Tout le plaisir est pour moi, assura Yonescu. Je suis soulagé de voir que Lady Johanne aura quelqu'un pour l'aider à se défendre dans ce coin reculé. Elle a dû faire front toute seule bien trop longtemps.

Al et Johanne s'inclinèrent poliment.

— Si nous passions à table ? suggéra la maîtresse de maison en indiquant sa place à leur invité, en face d'eux. Je vous laisse faire plus ample connaissance pendant que je vais prévenir les cuisines que nous sommes prêts à dîner.

Johanne se précipita dans le corridor et, dès qu'elle fut assez éloignée, s'adossa contre le mur avec un long soupir.

Grand Dieu ! Sans l'arrivée impromptue de Yonescu, Al l'aurait-il embrassée ? Et surtout, l'aurait-elle laissé faire ? Elle ne le saurait jamais. Yonescu avait brisé la magie de l'instant et elle-même avait retrouvé tout son bon sens. Il lui fallait garder la tête froide si elle voulait utiliser la présence de Al comme elle l'entendait et le laisser partir quand elle n'aurait plus besoin de lui.

Se redressant d'un coup de reins, elle se dirigea d'un pas vif vers les cuisines. Il fallait que Al et Yonescu deviennent des alliés, sinon des amis, et pour cela, rien de tel qu'un copieux repas arrosé de bonne bière.

Les heures passèrent, interminables aux yeux de Alewyn tandis que le repas s'éternisait.

Yonescu offrait toutes les apparences d'un convive aimable et disert. Il disait ce qu'il fallait au moment où il le fallait, complimentant Johanne sur la qualité des mets et le confort des lieux, et revenant sans cesse sur le plaisir qu'il avait à les savoir bientôt mariés. Mais il y avait quelque chose dans sa personne qui suscitait chez Alewyn une antipathie à fleur de peau.

À commencer par le sourire de leur invité, large et communicatif, si ce n'est qu'il n'atteignait pas ses yeux. Tout ce qu'il disait semblait calculé pour obtenir la meilleure réponse de Lady Johanne et elle buvait chacune de ses paroles comme du petit lait. Alewyn n'était pas jaloux, non. Ce n'était pas pour cela que son estomac se serrait à chaque fois que Lady Johanne riait aux plaisanteries de leur hôte. Yonescu avait atteint l'âge mûr et il n'avait rien de séduisant. Du reste, il n'y avait aucune raison pour Alewyn d'être jaloux. Ce baiser qu'il avait failli voler à Johanne tout à l'heure n'était qu'une erreur, une simple faiblesse due à l'intimité de la petite pièce, à la chaleur du bon feu. Cela ne se répéterait pas. Il ne la prendrait plus jamais dans ses bras.

Quant à Yonescu, il ne convoitait pas les faveurs de sa jeune voisine. Il voulait quelque chose d'elle, c'était certain. Savoir ce qu'il convoitait, c'était une autre histoire.

Le dîner arriva enfin à son terme. Pour Yonescu, il était certainement l'heure de rentrer, bien qu'il ne montrât aucun signe de vouloir prendre congé.

Un long moment s'étira encore et un valet vint remettre des bûches sur le feu.

— Mes chers amis, déclara enfin leur hôte en croisant les bras sur la table, outre le plaisir de faire plus ample connaissance avec le futur maître de Brae…

Il sourit innocemment à Johanne qui le regardait, très pâle, comme si elle s'empêchait de respirer, et Alewyn se retint de lever les yeux au ciel. Ça y était. Les raisons de cette farce allaient leur être exposées.

— … Je dois malheureusement vous faire part d'inquiétantes nouvelles.

Les doigts de Johanne s'immobilisèrent sur son gobelet.

— Vraiment ?

— Oui. Des nouvelles qui vous concernent vous, Lady Johanne, ainsi que votre domaine…

L'homme parlait lentement, paraissant déguster chacune de ses paroles comme un bonbon. Ses yeux brillaient à la lueur des chandelles, non d'amusement, cette fois, mais d'un autre sentiment difficile à identifier. Alewyn aurait voulu prendre l'individu par le col et le secouer énergiquement.

— Voilà… Autant vous le dire tout net. Il semblerait que Morcant prépare un siège.

Lady Johanne bondit sur sa chaise.

— Êtes-vous sûr ?

Yonescu hocha la tête avec une solennité qui, aux yeux d'Alewyn, parut particulièrement suspecte. Il lança un regard à Johanne. La muraille qu'elle s'était construite autour d'elle, celle dont il semblait le seul à avoir pris conscience, venait de s'effriter. Elle se tenait très droite, les deux mains sur la table, mais il percevait la tension de sa mâchoire, le léger frémissement de ses doigts. Sans y penser, d'un geste instinctif, il posa sa main sur celle de sa compagne. Sa peau était glacée.

Il aurait voulu hurler sa colère à Yonescu, mais cela n'aurait servi à rien, il le savait.

Il se dégagea la gorge.

— De quoi parlez-vous, exactement ? Des armes de siège dans une cour de place forte ne signifient rien en soi. Il faut bien entretenir son arsenal. Et agir autrement, surtout quand l'Angleterre est sur le point d'entrer en guerre, serait de la folie. Si j'ai bien compris, vous n'êtes pas très loin de Douvres.

— Je n'en ai pas fini…

Le regard que Yonescu décocha à Alewyn aurait gelé

l'enfer. Lady Johanne, qui regardait son gobelet, ne semblait pas avoir remarqué quoi que ce soit.

Alewyn fut content de voir leur invité laisser tomber le masque, ne fût-ce que quelques secondes. Yonescu n'était ni si plaisant, ni si serviable qu'il voulait le laisser paraître.

Johanne lui pressa fugitivement la main.

— Nous vous écoutons.

Leur invité jeta un coup d'œil vers la porte.

— Si je vous dis cela, c'est parce que, du moins je l'espère, nous sommes alliés. Et peut-être même, du moins j'ose l'espérer, des amis.

Se penchant plus avant, il murmura :

— J'ai un espion parmi les gens de Morcant.

Lady Johanne hocha la tête.

— Ce que vous allez nous révéler ne sortira pas de cette pièce. Vous avez notre parole.

Yonescu lança un regard méfiant à Alewyn entre ses paupières mi-closes.

— Et vous ?

— Vous avez également ma parole, naturellement.

Il n'était pas difficile de promettre. Il n'avait personne avec qui échanger ce genre d'information et du reste, l'annonce de Yonescu n'avait rien de surprenant. L'étonnant eût été plutôt que ce petit hobereau d'une lointaine province, loin de la Cour et de sa protection, n'eût pas d'espion dans chacune des places fortes de la région. C'était une pratique fort courante. Alewyn jeta un coup d'œil sur le petit visage pâle de sa voisine et son cœur se serra. La jeune et courageuse châtelaine n'avait probablement pas les moyens de se payer un espion où que ce soit.

Cette constatation l'amena à une conclusion qui lui paraissait de plus en plus évidente. Lady Johanne, châtelaine de Castle Brae, ne pouvait être la traîtresse accomplie que Benedictus voyait en elle. C'était une jeune femme trop naïve, trop confiante. Elle n'avait pas en elle les ressources de fourberie suffisantes pour mettre à bas le roi d'Angleterre. Maintenant, tout ce qu'il lui restait à découvrir, c'était dans quelle mesure elle pouvait être informée du complot et y être impliquée. Peut-être était-elle complice parce qu'elle n'avait pas le choix ? Ou était-elle manipulée par un des barons du comté qui se servirait d'elle comme bouc émissaire en cas de danger ? À moins que le complot se déroule sur ses terres sans qu'elle en soit informée ?

Quoi qu'il en soit, la baronne de Brae n'était ni une traîtresse ni un cœur pervers. Elle n'avait rien à voir avec le portrait qu'on faisait d'elle à la cour de Windsor. Quelqu'un avait dû lui forger cette réputation afin d'en tirer profit.

En face d'eux, Yonescu parlait toujours. Ce qu'il disait maintenant fit oublier à Alewyn tout ce qui concernait sa présence à Brae et sa mission auprès du roi.

— Merci à tous les deux pour votre discrétion. D'après mes espions, le siège que Morcant est en train de mettre sur pied est bel et bien destiné à l'attaque de votre château, Lady Johanne.

La main de Johanne se crispa sous la sienne. Alewyn resserra son étreinte et, à sa surprise, elle répondit d'une faible pression.

— Comme vous le savez déjà, poursuivait Yonescu, cela fait pas mal de temps, que Morcant convoite Castle Brae. Il espérait en passer par le mariage. Mais maintenant que cette voie lui est coupée par vos récentes fiançailles, il a décidé d'en venir à des mesures plus radicales. Il va attaquer Brae au plus vite, certain que Sir Alewyn n'aura pas le temps d'entreprendre des défenses dignes de ce nom.

Lady Johanne se redressa sur son siège.

— Mais nous avons depuis longtemps un plan en cas d'attaque ! Nous ne nous laisserons pas faire…

Yonescu arbora un air chagriné qui paraissait aussi peu sincère que ses sourires.

— Ma chère Lady Johanne, vous et moi sommes amis de longue date. Bien avant même que votre époux ne décède. Vous êtes un bon chef, généreuse et attentive envers vos gens. Mais il vous faut admettre que les défenses de Brae sont depuis longtemps défaillantes. Vous n'avez ni la main-d'œuvre ni les matériaux pour subir un siège en bonne et due forme et c'est bien là l'intention du sieur Morcant.

Lady Johanne plissa les lèvres et son regard se baissa sur ses mains. Alewyn brûlait d'envie de gifler la face blanche et satisfaite de son vis-à-vis.

Même s'il ne pouvait s'empêcher de lui donner raison.

— Et votre espion, combien de temps nous donne-t-il pour nous retourner ? questionna-t-il d'une voix sèche.

— Guère de temps. Quand Morcant prend le mors aux dents, il est très efficace. Deux semaines, trois tout au plus. Au début du printemps, au plus tard.

Lady Johanne, le regard fixe, ne réagit pas.

Alewyn fouillait désespérément son cerveau, en quête des questions que Benedictus n'aurait pas manqué de poser dans de telles circonstances. Mais rien ne lui venait à l'esprit.

Il demanda enfin :

— Votre informateur est-il fiable ? Il n'est pas commun d'organiser une attaque en plein hiver.

Yonescu lui décocha de nouveau un œil torve puis reporta son attention sur son hôtesse. Il montrait ostensiblement qu'il lui semblait plus conforme à la hiérarchie que ce soit Lady Johanne qui lui réponde.

Mais, trop émue, la maîtresse de maison restait silencieuse.

— Mon homme est parfaitement fiable, naturellement, siffla-t-il sans regarder Alewyn. J'ai assez de pratique, ce me semble, pour savoir choisir mes interlocuteurs.

— Parfait. Dans ce cas, au nom de Lady Johanne et en mon nom propre, je tiens à vous remercier pour votre prévenance. Sans vous, le pire aurait pu advenir… Vous conviendrez avec moi, conclut Alewyn en se levant à moitié, que Lady Johanne, après une telle nouvelle, doit se retirer pour y songer tranquillement. Permettez-moi de vous raccompagner jusqu'aux écuries.

Il pensa l'espace d'une seconde que leur invité allait protester et Yonescu jeta bien en effet un coup d'œil à Lady Johanne, qui ne réagit pas. Se remettant tout à fait sur ses pieds, Alewyn se dirigea vers la porte et Yonescu ne put que lui emboîter le pas.

Quand la porte se referma derrière eux, Johanne n'avait toujours rien dit.

— Vous me voyez navré d'être porteur de si mauvaises nouvelles, dit encore Yonescu tandis qu'ils traversaient la grande salle.

Bien que l'homme affichât de nouveau la plus grande sollicitude, Alewyn ne pouvait chasser de son esprit l'intuition qu'il se cachait derrière cette façade honorable et fort courtoise un esprit faux et pervers.

Pourtant, il fallait jouer le jeu.

— Quoique la nouvelle ait fort impressionné Lady Johanne, nous vous sommes profondément reconnaissants d'être venu sonner l'alarme. Mieux vaut être prévenu que nous réveiller un matin avec un énergumène comme Morcant sous nos fenêtres.

Alewyn refoula le sentiment de culpabilité qui lui serrait la gorge. Au printemps, il y aurait beau temps que, sa mission accomplie, il serait loin de Brae. Et s'il s'avérait que Lady Johanne était coupable, enfermée dans un cul-de-basse-fosse en attendant son exécution, elle ne serait pas là non plus pour assister à la débâcle du fief qu'elle aurait dû léguer à son fils. Cependant, si elle était innocente et qu'il l'avait abandonnée à son triste sort, Brae ne résisterait pas plus d'une journée à un siège en bonne et due forme et elle devrait se rendre avec son fils et ses gens.

Hélas, même en vingt-quatre heures, il pouvait y avoir pas mal de morts. Qu'adviendrait-il du petit Cineas ? L'idée qu'il puisse arriver malheur à l'adorable et pétulant garçonnet étreignit si fort le cœur d'Alewyn qu'il mit un temps à retrouver son souffle. Mais il n'avait pas le droit de s'émouvoir pour une cause perdue. Il ne pouvait s'autoriser à s'investir davantage dans cette affaire. Les conflits territoriaux ne concernaient les chevaliers du roi que s'ils menaçaient directement les intérêts de la Couronne. Ce minuscule territoire perdu au milieu de la forêt, malgré sa position stratégique sur la côte, n'avait aucune importance. Ce n'était tout simplement pas son affaire.

Une fois dans la cour, Alewyn regarda Yonescu rassembler ses hommes, qui avaient dîné avec les familiers du château sous la surveillance de Gemel. Tous accueillirent leur maître avec respect et bienveillance. Apparemment, l'homme jouissait auprès des siens d'une réelle considération, voire pour certains, qu'il gratifia d'une tape sur l'épaule, d'une sincère amitié.

Alewyn les regarda disparaître les uns après les autres par le pont-levis puis il tourna les talons, perplexe.

Était-ce lui qui voyait le mal partout ? Sa mission l'entraînait-elle à voir des complots là où il n'y en avait pas ?

Le sang lui battait aux tempes et il avait hâte de se coucher.

Mais il lui fallait d'abord parler à Lady Johanne, tâcher de voir si elle avait la même impression de fausseté en ce qui concernait Yonescu.

Malheureusement, quand il regagna la petite antichambre où s'était tenu le repas, elle n'était plus là.

Chapitre 7

Dehors, il faisait encore nuit. Même les coqs dormaient encore, la tête sous l'aile, au fond du poulailler. Johanne, la main levée, s'apprêtait à frapper contre l'huis de la chambre de Al. Elle s'interrompit au dernier moment. Fallait-il vraiment faire cela ? Si oui, elle se mettait entre les mains d'un parfait inconnu, elle, sa famille et toute sa mesnie.

Mais avait-elle seulement le choix ?

Non.

Elle frappa. Aucun bruit ne lui parvenait de la chambre, ce qui n'avait rien d'étonnant. Tous les habitants du château dormaient. S'il avait répondu aussitôt, elle en aurait été bien surprise. D'ordinaire, elle aussi dormait à poings fermés jusqu'à l'aube. Mais après le départ de Yonescu, elle avait été incapable de se libérer de la tension que ses mauvaises nouvelles avaient provoquée en elle. À chaque fois qu'elle fermait les yeux, elle voyait les hommes d'armes de Morcant avancer en rangs serrés vers les murailles de Brae, prêts à mettre la main sur l'héritage de son fils. Elle entendait les hurlements terrorisés des femmes et les cris de leurs maris tombant sous l'épée pour avoir voulu protéger la place. Comment dormir paisiblement, dans de telles circonstances ? Elle n'avait plus qu'une chose à faire. Agir, pour éviter que le pire ne se produise.

Voilà pourquoi elle était là, attendant que Al réponde à son coup contre la porte.

Elle frappa de nouveau. Rien.

Poussant le lourd panneau de chêne, elle pénétra dans la petite pièce. Le feu n'était plus que cendres et seuls quelques tisons rougeoyaient encore dans la pénombre. Mais la lueur était suffisante pour qu'elle distingue les contours de la couche de paille et du coffre.

À son grand soulagement, Johanne perçut un souffle profond qui montait du lit. En s'approchant, elle distingua la forme massive de Al, sans pouvoir distinguer ses traits. Un bras lui cachait les yeux et, largement étalé sur sa couche, il avait le visage levé vers les solives. Se penchant, Johanne le secoua doucement par l'épaule.

Alors, sans même qu'elle ait eu le temps de réagir, une main s'abattit sur son avant-bras, l'immobilisant comme dans un cercle de fer. Elle se sentit tournoyer dans l'air et retomba sur le matelas, le souffle coupé. Le cœur battant la chamade, elle se débattit pour se libérer, ce qui ne fit que resserrer l'étreinte de son assaillant.

Aucun moyen de s'échapper.

En une fraction de seconde, Johanne se retrouva des années auparavant, jetée comme un paquet dans le lit nuptial, brutalement immobilisée, les mains plaquées au-dessus de sa tête, par un mari bien décidé à exercer brutalement son droit d'époux. Elle ne s'était jamais refusée à lui, n'avait jamais dit non même alors qu'elle trouvait la chose fort désagréable. Bien qu'elle se soit donnée à lui de son plein gré – avait-elle le choix, de toute façon ? – son mari avait toujours agi ainsi avec elle. Ce qu'il voulait, c'était la dominer, exercer sa force sur elle, même dans ce moment d'intimité où il n'y avait aucun témoin pour l'admirer.

Johanne battit des paupières. Badon était mort et enterré

depuis trois ans. Elle avait fait irruption dans la chambre d'un hôte, le prenant par surprise. Il était normal qu'il se défende.

— C'est bon, Al, ce n'est que moi ! chuchota-t-elle entre ses dents tout en luttant absurdement pour se libérer.

— Vous ! Mais quelle mouche vous a piquée ? s'exclama Al en la relâchant.

Il la libéra d'un peu de son poids et elle essaya de reprendre sa respiration, heureuse de sentir l'air affluer de nouveau dans ses poumons.

— Vous êtes incroyablement lourd !

— Désolé, grommela-t-il en roulant sur lui-même pour la libérer complètement.

Ils restèrent ainsi un instant étendus côte à côte. Johanne se concentrait sur sa respiration encore difficile et s'efforçait d'apaiser la tempête qui régnait dans son cerveau. À chaque fois qu'elle pensait à Badon, il lui fallait un certain temps pour réaliser qu'il était bel et bien mort et qu'il ne pouvait plus contrôler sa vie.

Elle reporta son attention sur la sensation du matelas sous son corps et de la présence de Al à côté d'elle. Lentement, très lentement, son cœur reprit un rythme normal.

Comme s'il sentait que le calme était revenu en elle, Al demanda d'une voix apaisée :

— Et que puis-je pour votre service, Lady Johanne ?

Alors, Johanne ne put retenir le rire qu'elle sentait monter en elle. Al était si poli, si attentif, même dans les situations les plus saugrenues. Le rire coula de ses lèvres comme une fontaine bienfaisante, soulageant son corps de toute sa tension.

Le matelas se mit à bouger à son côté tandis que son compagnon se mettait à rire lui aussi, d'un rire bas et mélodieux. Johanne sentit quelque chose s'émouvoir tout au fond de ses entrailles. Durant le bref laps de temps qu'ils avaient partagé ensemble, elle n'avait jamais vu Al sourire franchement, encore moins rire. Elle ne lui connaissait que ce demi-sourire, moitié courtois, moitié ironique qui accélérait étrangement la course de son sang dans ses veines.

— Vous me voyez navré d'avoir dû vous immobiliser sur ce lit, dit-il enfin avec le plus grand sérieux quand leurs deux rires se furent éteints. J'ai cru à une attaque. Pourquoi êtes-vous ici ?

— J'ai besoin de votre aide.

— Maintenant ? En pleine nuit ?

— Oui, maintenant.

Johanne se remit sur son séant. Impossible de discuter de la sécurité de Castle Brae en sentant la présence de Al si proche. Elle se laissa rouler sur les dalles glacées, et surprise par le froid, laissa échapper un petit cri.

— Que se passe-t-il ?

Les larges épaules de son compagnon se penchaient sur elle.

— Rien. Juste le froid. Il faudra mettre sur ces dalles une peau de bête. Pouvez-vous vous habiller rapidement ?

— Dites-moi d'abord quelles sont vos intentions.

Johanne réfléchit un instant. Elle avait réfléchi à son plan toute la nuit et elle ne comprenait pas que Al ne soit pas arrivé aux mêmes conclusions.

— Nous allons à Ormond, bien sûr.

Elle entendit un long soupir.

— Fort bien… Et qu'est-ce qu'Ormond ?

— La maison forte de Morcant.

Une pause.

— Vous voulez constater par vous-même la vérité des propos de Yonescu ?

— Oui.

Elle l'entendit bouger sur son lit, puis ses grands pieds

qui foulaient le sol et enfin le froissement des vêtements mis à la hâte. Son cœur se gonfla de reconnaissance. Un bref instant, elle avait bien cru que Al contesterait le bien-fondé de sa décision, mais voilà qu'il était habillé de pied en cap et prêt à l'aider. Jamais elle n'avait rencontré quelqu'un comme lui.

Dehors, l'aube était claire et le sol gelé craquait sous leurs pas tandis qu'ils se dirigeaient vers les écuries. Leur expédition n'aurait rien de facile, dans la forêt gelée dont les allées trouées de fondrières étaient autant de pièges pour les sabots des chevaux. Mais Johanne voulait en avoir le cœur net. Si Morcant avait l'intention de leur faire la guerre, il faudrait s'y préparer.

— Je vais réveiller le chef d'écurie. Lui seul saura nous dire quel cheval pourra supporter votre poids toute une journée.

Al opina du chef et, sans autre commentaire, se dirigea vers la stalle du cheval de Johanne qu'il commença à seller. Elle regarda ses gestes précis et mesurés, comme s'il avait fait cela des centaines de fois. Puis elle se détourna vivement avant qu'il ne s'aperçoive qu'elle l'observait.

Il lui fallut deux tentatives pour parvenir à tirer le palefrenier de son sommeil, mais, une fois sur ses pieds, il les aida avec efficacité, sans faire de commentaires ni poser de questions.

— Gemel est de garde au château aujourd'hui, l'informa-t-elle en se mettant en selle. Je vais faire faire un tour du domaine à Al.

L'homme hocha la tête et tourna les talons, regagnant son lit avec une hâte bien compréhensible, étant donné l'heure.

Réveiller l'unique garde qui surveillait l'entrée de la cour ne fut pas non plus une mince affaire mais Johanne refoula les réprimandes qui lui montaient aux lèvres.

À quoi bon ? Gildas n'était plus tout jeune et il ne se passait jamais rien dans les environs. Al, en revanche, ne cachait pas sa réprobation. Et, de son point de vue, elle comprenait pourquoi. Un garde âgé et mal entraîné était bien insuffisant pour donner l'alarme en cas d'attaque.

Elle remuait nerveusement sur sa selle tandis que le pont-levis s'abaissait en grinçant avec une exaspérante lenteur. Elle aurait préféré ne pas attirer l'attention sur son départ, mais comment faire autrement ? Si quelqu'un lui posait des questions, elle donnerait la même explication qu'au chef d'écurie un instant plus tôt, au risque de ne pas être crue. Elle était une déplorable menteuse et Gemel aurait vite fait de se douter qu'il se tramait quelque chose d'anormal. Toute rumeur pourrait s'avérer dangereuse. La peur de l'inconnu pouvait vite se transformer en panique.

— Pensez-vous que ces hommes vous ont crue ? s'enquit Al sans la regarder tandis qu'ils cheminaient tous les deux botte à botte.

— Je l'espère.

Il haussa un sourcil.

— Je mens très mal, je le sais, s'empressa-t-elle de reconnaître. À mon avis, s'ils ont porté foi à ma fable, c'est parce qu'ils dormaient encore à moitié.

— Et pourquoi ne pas leur avoir dit la vérité ?

— Parce que je ne veux pas les affoler. Il faut que la vie continue à Brae comme avant le plus longtemps possible. Si la menace d'un siège se confirme, alors… beaucoup de mes gens vont vouloir partir, je le crains, acheva-t-elle très vite.

Brae vivait depuis des années dans un fragile équilibre. Le moindre incident pouvait tout remettre en question. Et conduire à la catastrophe.

— Je vois, se contenta de répondre Al, le regard toujours au loin.

Johanne poussa sa jument de deux légers coups de talon dans les flancs. Al l'imita aussitôt. La chevauchée jusqu'à Ormond leur prendrait toute la matinée et une partie de l'après-midi. Il fallait absolument arriver là-bas avant la tombée de la nuit pour y voir clair et identifier les manœuvres qui se tenaient dans l'enceinte du château.

Ils avancèrent un long moment en silence. Maintenant qu'elle était passée à l'action, Johanne sentait le calme l'envahir de nouveau. Si Morcant prévoyait d'organiser un siège contre Brae, plus tôt elle le saurait, mieux elle pourrait s'y préparer. Elle ne laisserait pas prendre le fief de son fils sans se battre.

Quand Alewyn rompit enfin le silence, il faisait encore nuit.

— Pourquoi n'avez-vous pas demandé plutôt à Gemel de vous accompagner ?

— Gemel n'est plus tout jeune. Il aurait eu du mal à faire tout ce trajet aller-retour en moins de vingt-quatre heures.

Al sembla réfléchir un instant.

— Et les autres raisons ? Quelles sont-elles ?

Elle resta un instant silencieuse puis haussa les épaules. Après tout, quel mal y avait-il à ce que Al sache la vérité tout entière ?

— S'il m'arrivait quelque chose, je suis certaine que Gemel ferait tout pour défendre Brae afin de le remettre à Cineas quand le temps sera venu. Il a été fidèle à mon défunt mari, il m'est aussi fidèle depuis trois ans et il défendra les intérêts de son petit maître. C'est dans la nature des gens d'ici. Et c'est comme cela que nos petites seigneuries ont pu traverser le temps malgré toutes les vicissitudes supportées par notre pays.

— Mais encore… ?

Johanne respira un grand coup.

— Je pense aussi que vous saurez mieux me défendre qu'un homme de plus de cinquante ans.

— C'est tout ?

Pas tout à fait. Elle avait eu aussi envie de passer toute la journée en tête à tête avec son nouvel allié. Mais ça, elle pouvait se le confesser à elle-même, à la rigueur, mais pas question de le révéler à son compagnon.

— Oui, c'est tout.

Grâce à Dieu, il ne la poussa pas dans ses retranchements.

Leurs chevaux, encore frais et pleins de fougue, avalaient la distance sans rechigner. Le soleil avait commencé sa lente ascension dans le ciel et on n'entendait dans la nature encore endormie que le bruit sourd des sabots.

— Pourquoi me faites-vous confiance, milady ? Je pourrais être en effet un complice de Morcant…

Elle lui jeta un regard de côté.

— L'êtes-vous ?

— Si je l'étais, je ne pense pas que je vous le dirais, n'est-ce pas ?

De nouveau, il y avait ce petit sourire qui jouait sur les lèvres de Al, ce sourire qui lui étreignait le cœur, qui donnait à Johanne envie de l'effleurer du bout des doigts. Elle reporta son regard sur l'horizon.

— Je ne vois pas pourquoi vous travailleriez pour Morcant. Gemel m'a dit que, malgré tous ses efforts pour le cacher, vous aviez terrifié Morcant. Il n'accepterait pas d'avoir à son service ou parmi ses hommes quelqu'un de plus fort que lui. Sans compter que je ne le crois pas assez intelligent pour embaucher quelqu'un pour s'infiltrer chez moi et jouer les espions. En l'occurrence, je ne vois pas ce qu'il aurait à y gagner.

Son compagnon parut méditer un instant ces paroles.

— C'est exact. Si la rumeur du siège est vraie, Morcant

utilise des méthodes beaucoup plus radicales pour s'imposer chez ses voisins.

Johanne faillit éclater de rire avant de se rappeler le but de leur voyage.

— Oui, en effet… À votre avis, y aurait-il une possibilité que cette histoire de siège soit une fable ?

Elle détestait l'espoir désespéré qui faisait vibrer sa voix, haïssait son manque de force morale dans un moment aussi crucial.

— Espérons-le… Brae n'a pas les moyens de soutenir un siège. Même en travaillant jour et nuit à réparer les remparts et fabriquer nos armes pendant les semaines à venir, nous en serions encore loin.

Les paroles de Al la frappèrent comme un coup en pleine poitrine. Entendre formuler à voix haute ses propres craintes était terrifiant.

— Vous croyez vraiment qu'il n'y a rien à faire ? Rien qui puisse empêcher le pire de survenir ?

— Je… je… Espérons que si. Ce que nous a annoncé Yonescu est grave. On empire parfois la situation en racontant mais… il me semble que nous… Que vous devriez vous préparer au pire.

Johanne déglutit péniblement.

— Cela fait des années que je redoute cette perspective.

— Vous vous attendiez depuis longtemps à ce que Morcant passe à l'attaque ?

— Pas Morcant plus qu'un autre.

À dire vrai, depuis la mort de son mari, elle était hantée jour et nuit par la possibilité que Brae soit attaqué.

— Et pourquoi n'est-ce pas encore arrivé, à votre avis ?

— Sans doute parce que la terreur que semait Badon dans la région a subsisté longtemps après sa mort. De son vivant, aucun des petits seigneurs alentour n'aurait osé le contrecarrer, sur aucun point.

— Avez-vous déjà reçu des menaces ?

— Des menaces, non. Mais il s'est passé des choses…

Au fil des ans, l'influence posthume de Badon s'était affaiblie. Petit à petit, des barons des alentours avaient pris contact avec elle, lui offrant leurs services, d'une manière ou d'une autre. Elle qui croyait que les hommes mariés respectaient leurs vœux devant Dieu avait vite compris que tout cela n'était que comédie. Ils voulaient tous la même chose. Son corps et ses terres. Et elle avait toujours refusé.

— Je vois, commenta sobrement Al.

Elle jeta un œil de côté et vit son visage sombre, ses lèvres étirées en une moue de dégoût. Il désapprouvait visiblement le comportement de ses semblables.

— Je n'ai jamais accepté leurs services, ai-je besoin de le dire…

Al lui décocha un regard étonné.

— Le contraire ne me serait jamais venu à l'esprit.

— Oh ! Je… C'est que vous aviez l'air si… indigné. Je pensais…

— Ce n'était pas contre vous, mais contre ces hommes qui osent s'en prendre à la vertu d'une femme. Aucun homme digne de ce nom ne devrait offrir son soutien contre…

Il fit un grand geste des bras, englobant le paysage autour d'eux. Dieu sait pourquoi, Johanne se sentit aussi concernée.

Elle sourit.

— Je suis bien d'accord.

Un léger incarnat teinta les joues de son compagnon. Elle dut se mordre les lèvres pour ne pas éclater de rire. Jamais elle n'aurait imaginé qu'un homme aussi fort, avec un tel physique, put être gêné en faisant allusion à des relations intimes.

— Avec Yonescu, c'était différent. C'est le seul baron à m'avoir offert son amitié et son soutien sans contrepartie.

Quoique, la veille, il se fût montré sous un jour nouveau. Elle avait perçu en lui des intentions cachées qui ne semblaient pas avoir été là auparavant. Et pourtant, la seule chose qui avait changé, c'était la présence de Al à sa table. De nouveau, elle se tourna vers lui.

— Que pensez-vous de Yonescu ?

— Je pense que c'est un individu faux, manipulateur et particulièrement intéressé.

Un rire rauque sortit de la gorge de Johanne.

— À ce point-là ?

— Oui, à ce point-là.

Elle médita ces propos un instant.

— Hier soir, il n'était pas comme d'habitude. Peut-être était-ce le fait des nouvelles qu'il avait à annoncer ?

— Je ne le pense pas. J'ai senti sa fausseté aussitôt qu'il a ouvert la bouche pour nous féliciter de nos fiançailles. Il était tout sourire et prononçait les mots d'usage, mais je ne crois pas que cette nouvelle lui ait fait vraiment plaisir.

Johanne avait eu aussi cette impression mais elle n'aurait su dire pourquoi. Yonescu était marié depuis de nombreuses années et n'avait jamais manifesté de mécontentement à propos de sa vie de famille. Il ne paraissait pas convoiter Johanne pour son propre usage.

— Qu'est-ce qui vous fait dire cela ? Pourquoi serait-il contrarié par nos fiançailles ? Nos soi-disant fiançailles, corrigea-t-elle aussitôt.

Al haussa les épaules.

— Je… je ne sais pas. Juste une intuition. Mais après tout, je ne connais pas cet homme. Je peux me tromper. Si vous le croyez sincère, alors…

Johanne attendit qu'il finisse sa phrase mais, apparemment, il n'avait plus rien à dire.

Ils poursuivirent leur chevauchée dans la lumière du jour levant tandis qu'elle méditait sombrement sur ce qu'elle venait d'apprendre.

Al avait-il raison ? Yonescu avait-il pu feindre une franche amitié pendant si longtemps ? Mais à quelle fin ? Il n'avait jamais laissé entendre qu'il lui offrait sa protection contre d'autres services. Ni qu'il était prêt à réchauffer son lit. Et, naïvement, elle avait pensé qu'elle pouvait lui faire confiance. Que pouvait donc vouloir d'autre son voisin, dans ce cas, sinon une simple alliance entre leurs deux maisons ? Après tout, il avait des enfants, lui aussi, dont une fille de l'âge de Cineas. Peut-être voyait-il loin dans l'avenir ?

Hélas, si Yonescu était aussi faux et manipulateur que Al le suggérait, elle n'avait plus personne de son côté. Richard, son frère, ne lèverait jamais le petit doigt pour venir à son aide s'il n'espérait être rémunéré en espèces sonnantes et trébuchantes. Et les caisses de Castle Brae étaient si désespérément vides qu'elle ne pouvait compter que sur les maigres rapports en nature du domaine pour nourrir les siens.

Quant à Al, il se montrait dévoué mais il n'était pas fou. Lorsqu'il aurait pris la pleine mesure de la situation, il ne tarderait pas à prendre la poudre d'escampette.

Si, par un miracle qu'elle n'osait espérer, Brae et ses gens sortaient sains et saufs de l'attaque de Morcant, elle devrait continuer à vivre dans un monde hostile, sans personne pour la protéger.

— Je souhaiterais faire une pause, dit-elle soudain en arrêtant Heled.

Et, sans s'assurer que Al l'avait entendue, elle sauta à terre et gagna le bord du chemin, envahie par une sourde panique qui menaçait de la consumer tout entière.

Ses habituels exercices de respiration ne purent l'apaiser

et elle se mit à marcher nerveusement, tirant sa jument par les rênes.

Elle aurait voulu lever la tête vers le ciel et crier son angoisse et sa révolte. Fouler aux pieds le monde et tout l'univers et les jeter dans l'enfer pour les regarder brûler.

Ainsi, dans son malheur, peut-être se serait-elle sentie moins seule ?

— Johanne ! appela Al dans son dos.

Elle ne se retourna pas. Pour le moment, toute son énergie lui servait à retrouver sa respiration.

— Johanne ? répéta doucement la voix de son compagnon.

— Je ne sais pas…

Elle ne put achever sa phrase. Deux bras puissants l'enserrèrent dans une chaude étreinte. Pivotant sur elle-même, elle se laissa tomber contre le torse de Al tandis que les larges mains de son compagnon se mettaient à caresser son dos en larges cercles apaisants. Il ne disait plus rien, n'essayait pas de la convaincre que tout irait bien. Et elle lui en fut étrangement reconnaissante.

Avant l'arrivée de Al, jamais personne ne l'avait tenue ainsi, ni ses parents ni, encore moins, Badon. C'était elle qui réconfortait ses semblables. Mais personne, jamais, ne lui rendait la pareille. Le pire, c'était que Johanne commençait à s'habituer à ce réconfort, et ce n'était pas une bonne chose. Alewyn ne faisait pas partie de Castle Brae. Et pourtant, elle ne trouvait pas en elle l'énergie de reprendre ses distances en ce moment, et pour la première fois de sa vie, elle se sentait en sécurité, protégée de tous les maux que le monde lui destinait.

Les battements de son cœur ralentirent, ses tremblements nerveux s'apaisèrent. Mais rester là dans les bras de Al n'était pas une bonne chose, surtout après la promesse qu'elle s'était faite la nuit dernière. Elle repoussa doucement son compagnon qui la relâcha aussitôt. La bonne chaleur de son corps lui manqua aussitôt mais revenir se blottir contre lui pourrait paraître étrange. Aussi recula-t-elle encore de deux pas.

— Je suis désolée. Il y avait longtemps que je n'avais éprouvé un tel sentiment de panique.

Elle s'apprêtait à remonter sur le dos d'Heled mais Al la retint par le bras. D'une main assez légère pour ne pas lui faire mal mais assez ferme pour la retenir.

— Étant donné les circonstances, votre inquiétude est bien compréhensible. Vous n'avez pas besoin de vous cacher de moi.

Elle lui tourna le dos, secouant la tête. Cela faisait des années qu'elle dissimulait ses émotions, qu'elle avait peur de les laisser se répandre de crainte de ne plus pouvoir les contrôler. Mais après tout, elle pouvait bien se confier à Al… Quelle importance cela aurait-il ? Il ne partageait sa vie que pour un bref laps de temps. Quand il aurait retrouvé sa mémoire ou que quelqu'un serait revenu le chercher, il rejoindrait les siens. Il disparaîtrait de sa vie à jamais. S'ouvrir à lui à propos de choses qu'elle ne confiait à personne aurait un effet indéniablement libérateur. Il ne pourrait pas s'en servir contre elle puisqu'il ne serait bientôt plus là.

Elle s'appuya du plat de la main sur le flanc de Heled.

— Je ne veux pas faire défaut à mon fils. Il est si innocent. Il me fait confiance et il n'a que moi. Il ne peut compter que sur moi pour défendre son héritage… Si je prends la mauvaise décision, il n'aura plus rien. Cette seule pensée me rend… me fait me sentir complètement impuissante…

Elle toucha sa poitrine. Il y avait là une douleur qui ne disparaissait jamais complètement.

Al fit un pas vers elle.

— Le seul tort réel que vous pourriez faire à votre fils

en ce moment, c'est de cesser de l'aimer. Il est encore très jeune. Tout ce dont il a besoin, c'est de votre attention.

— Oui, mais plus tard, dans quelques années, quand il découvrira qu'il n'est pas baron de Brae comme son père et son grand-père avant lui, il saura que j'ai failli à mes devoirs. Son père avait raison. Je ne suis pas à la hauteur.

Elle sentit, plus qu'elle ne le vit, Al se figer.

— Que voulez-vous dire par là ?

— Badon, le père de Cineas. Il…

— Il… quoi ?

— Il ne cessait de me répéter que je n'étais pas assez forte pour être la mère d'un futur guerrier. Il était persuadé que je ne serais pas à la hauteur de la tâche. Il était très… exigeant et voulait faire la loi pas seulement en tant que maître de Brae mais dans tous les domaines. De la cave au grenier en passant par tous les habitants de la maison. La plupart du temps, je le trouvais ridicule, tout gonflé qu'il était de son pouvoir sur les êtres et sur les choses. Il écrasait tout le monde, persuadé qu'il était d'être le plus fort. Et la plupart du temps, il avait raison.

— Était-ce un homme au physique imposant ?

— Pas particulièrement. Du moins, en comparaison avec vous. Non, chez lui, il ne s'agissait pas de force physique. Il avait un caractère dominant. Quand Badon entrait dans la grande salle, même s'il y avait foule, vous saviez qu'il était là par la seule énergie qui se dégageait de sa personne. Les hommes le suivaient comme des moutons et les femmes l'adoraient. Quand il a jugé qu'il lui fallait prendre femme, il s'est avisé qu'il serait intéressant pour lui de conclure un traité avec mon frère dont les terres sont sur une ancienne voie romaine et, à ce titre, favorable pour le commerce. Comme j'avais l'âge légal, il a demandé ma main. Je ne pense pas qu'il m'aurait regardée deux fois s'il n'avait pas trouvé un intérêt à ce mariage. Il y avait autour de lui tout un essaim de femmes, grasses et arrogantes, bien plus à son goût… Dès notre première rencontre, j'étais à ce point terrifiée que j'étais aussi muette et figée qu'une poupée de son. Je crois que c'est cela qui, outre mon très jeune âge, lui a déplu le plus. Et il n'a jamais pu surmonter cette antipathie. De mon côté, je n'ai jamais pu refouler mon anxiété. Il m'ignorait complètement, me faisant si peu confiance que, la première année de vie de mon fils, je n'ai pas eu le droit de voir l'enfant.

La peine la traversa, toujours vivace, au souvenir de ces douze longs mois au cours desquels, isolée de son bébé, Johanne eut l'impression que son âme allait se dessécher et mourir.

Elle déglutit de nouveau.

— Badon était inculte et superstitieux, voyez-vous. Il était persuadé que je transmettrais à Cineas dans mon lait, sans doute, ou par l'air que nous respirerions ensemble, ce qu'il prenait chez moi pour une faiblesse de caractère congénitale. Il m'a fallu du temps pour m'endurcir. Je devais prouver à Badon que j'étais assez forte pour m'occuper de mon fils. Et malgré tout, après tout ce temps, je vois bien que je n'étais pas à la hauteur… La moindre velléité de me nuire du plus infime de nos ennemis menace notre sécurité et nos biens.

— Pour être franc, milady, le défunt baron de Brae me semble avoir été une brute épaisse.

Johanne se surprit à rire.

— Oui, je le crains. Malgré un certain panache, il était d'une intelligence grossière. S'il n'était pas reconnu comme le meilleur en toutes circonstances, il n'avait recours qu'à la colère et à la violence.

— Depuis combien de temps est-il mort ?

— Il a quitté ce monde à la fête des Défunts, il y a trois ans.

— Et depuis tout ce temps, vous dirigez Brae avec efficacité et compétence. Vous avez permis à ses habitants de manger à leur faim, d'avoir un toit sur leur tête et d'élever en sécurité leurs enfants.

— Oui, mais…

— Vous avez appris à votre enfant la courtoisie et la bienveillance, tout en entretenant sa curiosité naturelle. Et tout le monde, ici, l'aime et le respecte.

— Oui, bien sûr, mais… C'est dans sa nature, voilà tout.

— Le bon naturel n'a jamais suffi à faire d'un champ d'herbes folles un jardin bien entretenu. Si Cineas est quelqu'un de bien, c'est parce que vous lui avez appris à le devenir. Si vous perdez Brae, ce n'est pas parce que vous n'aurez pas su le garder pour votre fils mais, entre autres, parce que Badon vous a laissé un héritage bien mal en point. D'après ce que vous me dites, il passait plus de temps en tournois et à festoyer chez les seigneurs de la région plutôt qu'à entretenir son patrimoine et à en renforcer les défenses en prévision d'un changement de politique de ses voisins ou de son pays… Cela n'empêchera pas votre fils de vous aimer, d'être fier de la mère qui a su l'élever dans les bonnes valeurs et qui a fait ce qu'elle a pu pour défendre ses terres. À l'impossible nul n'est tenu. … Maintenant, en avez-vous terminé avec cette séance d'autoflagellation ? Si oui, je suggère que nous reprenions notre chemin parce que la route est encore longue.

Johanne opina du chef, encore émue et étonnée de cet échange confiant entre Al et elle. Ce qu'il venait de lui dire était important mais elle n'avait pas le temps d'y songer. Plus tard, elle passerait en revue les arguments de son compagnon et déciderait de leur valeur.

Ils se remirent en selle sans autre commentaire et, tandis qu'ils traversaient des étendues d'arbres dépouillés par l'hiver, avançant au petit trot le long d'interminables chemins boueux, Johanne se réjouit que son compagnon ne la pousse pas davantage dans ses retranchements. Ce qu'il venait de lui dire l'avait ému plus qu'elle ne saurait dire. Al se montrait si passionnément de son côté, non sans une certaine brutalité dans sa franchise mais avec l'évidente intention de bien faire. Pour autant qu'elle s'en souvienne, il lui avait dit sur elle plus de choses positives en quelques minutes que personne ne l'avait fait depuis toutes ces années.

Le faible soleil d'hiver venait juste de franchir le zénith quand elle arrêta sa monture.

— Nous sommes presque arrivés. Nous avons bien avancé.

— Et quel est votre plan ?

— Je suggère que nous attendions le crépuscule pour nous introduire dans la place forte. Le pont-levis sera encore abaissé, mais il fera assez sombre pour que nous nous introduisions dans la première cour sans être vus.

Johanne poussa Heled du talon jusque dans les taillis et avança un peu pour se dissimuler dans leurs branches basses. Le froid et l'humidité lui arrachèrent un frisson et elle serra plus étroitement sa houppelande autour d'elle.

— Je ne crois pas que ce soit une bonne idée, dit la voix de Al dans son dos.

— Il nous faudra pourtant cacher les chevaux dans le sous-bois. Sinon, autant claironner notre arrivée sous les remparts de Morcant.

— Je veux dire, cela ne me semble pas une bonne idée de nous introduire dans le château à la tombée du jour. Si nous ne trouvons pas ce que nous cherchons rapidement, nous risquons d'être enfermés dans l'enceinte toute la nuit et de nous faire repérer.

C'était possible, en effet.

— Que suggérez-vous, dans ce cas ? s'enquit Johanne en lui jetant un coup d'œil par-dessus son épaule.

— Le mieux serait que j'y aille seul. Il n'y a que Morcant qui m'a déjà rencontré... Oui, je sais, l'interrompit-il comme elle allait parler, cette idée ne peut guère vous plaire. Vous préférez voir les choses de vos yeux. Y a-t-il un donjon et des communs, à Ormond ?

— Oui. Cette place forte est beaucoup plus grande que Brae. C'est bien pourquoi je ne comprends pas pourquoi Morcant veut ajouter mon modeste domaine à ses terres.

— L'avez-vous déjà visité ?

— Une seule fois, avec Badon, au début de notre mariage.

— Dans ce cas, il est peu probable qu'on vous reconnaisse, à condition que vous évitiez de tomber sur Morcant ou sur sa garde personnelle... Je suggère que nous allions d'abord à la taverne. Il y en a toujours une, dans le bourg qui dépend du château. Nous pouvons toujours nous faire passer pour mari et femme, par précaution. Inutile d'y passer la nuit, mais nous pourrons toujours nous restaurer tandis que nos chevaux prendront un peu de repos et recevront un picotin d'avoine.

Johanne eut un haussement d'épaules impatient.

— À quoi bon ? Tout cela ne serait que du temps perdu. Tout ce que nous avons à faire, c'est de pénétrer dans la place forte de Morcant, faire l'inventaire des armes de siège qui y sont éventuellement assemblées et rentrer chez nous pour prendre nos dispositions.

— Si un siège se prépare, personne dans le bourg ne peut l'ignorer. Vous n'imaginez pas tout ce qu'on peut apprendre dans une taverne.

Nouveau haussement d'épaules.

— Ce ne sont le plus souvent que des racontars.

— Sans doute mais il faut trier le bon grain de l'ivraie. Et c'est un bon endroit pour commencer notre enquête.

Johanne pesait les arguments de son compagnon quand son estomac émit un bruyant gargouillement. Voilà qui était tout décidé. Difficile, du reste, de faire tout le chemin du retour sans se restaurer quelque peu.

La bonne odeur du feu de cheminée emplit leurs narines tandis qu'ils reprenaient leur chemin vers le château de Morcant.

— Rien de plus accueillant qu'une odeur de feu de bois, un soir d'hiver, commenta Al tandis qu'ils avançaient.

— Je vous approuve sur ce point, répondit Johanne, dont la houppelande était détrempée par le froid humide. Je ne serai pas mécontente de descendre un peu de ma selle. Et Heled de se débarrasser de moi, je suppose, commenta-t-elle pour dire quelque chose.

Al approuva d'un grognement et accéléra un peu l'allure en direction du château et de la taverne dont ils souhaitaient de plus en plus ardemment l'existence.

Johanne pénétra dans l'auberge tandis que Al s'occupait des chevaux avec un simple garçon de cuisine qui était venu les accueillir. Contente de ce moment de solitude, elle alla s'asseoir au fond de la salle. En s'installant, elle fit grincer les pieds de son escabelle sur le sol de pierre et quelques têtes se levèrent. Mais les regards étaient plutôt bienveillants.

— Que puis-je faire pour vous ?

Elle leva les yeux et rencontra le sourire affable de l'aubergiste.

— Pouvez-vous nous servir quelque chose à manger ?

— Oui, un bon ragoût d'agneau. Et pour votre mari, ce sera la même chose ?

Rien ne passait inaperçu, dans cet endroit, ce qui n'avait rien d'étonnant dans des lieux aussi retirés.

— Oui, je suppose. Merci beaucoup, ajouta-t-elle

avec un sourire qu'elle s'efforça de rendre aussi naturel que possible.

— Resterez-vous ici pour la nuit ?

Une nuit dans la même chambre que Al n'était certainement pas une bonne idée. Pas maintenant que le désir qu'elle éprouvait pour lui brûlait en elle comme une flamme. Et encore moins après cette conversation au cours de laquelle il avait montré tant de respect et de sympathie à son égard. Elle était en grand danger, et pas seulement à cause de Morcant.

— Non, je pense que nous poursuivrons notre voyage après nous être restaurés.

— Jusqu'où allez-vous ?

— À Brae. Mon mari a de la famille là-bas.

Fut-ce un effet de l'imagination de Johanne ou une lueur s'alluma-t-elle dans les yeux de l'aubergiste.

— Parfait. Je vous apporte vos couverts.

Johanne, qui avait le dos tourné à l'entrée, sut immédiatement quand Al pénétra dans la salle basse et peu éclairée. Alors que personne n'avait prêté d'attention particulière à son arrivée, toutes les conversations s'arrêtèrent et les têtes se tournèrent vers la porte. Plusieurs hommes portèrent la main à leur ceinture, où se trouvait leur coutelas. L'un d'eux alla même jusqu'à sortir une dague qu'il posa sans trop de discrétion sur ses genoux.

Elle se leva sans précipitation.

— Vous voilà, mon mari ! dit-elle en se dirigeant vers Al pour le prendre par la main et l'entraîner vers leur table. Je m'apprêtais à manger pour deux.

Les doigts de Al se mêlèrent aux siens et elle ne put s'empêcher de frémir.

Il rit et elle s'étonna elle-même de sentir la tension qui rendait ce rire un peu faux. Se pouvait-il qu'elle le connaisse déjà si bien alors qu'ils ne s'étaient rencontrés que quelques jours plus tôt ?

— Ravi de me mettre à table ! s'exclama-t-il. Après une telle course, je meurs de faim.

Il s'installa sur l'escabelle qui faisait face à Johanne et elle lui sourit.

— J'ai déjà annoncé à notre aubergiste que nous poursuivrions notre route après notre dîner, dit-elle tandis qu'elle servait de la bière à son commensal.

Al faisait face à la salle et, se levant, Johanne alla prendre place à côté de lui. Cette manœuvre avait le mérite d'offrir l'image d'un couple uni, mais surtout, de lui donner une bonne vue d'ensemble des dîneurs. Elle gardait sa main dans celle de son prétendu mari, autant pour profiter de sa chaleur que pour poursuivre leur petite comédie. Du reste, il n'essayait pas de se dégager, comme si lui aussi trouvait cette intimité agréable. Ou qu'il voulût tenir sagement son rôle.

Quoi qu'il en soit, les mains avaient quitté les armes et les bavardages reprenaient gaiement.

On vint leur apporter deux écuelles pleines d'un ragoût odorant et leurs deux mains se dénouèrent. Chacun plongea sa cuiller dans son écuelle avec appétit.

— Avez-vous remarqué les lames ? murmura Johanne tandis que l'aubergiste se retirait.

— Mmm, marmonna Al, la bouche pleine. Vous avez fort bien joué votre partie, ma femme, ajouta-t-il avec un clin d'œil après avoir avalé sa bouchée. Mais je crois que nos amis ici présents ne m'auraient pas sauté dessus tout de suite. Et je déteste combattre l'estomac vide.

De nouveau, il cligna de l'œil et Johanne sourit, heureuse des efforts de son compagnon pour essayer de détendre l'atmosphère.

Al avala plusieurs lampées de son plat puis demanda encore :

— Quand vous avez confié à l'aubergiste que nous allions là-bas, vous aurait-il, par chance, livré quelques informations à propos de Brae ?

— J'ai eu l'impression qu'il hésitait, en effet. Mais il n'a rien dit. Sans doute est-ce un effet de mon imagination.

Al secoua la tête.

— Votre instinct est sûr. Si vous avez eu l'impression qu'il allait dire quelque chose, c'est qu'il était sur le point de le faire. Je suppose que vous avez quelques pièces d'argent sur vous.

— Oui, naturellement.

— Pouvez-vous vous permettre de vous séparer de quelques-unes ?

Le sang afflua aux joues de Johanne.

— Pas tant que cela…

Al ne parut pas remarquer son embarras.

— Nul besoin de vous ruiner. Personne ici ne sait que vous êtes la baronne de Brae. Mais si nous payons un peu plus que nous devons en réglant notre note, peut-être cela incitera-t-il notre hôte à nous donner quelques conseils…

Johanne hocha la tête.

— Vu comme cela, oui, cela peut en valoir la peine, en effet.

Ils avaient à peine fini leur écuelle que l'aubergiste se matérialisa soudain devant leur table.

— Cela s'est-il passé comme vous vouliez, bonnes gens ? s'enquit-il tandis qu'un sourire aimable étirait son visage rubicond.

Al lui rendit son sourire.

— C'était parfait, vraiment. Juste ce qu'il fallait pour poursuivre notre voyage. N'est-ce pas, ma femme ? Combien vous doit-on, mon ami ? demanda-t-il tandis que Johanne opinait du chef avec enthousiasme.

Quand l'aubergiste eut indiqué un prix, il enchaîna à l'intention de Johanne :

— Veux-tu bien payer notre hôte, ma mie ?

Johanne se mit à fouiller un peu nerveusement dans la bourse qu'elle portait attachée à la ceinture. Al lui avait demandé d'être généreuse mais elle ne voulait pas payer plus qu'elle ne pouvait se le permettre. Tout ce qu'elle possédait, hormis l'argent qui était consacré à la nourriture, devait passer dans les travaux indispensables pour entretenir le château. Elle compta fébrilement dans sa main quelques pièces, la sueur au front, puis les tendit à l'aubergiste, dont l'œil sérieux contredisait le sourire allègre.

Puis elle essuya ses paumes moites sur sa robe, peu habituée à donner son argent. Non, décidément, elle n'était pas faite pour ce genre d'aventures.

Leur hôte jeta un bref coup d'œil sur les pièces qui reposaient maintenant dans sa paume, puis, sans autre remerciement que quelques mots polis, alla accueillir de nouveaux arrivants.

Johanne se tourna vers Al, furieuse.

— Eh bien… À quoi tout cela a-t-il servi sinon à alléger ma bourse ? siffla-t-elle.

— Les récompenses ne viennent pas toujours sur-le-champ, répliqua tranquillement Al après avoir bu une longue gorgée de bière.

Il paraissait si calme que Johanne se retint de planter ses ongles dans son avant-bras musclé.

— Il serait bon que cette récompense-là ne tarde pas trop si vous ne voulez pas être obligé de récupérer cet argent par la force

Al faillit s'étouffer avec sa gorgée de bière.

— Je… Je ne crois pas avoir subi d'entraînement pour

le métier de coupe-jarret ou de bandit des grands chemins, rétorqua-t-il, mi-figue, mi-raisin.

Un souvenir, enfin !

Johanne ne put s'empêcher de sauter sur l'occasion.

— Parce que vous vous souvenez de la manière dont vous avez été élevé ?

Il la regarda, bouche bée, puis chassa sa question d'un geste vague de la main.

— Oh ! ça, c'est une autre histoire !

Elle l'observa un instant entre ses paupières mi-closes. Décidément, toujours fuyant, quand il s'agissait de parler de lui, son prétendu fiancé ! Puis le regard de Johanne se posa sur la broche d'argent qui refermait sa chemise.

— En tout cas, nous pourrons toujours revendre ce bijou. Cela nous permettra de faire bouillir la marmite un certain temps.

Les longs doigts bronzés de son vis-à-vis caressèrent la broche d'un geste léger. Il ouvrit la bouche comme pour dire quelque chose mais aucun son n'en sortit. Il reprit son gobelet de bière qu'il acheva d'une longue gorgée.

Le cœur de Johanne se serra.

— Je suis désolée. Ce n'était qu'une plaisanterie stupide, je vous l'accorde. Sans doute est-ce le seul souvenir que vous avez conservé de votre passé ?

Comme Al ne disait toujours rien, elle ajouta :

— Je tiens à vous rassurer. Je n'attends pas de vous que vous vendiez vos biens pour m'aider.

— Si cela peut vous rendre service, dit-il d'un ton brusque sans croiser son regard, je le ferai volontiers. Cette broche n'a aucune valeur sentimentale à mes yeux.

— Nous n'aurons pas besoin d'en arriver là pour faire tourner Brae, dit-elle avec un petit rire, essayant désespérément de détendre l'atmosphère.

Mais l'humeur de Al avait changé. Il buvait toujours

sa bière mais son regard s'était perdu au loin, comme s'il avait l'esprit ailleurs. Johanne s'agita nerveusement sur son siège.

Elle n'avait plus qu'une envie. Reprendre la route et laisser derrière elle ce moment inconfortable.

Décidément, il n'était pas possible que cette femme soit traîtresse à la Couronne d'Angleterre, décida Alewyn pour la énième fois. Mais cette fois, c'était une certitude. Il était impossible que quelqu'un de si humain, de si foncièrement bon commette un tel crime. La manière dont elle avait pâli en se culpabilisant parce qu'elle voulait vendre ce qu'elle croyait être un souvenir l'avait empli d'un désagréable sentiment de dégoût pour lui-même. Elle croyait mot pour mot tout ce qu'il lui avait dit. Elle lui avait sauvé la vie, l'avait nourri et logé au sein de sa famille.

Et que faisait-il pour la remercier ? Il l'espionnait pour le compte du roi.

La façon dont les doigts de la pauvre femme avaient tremblé tandis qu'elle fouillait dans sa bourse pour en sortir quelques pièces d'argent lui avait serré le cœur. Bien qu'elle fût le chef de famille et le chef de guerre d'une baronnie, elle ne possédait rien en propre et son domaine était en piètre état. Et pourtant, elle le nourrissait et l'hébergeait, espérant seulement en retour quelques travaux et un soutien moral.

Cette femme ne vivait que pour sauver l'héritage de son fils. Elle ne prendrait pas le risque de le mettre en danger en incitant des bataillons de l'armée de France à envahir le pays. Elle ne prendrait pas davantage le risque de priver Cineas de sa mère simplement pour la gloire. Ni même pour l'argent. Elle était dévouée à son fils comme jamais Alewyn aurait imaginé que des parents pussent l'être. Ses propres parents n'avaient jamais considéré leur fils cadet que comme un atout pour leur propre jeu de pouvoir et d'influence à la cour de Windsor.

Bien sûr, ils n'approuveraient en rien sa manière de faire et sa prudence. À sa place, son père, le sieur de Monceaux, aurait arrêté Lady Johanne le jour même où il aurait fait irruption dans sa cour, l'aurait enfermée dans un cul-de-basse-fosse et c'est seulement ensuite qu'il aurait réfléchi et mené son enquête.

Tout en lui criait que Johanne était innocente. Si l'ennemi entrait dans le pays par le bord de mer du domaine de Brae, quelqu'un d'autre que la châtelaine en était responsable. Et tout ce qu'il avait à faire, lui, Alewyn de Monceaux, c'était de le prouver avant que Benedictus fasse une descente depuis Windsor pour régler le problème lui-même. L'image de Johanne, emprisonnée dans les geôles du roi, des fers aux mains et aux pieds, lui était très désagréable.

Non, il ne pouvait pas laisser faire une chose pareille. Il ne se le pardonnerait jamais.

Alewyn se leva avec un bref coup d'œil à l'aubergiste. Décidément, leur copieux pourboire n'avait rien fait pour faire avancer leurs affaires. L'homme, en grande conversation avec une autre tablée, paraissait avoir complètement oublié leur existence. La pauvre Lady Johanne avait dépensé son argent pour rien.

— Y allons-nous ? lança-t-il, furibond.

Johanne sursauta et il s'en voulut de lui parler sur ce ton. Après tout, c'était lui qui était à l'origine de cette malheureuse initiative.

Il se mit à faire toute une série de démonstrations bruyantes, tirant l'escabelle de Lady Johanne pour l'aider à se lever, poussant sans ménagement la table sur les dalles, espérant attirer ainsi l'attention de leur hôte. Sa compagne lui lança un regard étonné mais ne dit rien.

Et ses efforts finirent par être récompensés. L'aubergiste revint vers eux avec un sourire aimable.

— Nous quittez-vous déjà, mes bonnes gens ?

Alewyn se frotta le ventre avec une grimace.

— Pas tout de suite, mon brave. On mange trop bien chez vous. Je serais incapable de remonter en selle après un tel repas… Ma femme et moi, nous allons marcher un peu aux abords de la forêt pour nous dégourdir les jambes. À votre avis, dans quel coin pourrions-nous aller sans éveiller l'inquiétude des braves gens d'ici ? Avec ma taille, j'ai l'habitude de ne pas passer inaperçu…

Il avait dû rouler des yeux de manière convaincante car des rires montèrent des tables voisines.

— Vous n'avez qu'à aller jusqu'au torrent, suggéra complaisamment le patron. Ça vous permettra de remplir vos gourdes… Je vais sortir avec vous pour vous montrer le chemin.

Personne n'eut l'air de s'étonner que l'aubergiste les accompagne jusqu'à l'extérieur de la salle. La plupart des consommateurs étaient retournés à leurs conversations ou à leurs jeux et ne s'aperçurent même pas que les voyageurs avaient quitté la salle. Il n'y avait aucune hostilité dans les yeux de ceux qui les regardaient partir mais Alewyn tendait le dos, prêt à tout. Il doutait de pouvoir baisser la garde tant que Johanne et lui seraient sur les terres de Morcant.

— Quel dommage que nous soyons en hiver ! La promenade est si plaisante à la belle saison, s'exclama l'aubergiste d'une voix forte en franchissant le seuil sur leurs talons. C'est la promenade préférée des amoureux…

L'homme leur adressa un large sourire et Alewyn sentit une rougeur suspecte couvrir ses joues. Que venait faire l'amour dans son aventure ? Il était là pour remplir une mission et rien d'autre.

— Avançons encore un peu, suggérait leur hôte en leur montrant le chemin qui partait vers la forêt. Nous pourrons mieux y voir…

S'arrêtant à une dizaine de mètres de son auberge, il pivota sur lui-même pour leur faire face. Maintenant, son visage était grave et son front soucieux.

— Vous êtes un couple fort sympathique et c'est pourquoi je préfère vous prévenir, même si beaucoup ne le feraient pas à ma place. Mais je crains et vénère notre Seigneur Dieu et s'il vous arrivait quelque chose, je ne voudrais pas porter ça sur ma conscience.

Une fois qu'il eut dit sa tirade, leur interlocuteur regarda autour de lui, l'œil méfiant. Lady Johanne lança à son compagnon un regard alerté mais Alewyn ne réagit pas. Il était content de constater que leur pourboire déliait bel et bien la langue de leur hôte. Une fois que l'aubergiste se fut assuré qu'aucune oreille indiscrète ne les épiait, il se pencha vers eux.

— Autant vous le dire tout net. Par les temps qui courent, il n'est pas prudent de se rendre à Brae.

Alewyn sentit les poils se dresser sur sa nuque.

— Pourquoi ? demanda-t-il à voix basse. Ce n'est pas la première fois que nous nous y rendons, ma femme et moi. Le chemin nous a toujours paru très sûr.

L'aubergiste se rapprocha encore.

— Le baron d'Ormond, la seigneurie qui est tout près d'ici, est en train d'organiser un siège contre Castle Brae.

Tout près de lui, Alewyn entendit un petit cri étouffé. Il serra discrètement la main de sa compagne.

— Eh bien, ce n'est pas facile à expliquer. Une fois qu'on a bien bu, on parle beaucoup chez moi, comme dans toutes les tavernes. Il paraîtrait que Sir Morcant, le maître des lieux, a dans l'idée d'accroître ses terres vers la côte sud. Et dans cette direction-là, seul Castle Brae a pour seigneur une simple femme. Alors, évidemment, il doit penser que ce sera plus facile de l'emporter. Qu'il y arrive ou non, c'est une autre histoire. Mais, braves gens comme vous l'êtes, ça m'ennuierait que vous alliez jusque là-bas pour vous fourrer dans pareil guêpier. Peut-être pourriez-vous rendre visite à votre famille un autre jour ?

Alewyn se figea. Une famille ? Quelle famille ? Il regrettait de ne pas avoir demandé à Johanne quelle fable elle avait inventée à l'intention de leur hôte. Il sentit la sueur perler à son front et espéra que leur interlocuteur mettrait cela sur le compte de la peur que la nouvelle du siège pouvait avoir suscitée en lui.

Comme il ne disait rien, ce fut elle qui reprit la parole, d'une voix plate et sans vie.

— Merci pour votre obligeance, mon bon monsieur. Nous vous en serons reconnaissants à jamais.

— Oui, approuva Alewyn en se ressaisissant. Grâces vous soient rendues.

L'aubergiste opina du chef, visiblement satisfait d'avoir accompli son devoir.

— Si vous souhaitez toujours aller jusqu'au torrent, prenez ce chemin pierré jusqu'à la lisière de la forêt. En le suivant sur une bonne centaine de mètres, vous arriverez à la rivière. Il suffit de vous fier au bruit qu'elle fait au milieu des rochers. Mais dépêchez-vous, car la nuit ne va pas tarder à tomber et vous risquez de vous perdre. Maintenant, mes amis, si vous n'avez plus besoin de mes services, je retourne à mes hôtes.

Ils le remercièrent encore et il se hâta vers la chaleur et la lumière de son auberge. Johanne et Alewyn le suivirent des yeux jusqu'à ce qu'il ait disparu dans le rectangle de lumière de la porte d'entrée.

Puis Johanne se tourna vers son compagnon et leva vers lui un visage mortellement pâle.

— C'est donc vrai ! Mon Dieu, je ne crois pas que…

Les jambes lui manquèrent et Alewyn la retint avant qu'elle ne s'effondre sur le sol. Malgré sa haute taille, la jeune femme était légère comme un oiseau et, avisant un recoin d'ombre au bord du chemin, il alla la déposer sur l'herbe après avoir vérifié qu'on ne pouvait les voir depuis l'auberge.

— Oh ! Alewyn… Tous mes gens, mon cher fils… Ils vont tous…

— Tout ira bien, Johanne !

Comment, Alewyn n'en avait aucune idée, mais il ferait tout ce qui était en son pouvoir pour éviter que Brae ne tombe entre les griffes de Morcant.

Johanne leva vers lui des yeux remplis de larmes.

— Comment pouvez-vous dire une chose pareille ? Rien ne peut aller bien, désormais. Vous avez vu les braves gens de Brae. Quelle piètre garnison ils feraient, en cas d'attaque ! Personne ne pourra y survivre. Mes seuls hommes sont vieux ou encore des enfants. Ce sera une vraie boucherie. Étant donné la manière dont nous l'avons traité, Morcant ne fera pas de quartier !

— Non, décréta fermement Alewyn, qui se sentait terriblement coupable. Je vais vous aider à remonter vos murs et à rétablir vos défenses. Et nous fabriquerons les armes dont nous avons besoin. Vous n'êtes pas seule, Johanne. Je suis là.

Elle lui serra frénétiquement le bras.

— Oh ! Al ! Vous vous trompez. Je suis terriblement seule, comme je l'ai toujours été.

De nouveau, Alewyn prit une profonde inspiration. Il n'avait pas le droit de promettre son aide à la châtelaine de Castle Brae. Surtout quand ses devoirs risquaient de le rappeler à Windsor à n'importe quel moment. Mais son cœur, pour une fois, refusait d'écouter sa raison.

— Non, Johanne, vous n'êtes plus seule puisque je suis là.

Chapitre 8

En dépit de la solennité de sa déclaration, Johanne tremblait toujours. Ils étaient si près l'un de l'autre qu'il pouvait sentir le corps de la jeune femme vibrer contre le sien. Alewyn était parfaitement conscient de l'énormité de la promesse qu'il venait de lui faire. Il venait de s'engager à la défendre contre Morcant alors qu'il n'avait encore établi aucune preuve de son innocence dans l'éventuel complot fomenté contre le roi. Si Benedictus venait à l'apprendre, il le désapprouverait formellement. Et le châtiment serait pire que tout ce qu'il avait connu jusque-là, quand ses parents s'étaient évertués à réparer ses erreurs et à dompter son esprit indiscipliné avant de l'envoyer à la Cour. Et pourtant, promettre à Johanne qu'il allait tout mettre en œuvre pour l'aider lui paraissait parfaitement juste.

— Il faut que je voie ce que Morcant prépare contre Brae, chuchota Johanne, le nez enfoui dans son manteau.

— Oui. Nous allons aller jusqu'au bout de notre démarche et voir ce qui se trame à Ormond. Je vous le promets.

Quoi qu'il advienne, il protégerait les braves gens au milieu desquels il avait vécu ces derniers jours et qu'il avait appris à estimer. Mais pour être tout à fait honnête, et même s'il n'était pas disposé à le reconnaître à haute voix, c'était pour Johanne qu'il faisait cela. Pour les sauver, elle et son fils.

— Il fait assez sombre, maintenant. Essayons d'approcher du château de Morcant sans nous faire marquer.

— Oui, allons-y…

Elle s'écarta de lui et, aussitôt, la chaleur de son corps lui manqua. Mais ce n'était pas seulement de sa présence physique qu'elle le privait. Il sentit presque matériellement l'effort qu'elle faisait pour s'enfermer de nouveau entre de solides murailles, pour redevenir la baronne de Brae, et bientôt le chef de guerre qu'elle devra être. Celle que la plupart des gens voyaient tous les jours et dont ils ne soupçonnaient pas la merveilleuse humanité. Johanne était bien plus vulnérable que le personnage qu'elle jouait devant les siens, à Brae, avec un talent consommé. Mais c'était cette personne-là qui l'émouvait, celle qu'il voulait avoir le temps d'apprendre à connaître.

— Allons-y ! lança-t-elle d'un ton abrupt.

Et, rassemblant les pans de son manteau autour d'elle, elle se hâta dans la direction que l'aubergiste leur avait indiquée.

Visiblement, elle ne doutait pas un instant qu'il la suivrait. C'était à son intention, cette fois, qu'elle faisait cette démonstration de force et d'autorité. Et, d'une certaine manière, que Johanne se crût obligée de lui jouer cette comédie, qu'elle ne lui fît pas assez confiance pour montrer sa peur et ses doutes, le blessait. Mais après tout, lui aussi se cachait d'elle et ne se montrait pas sous son vrai jour. Alors, de quoi se plaignait-il ?

Alewyn laissa échapper un long soupir. Depuis quand sa vie était-elle devenue aussi compliquée ?

Haussant les épaules, il emboîta le pas à sa compagne.

Le soleil était en train de disparaître à l'horizon et bientôt l'ombre allait recouvrir le paysage. Déjà, la lune s'était levée, enveloppée dans de longues écharpes de nuages roses. Ils disposeraient juste d'assez de lumière pour voir où ils mettaient les pieds, mais cela leur permettrait aussi, avec un peu de chance, de ne pas être vus.

La rattrapant en deux enjambées, Alewyn la saisit par le coude.

— Il vaudrait mieux ne pas arriver par le chemin.

— Oui, bien sûr ! Quelle sotte je fais !

Elle vira brusquement sur la droite et faillit entrer dans un angle de mur dont la porte basse indiquait une étable. Alewyn la prit de nouveau par le bras pour la guider.

— Doucement, Johanne. La précipitation conduit toujours à commettre des erreurs. Il ne faut surtout pas se faire remarquer.

— Je ne me précipite pas !

Sa poitrine qui montait et descendait au rythme saccadé de sa respiration disait tout le contraire.

— Cachons-nous derrière ces bâtiments pour établir un plan.

— Mais notre plan, nous l'avons, protesta-t-elle en levant vers lui l'ovale pâle de son visage. Nous allons entrer chez Morcant et voir de nos propres yeux ce qu'il manigance.

Malgré la gravité de la situation, Alewyn faillit éclater de rire.

— Pas question d'entrer bras dessus bras dessous par le pont-levis, figurez-vous. Nous serions repérés tout de suite. Et notre tentative échouerait avant même d'avoir commencé.

Johanne resta un instant silencieuse. Le jour s'était complètement éteint, maintenant. Il ne pouvait voir l'expression de son visage. Mais son silence semblait indiquer qu'elle méditait ce qu'il venait de dire. Il ne la pressa pas. Elle avait besoin de temps pour retrouver son assurance.

Finalement, Johanne se contenta d'un bref signe de tête et, suivant son conseil, gagna l'arrière du bâtiment.

— Alors ? chuchota-t-elle quand ils furent à l'abri, tapis dans la pénombre. Que suggérez-vous ?

— Nous allons approcher du château par son flanc ouest et en faire le tour pour trouver une autre entrée. Il y a toujours des poternes dissimulées ici ou là, qui servent en cas d'urgence pour évacuer les lieux. Si nous entendons quoi que ce soit, vraiment quoi que ce soit, nous nous jetons dans les buissons et ne bougeons plus. Entendu ?

— Oui.

Alewyn marqua une pause et Johanne ne put réprimer un sentiment d'appréhension. Plus d'une fois, ses hommes avaient certifié avoir bien compris et il y en avait toujours un pour faire le contraire de ce qui avait été établi. Il lança un regard par-dessus son épaule. Non, Johanne était à bout de patience. Il ne pouvait la retenir plus longtemps.

— Allons-y, décréta-t-elle en s'élançant.

Une fois de plus, il dut la retenir par le bras.

— Je passe d'abord !

Elle se débattit énergiquement.

— Pas question. C'est moi le chef et c'est moi qui vous ai entraîné dans ce nid à rats. Je suis responsable de Brae et je dois prendre les risques en premier.

— Vos intentions sont fort honorables mais ce n'est pas tout à fait exact. Vous ne m'avez pas contraint à venir avec vous. Vous me l'avez seulement demandé. Personne ne peut me contraindre à faire quoi que ce soit.

Il allait ajouter « Encore moins une femme ! », mais captant l'éclair de fureur que décochait le regard de sa compagne, il s'abstint prudemment. Le moment était mal venu pour se quereller.

— La raison pour laquelle je vais passer en premier, reprit-il d'un ton plus modéré, c'est que, si nous rencontrons un garde, je suis plus à même que vous de le neutraliser.

Et il me serait plus difficile de me jeter sur l'ennemi si vous encombrez le chemin.

Elle souffla bruyamment.

— Comme vous voulez, mais trêve de bavardage, je vous prie. Plus j'attends, plus je sens l'anxiété m'étouffer.

Même dans la pénombre, on pouvait voir les gardes aller et venir sur les remparts et devant le pont-levis.

— On y va !

Il ne reprit pas le chemin qui les avait menés jusque-là.

Ils avancèrent jusqu'aux murailles en silence le long d'un terrain de plus en plus pentu et, malgré l'effort, Johanne dut presser le pas pour se maintenir à l'allure de son compagnon. Une fois atteint le pied des remparts, Alewyn indiqua la gauche et elle opina du chef. Ils continuèrent à progresser et, à l'avantage de Johanne, Alewyn dut admettre qu'elle s'en sortait mieux que beaucoup des jeunes recrues qu'il avait dû former. Elle avançait d'un bon rythme, ne protestait pas quand elle trébuchait sur une pierre ou une racine et ne posait plus de questions. Loin au-dessus d'eux, ils entendaient le bruit occasionnel d'une conversation ou le grincement d'une chaîne qu'on manœuvrait. Castle Ormond était bien mieux défendu que Brae, ce qui sous-entendait davantage de force armée et de matériel pour le siège que Morcant s'était mis en tête d'organiser.

Ils avaient effectué à peu près la moitié du périmètre du château quand Alewyn s'arrêta enfin. Si soudainement que, le heurtant dans sa course, Johanne serait tombée s'il ne l'avait retenue à temps.

— Ormond est en bien meilleur état que Brae, chuchota-t-elle, le visage enfoui dans le manteau de son compagnon. Jamais nous ne pourrons pénétrer là-dedans, n'est-ce pas ?

— Ça s'annonce plutôt difficile. Mais j'ai une autre idée. Vous entendez ce bruit ?

Elle s'écarta un peu.

— Vous voulez dire, le bruit du torrent ?

— Oui. Celui dont l'aubergiste nous a parlé. Il ne doit pas être très loin. Durant un siège, il faut bien que les habitants de cette place forte aient accès à l'eau courante. Il doit y avoir une entrée dissimulée dans la muraille quelque part. Il nous faut au moins étudier cette probabilité. Et pour ça, nous devons nous écarter un peu des remparts et nous enfoncer dans ces taillis en suivant la pente, dit-il en indiquant la ligne d'arbres qui se dessinait sous eux dans la pénombre.

— Jamais nous ne trouverons quoi que ce soit dans cette obscurité !

— Qui ne tente rien n'a rien. Et c'est quasiment notre seule option. Impossible de passer par les portes du château, comme tout le monde, et encore moins d'escalader ces murailles. Même si une entrée secrète existe et que nous la trouvons, les chances de la découvrir sont faibles. Il y a de fortes chances qu'elle soit barricadée de l'intérieur, de toute façon. Peut-être même est-elle gardée, ce qui rendrait impossible la perspective de jeter un œil sur les armes de siège que Morcant est en train de rassembler. Il faut se faire une raison.

Comme sa compagne ne répondait pas, Alewyn conclut :

— À mon avis, c'est notre seule chance. Même si elle est réduite à peu de chose.

Il la sentit plus qu'il ne l'entendit rire.

— Qu'y a-t-il de si amusant ? demanda-t-il, surpris.

— Rien. Je ne sais pas pourquoi je ris. Sans doute pour ne pas pleurer. Vous n'ouvrez la bouche que pour dire des horreurs ! Mais au moins, vous n'avez pas essayé de m'endormir avec de fausses promesses. Allons donc voir cette entrée près de l'eau.

Il tendit la main et, sans hésiter, Johanne y glissa la

sienne. Le cœur d'Alewyn se serra devant tant de confiance. Il devait bien se l'avouer, il aimait le contact de cette longue main fine plus qu'il ne l'aurait dû.

Mais rejoindre le torrent se révéla moins facile qu'il ne le paraissait à première vue. Parfois, il semblait venir de la gauche, d'autres fois de la droite. Johanne gardait sa main dans celle d'Alewyn pour assurer sa descente dans le terrain boueux et entravé par d'épais buissons de ronces et de myrtilles dénudés par l'hiver. Il la sentit trembler. Le froid, sans doute, ainsi que l'appréhension de ce qu'ils allaient trouver s'ils parvenaient à franchir l'enceinte du château. À moins qu'ils ne soient obligés de rebrousser chemin. Mais, Dieu sait pourquoi, Alewyn ne parvenait pas à en prendre la décision. L'idée de décevoir la jeune femme lui était insupportable.

— Il me semble que nous nous rapprochons…

Bien qu'ils soient maintenant assez éloignés du château pour que nul ne puisse surprendre leur conversation, la voix de Johanne n'était qu'un murmure.

— Vous avez raison.

Ils contournèrent une petite butte et s'arrêtèrent juste à temps pour éviter de tomber dans la rivière qui coulait maintenant sous leurs pieds. L'écume de ses remous formait des halos blancs sous la lune.

— Que cherchons-nous exactement ? s'enquit Johanne tandis qu'elle jetait autour d'elle un regard attentif.

— Tout ce qui peut ressembler à quelque chose d'insolite. Un monticule de terre, des pierres entassées… Mais je ne vois rien de la sorte.

Johanne opina du chef et ils reprirent leur marche.

Elle avait l'impression de patauger dans une mer de boue. Ses chaussures emportaient avec elles à chaque pas une gangue d'épaisse boue jaunâtre qui alourdissait sa marche et la rendait plus difficile. Elle ne rêvait plus qu'à retourner chez elle, retrouver les bonnes figures de ses gens, les joyeux bavardages de son enfant, la chaleur de l'âtre. Mais elle savait avec la même force qu'elle ne pourrait partir tant qu'elle n'aurait pas vu de ses propres yeux les armes que Morcant fabriquait pour détruire sa maison et tout ce qui lui était cher. La perspective de voir ce spectacle la terrifiait par avance mais rien ne pouvait être pire que ce que lui faisait envisager son imagination.

Al, qui avançait devant elle, la rassurait par sa présence. Pour une femme qui s'était juré de ne plus jamais dépendre de personne, elle était immensément reconnaissante à l'étrange fortune qui avait mis le jeune homme, au sens propre comme au sens figuré, sur son chemin. Cela aurait dû lui faire peur et pourtant, ce n'était pas le cas. Sans doute parce qu'il y avait d'autres menaces bien plus graves à envisager. Tout au fond d'elle, Johanne faisait confiance à son mystérieux rescapé. Il lui faudrait réfléchir sérieusement à tout cela plus tard, bien sûr. Pourquoi faire confiance plus qu'à un autre à cet homme dont elle ne connaissait rien, même pas le nom ? Pourquoi lui, si redoutable par sa taille et par son intelligence ? Pourquoi lui, alors qu'elle ne se livrait à personne, même pas à ses alliés ni à ses amis ? Pour l'heure, elle n'avait ni le temps ni l'énergie d'approfondir la question. Elle devait se concentrer sur ce qu'elle allait découvrir cette nuit.

Son pied se prit dans une racine et elle trébucha. Al la retint juste à temps, mais une vive douleur au bras par lequel il l'avait rattrapée, lui arracha un gémissement étouffé.

— Je suis désolé. Je ne voulais pas vous faire mal… Mais je crois avoir trouvé quelque chose.

Le cœur de Johanne se mit à battre comme un tambour.

— Vraiment ? De quoi s'agit-il ?

— Allons voir… C'est par là.

Il désigna du doigt une masse sombre qui s'élevait sur

la pente, à quelques mètres de là. Puis, saisissant Johanne par la taille d'un geste décidé, il avança vers leur objectif.

— On dirait comme une sorte de grotte…

On entendait un rire dans sa voix, comme s'il était soulagé et le cœur de Johanne s'allégea lui aussi. Enfin, ils trouvaient quelque chose ! Enfin, leur absurde voyage commençait à avoir un sens !

Et en effet, quand ils s'en approchèrent, la forme suspecte s'avéra être une grotte.

— Est-ce enfin ce que nous cherchons ? souffla Johanne.

— C'est fort probable. Sinon, il nous faudra retourner à l'auberge et reconsidérer notre plan.

— Mais, je…

— Je comprends ce que vous éprouvez, Johanne. Mais errer à l'aveugle en pataugeant dans la boue n'aidera en rien à sauver Castle Brae. Votre château, votre fils et vos gens ont besoin que vous vous reposiez un peu pour y voir clair si nous voulons organiser une contre-attaque.

Il avait raison et Johanne se tut.

Ils pénétrèrent sans rien dire dans l'enceinte de la grotte où régnaient les plus profondes ténèbres.

— Attendez ici. Je vais voir si cela mène quelque part.

Alewyn lui lâcha la main et elle ressentit de nouveau un grand froid. Elle se morigéna aussitôt, refusant cette forme de dépendance. Il était normal qu'elle attende de son compagnon son aide pour sauver Brae en évaluant l'arsenal de Morcant. Mais elle n'avait pas le droit de dépendre affectivement et physiquement d'un étranger.

Ou d'un homme quel qu'il soit, tout simplement.

Seul le contact de la chair douce et fraîche de son fils devait lui apporter tout le bonheur dont elle avait besoin. Et sa plus grande joie était de sentir ses petits bras s'enrouler autour de son cou, dans leurs moments d'intimité tandis qu'il la couvrait de baisers et qu'elle inventait pour lui des mots d'amour. C'était son plus grand bonheur. Un bonheur qui devait lui suffire à jamais.

Son mari avait utilisé sa force pour la dominer physiquement et moralement. Dès le premier jour de leur mariage, il n'avait jamais manqué une occasion de faire étalage de sa supériorité physique. Il ne la frappait jamais. Il n'en avait jamais eu besoin. Johanne avait tellement peur de lui qu'elle lui obéissait sans jamais protester. Le contact de son mari lui faisait horreur. Alors qu'il n'en était pas ainsi avec Al. Malgré sa taille hors du commun, son hôte forcé ne lui avait jamais donné l'impression de lui être physiquement inférieure.

Les pas de Al s'éteignirent progressivement tandis qu'il disparaissait au fond de la grotte et elle n'entendit bientôt plus que le bruit du torrent à deux mètres en contrebas. Tendant la main, elle fit courir ses doigts sur la paroi de roche glacée et ce contact plein d'aspérités la ramena à la réalité. Elle ne prêta plus attention qu'à sa respiration, luttant contre le sentiment d'oppression que lui communiquait le manteau opaque de la nuit.

Au bout de ce qui lui parut une éternité, Johanne entendit enfin les pas de Al se rapprocher. Un long soupir tremblant lui échappa.

— Nous y voilà ! s'exclama Al, tout excité. Il vous faudra me suivre de très près. Le chemin n'est pas commode, mais nous devrions y arriver, même dans l'obscurité.

Sa large main s'enroula de nouveau autour de la sienne et elle réprima comme elle le put l'immense sentiment de soulagement et de bien-être qui affluait soudain en elle.

— Avez-vous pu aller jusqu'au bout ?

— Oui. Au fond de la grotte s'ouvre un étroit passage qui conduit à une porte quasiment pourrie par les ans. J'ai pu l'ouvrir sans peine et ai débouché dans la grande cour.

Il y a des gardes un peu partout mais en faisant attention, nous pouvons les contourner.

Johanne sentit son sang courir plus vite dans ses veines. Enfin, elle allait pouvoir pénétrer dans l'antre de l'ennemi ! S'ils étaient pris, ils ne pourraient revenir en arrière. Mais elle n'aspirait qu'à une chose : aller de l'avant ! Et son cœur était gonflé de joie autant que de terreur.

Il leur fallut peu de temps pour franchir la porte dont lui avait parlé Al et, se tournant vers elle, le visage grave, il articula lentement :

— Johanne, nous sommes ici à un point de non-retour. Je comprendrais fort bien que vous ne vouliez pas aller plus loin.

— Allons-y, Al ! Nous n'avons que trop perdu de temps.

Il lui pressa la main.

— Parfait. Alors, suivez-moi.

Et sur ces mots, il l'entraîna avec lui sur les pavés glissants.

Bien que le soir fût tombé depuis maintenant pas mal de temps, la grande cour bourdonnait comme une ruche et des flaques de lumières s'étalaient un peu partout autour des chariots et des forges. Alewyn la poussa dans l'ombre d'un bâtiment.

— Mais que font tous ces gens ? À Brae, à cette heure-ci, tout le monde est rassemblé dans la grande salle pour le dîner !

Il sourit devant tant d'innocence.

— Castle Brae est un endroit très particulier, Johanne. Vous avez su créer un lieu chaleureux et accueillant, même pour le parfait étranger que j'étais. Vous pouvez être fière de cela. Ici, cela ressemble davantage à une maison forte, toujours sur le qui-vive. Surtout quand une attaque se prépare…

Réalisant qu'il venait de se trahir en montrant qu'il avait

l'habitude de fréquenter les châteaux et qu'il en connaissait les usages, Alewyn s'interrompit brusquement.

— Enfin, c'est ce que j'imagine…

Bien piètre pirouette. Si Johanne n'était pas concentrée sur le spectacle qui se déroulait sous leurs yeux et n'était pas dévorée par l'inquiétude de ce qui pouvait arriver à Brae, elle l'aurait aussitôt interrogé sur ce dont il semblait soudain se souvenir de son passé. Il devait se montrer plus vigilant mais, il sentait ses barrières s'effondrer chaque jour un peu plus. Il désirait parler à Johanne de sa vie, se confier à elle. C'était de la pure folie, évidemment. Ce serait le meilleur moyen de provoquer sa propre chute et de faire échouer lamentablement sa mission. Et tout ça pour l'attirance qu'il éprouvait pour une femme qui ne pourrait jamais être sienne.

Heureusement pour lui, concentrée sur ce qu'elle regardait, elle ne prêtait attention ni à lui ni à ses propos.

— Moi qui imaginais des piles d'épées, d'arcs et de flèches entassés dans des magasins ou dans la cour, je ne m'attendais pas à cela, murmura-t-elle.

— J'imagine qu'il faut un temps fou pour organiser un siège… Morcant agit aussi vite qu'il le peut, mais cela ne lui laisse pas beaucoup de temps s'il veut profiter de l'effet de surprise. Ce devrait être en notre faveur, je suppose.

Alewyn ne supposait pas, il savait. Il avait participé à suffisamment de campagnes de guerre pour savoir exactement en quoi consistaient les préparatifs d'un siège et le temps que cela prenait. Si la guerre avec la France se déclarait, en dehors des escarmouches qui se répétaient sur les côtes depuis plusieurs mois, il serait sans nul doute engagé dans la bataille encore une fois. Bah ! C'était sa vie, après tout. Celle qu'il avait choisie et dans laquelle il avait déjà eu l'occasion de se distinguer. Et, avant de venir à Brae, il ne s'était jamais posé de questions. Depuis son arrivée à Castle Brae, bien sûr, il voyait les choses sous un autre angle. Il connaissait un château fort différent de tous les autres, où la violence ne régnait pas au quotidien, où l'objectif n'était pas d'arriver au sommet de la pyramide en foulant aux pieds tous ceux qui étaient en dessous. Il aimait cela et Brae et ses valeurs lui manqueraient quand il retournerait à sa vie de tous les jours, celle sans merci des champs de bataille et celle non moins cruelle et impitoyable des complots de la cour de Windsor.

— Tâchons-nous d'en voir davantage ?

Il eut un petit sursaut. Assez de ses considérations lénifiantes. Il n'était pas là pour rêvasser mais pour organiser une contre-offensive. S'il le pouvait.

— Oui, allons-y. Par-là !

Il indiqua un point sur la gauche, le long d'autres bâtiments.

Ils avançaient lentement, avec une infinie prudence. Un bruit se fit entendre sur leur droite et ils se figèrent. Mais ce n'était qu'un rat, dérangé dans ses investigations nocturnes.

— Grand Dieu ! souffla Johanne, portant sa main sur son cœur.

C'était devenu comme une habitude pour Alewyn de réconforter la jeune femme en la prenant dans ses bras. C'était si naturel, si spontané de part et d'autre ! Mais elle devait l'apprécier car elle se blottit contre lui, enfouissant sa tête dans ses vêtements. Alewyn se raidit. Il fallait que cela cesse. Il devait lui-même se défaire de cette conviction venue petit à petit qu'il devait protéger la châtelaine de Brae, quel qu'en soit le prix. Cela le distrayait par trop de la mission qui l'avait amené, tant bien que mal, à Brae. Toutes ces élucubrations sur le château idéal qu'était devenu à ses yeux Castle Brae étaient ridicules. Il n'y avait pas d'idéal dans ce bas monde, quoi qu'en disent les anciens. Pas de légendes ni de contes de fées. Johanne et lui n'étaient pas faits l'un pour l'autre.

Il laissa retomber ses bras. Pendant un instant, Johanne resta figée où elle était, les yeux clos. Puis elle recula d'un pas, frissonnante, et le dévisagea intensément. Alewyn détourna le regard et s'éclaircit la gorge. Bon sang ! On ne pouvait pas faire plus maladroit. Pas étonnant qu'il soit encore célibataire. Mais ce n'était vraiment pas le moment de songer à tout cela. Que lui prenait-il d'extravaguer sur des amourettes alors qu'il se trouvait dans une place de guerre, au milieu du remue-ménage précédant un combat ? C'était comme si, depuis sa chute, son cerveau n'était plus capable de penser qu'à une chose à la fois. Et pour l'heure, cet unique objet de ses pensées, c'était Johanne. Et non pas ce qui devrait être : l'imminence du danger et la mission que lui avait confiée le roi.

Décidément, cette jeune et jolie femme, perdue dans son manoir au fin fond de la forêt, était une enchanteresse. Plus vite il s'éloignerait d'elle et plus vite il aurait des chances de redevenir lui-même.

Ils reprirent leur chemin. Mais cette fois, Alewyn ne prit pas la main de sa compagne.

Ils contournèrent ce qui devait être des écuries et se figèrent, béant d'horreur devant l'énorme construction de bois qui occupait le milieu de la cour, juste en face du donjon.

— Un trébuchet[1], expliqua Johanne dans un murmure. Jamais les murs de Brae ne résisteront à ça.

— Ils n'en auront pas l'occasion !

Tournant les talons, Alewyn s'éloigna précipitamment.

1. Au Moyen Âge, le trébuchet était une machine de guerre à contrepoids pour lancer des pierres contre les remparts (comme une immense fronde en bois).

Maintenant, il savait ce qu'il avait à faire. Quelque chose de concret qui pouvait être décisif pour la survie de Castle Brae et de ses habitants.

Johanne, horrifiée, regardait fixement l'immense machine dont la silhouette massive se détachait sur le ciel nocturne. Jamais elle n'avait vu pareil engin, bien que, dans son enfance, elle en ait entendu raconter les méfaits par un guerrier de passage, le soir à la veillée. L'arme d'assaut était bien plus grande qu'elle ne l'imaginait, mais, pour l'heure, son bras articulé, comme une immense catapulte, parut presque inoffensif. Jamais les remparts de Brae ne pourraient y résister. Il fallait se rendre. Céder aux exigences de Morcant et lui offrir Brae en échange de la vie sauve pour ses habitants. Peut-être pourraient-ils parvenir à un accord ? Si elle agréait d'épouser Morcant, sans doute accepterait-il de faire de Cineas son héritier ? L'épouser ne pouvait être pire que d'avoir été la femme de Badon. Et elle y avait survécu, n'est-ce pas ?

Al se matérialisa soudain à ses côtés.

— Maintenant, il faut sortir d'ici ! intima-t-il brièvement. Rapprochons-nous du portail. Dans l'agitation, sous l'effet de la surprise, nous pourrons peut-être sortir sans être vus.

— Quelle surprise ?

Johanne jeta un bref regard autour d'elle mais rien ne semblait avoir changé dans la routine des occupants de la place forte.

Quoique… Elle flaira l'air, tous les sens soudain en alerte. Une odeur âcre commençait à remplir l'atmosphère.

— Qu'est-ce que cette odeur ? Que se passe-t-il ?

— Cela se sent déjà ? J'espérais que nous aurions un peu plus de temps…

— Je ne comprends rien à ce que vous dites, Al,

s'inquiéta Johanne en lui emboîtant le pas tandis qu'il se dirigeait vers la porterie du château.

— J'ai mis le feu au trébuchet.

Elle s'arrêta net.

— Vous avez… ?

— Mis le feu à ce fichu engin, oui. Avec un peu de chance, ils ne s'en apercevront pas avant qu'il ne soit devenu inutilisable. De préférence, avant qu'il ait brûlé jusqu'à sa base. Mais si vous sentez déjà l'odeur de la fumée, je doute que nous ayons cette chance.

Johanne sentit son cœur se gonfler de reconnaissance.

— Vous avez risqué votre vie pour Brae ? Vous rendez-vous compte ? Si vous aviez été pris ?

— C'est ce qui va nous arriver si vous ne vous hâtez pas ! la coupa Alewyn d'une voix brusque.

L'odeur du bois brûlé avait commencé à envahir la grande cour en lourdes volutes et pourtant, personne n'avait encore sonné l'alarme.

Un rire résonna dans l'ombre et Al l'attira contre lui.

— Johanne ! Vite !

Mais Johanne n'avait d'yeux que pour le spectacle de la cour. Comment les gens pouvaient-ils vaquer à leurs activités, riant et se lançant des quolibets, alors que leur atout principal, cette monumentale catapulte, était en flammes ? Pourquoi personne ne sonnait-il l'alarme ?

— Johanne !

Elle entendait la voix de Al, sentait la pression de sa main sur son bras, mais, soudain, son compagnon avait l'air très loin… Si loin… Que lui arrivait-il ? Elle l'entendit soudain marmonner des jurons.

— Johanne !

Il la fit pivoter sur elle-même.

— Johanne ! répéta-t-il plus doucement, cette fois, tout en dégageant son visage des longs cheveux qui s'y étaient collés. Tout ceci est très impressionnant, je le conçois. Mais il faut vous ressaisir… J'ai besoin de vous, Johanne !

Que racontait-il ? Elle était là, juste à côté de lui. Tendant vers Alewyn une main qui tremblait un peu, elle lui effleura le visage du bout des doigts. Sa barbe la picotait agréablement et elle ne put retenir un sourire.

— Il faut que nous regagnions l'auberge, poursuivit-il d'une voix douce. Pensez-vous pouvoir marcher jusque-là ?

Johanne fronça les sourcils. Bien sûr, elle pouvait marcher ! Elle se remit en route d'un pas décidé. Pourtant, le pavé paraissait onduler sous ses pieds, comme s'ils s'aventuraient soudain sur des sables mouvants. Elle trébucha.

Al jura encore.

— J'ai déjà vu ça. C'est le choc. Mais je ne pensais pas que cela vous arriverait. Vous semblez si forte… Vous n'avez jamais été confrontée à une telle situation, évidemment. Venez ici.

Des bras solides entourèrent Johanne et elle se sentit soulevée puis balancée sur l'épaule de Al comme un sac de grain. Tout au fond de son cerveau, une petite voix lui intima de protester. C'était sa mission. Elle devait l'assumer jusqu'au bout.

Mais elle ne se sentait plus aucune force et sa tête rebondit mollement contre le large dos de son compagnon.

Alewyn ajusta sa charge sur son épaule. Pour une femme de cette taille, elle était remarquablement légère. Il ne s'attendait pas à ce qu'elle s'effondre ainsi. La dame de Brae paraissait si forte. Et tout à coup, quand elle avait vu le trébuchet, c'était comme si elle avait perdu tous ses moyens. Elle n'était pas habituée au spectacle de la guerre et de la violence. Pas comme lui, en tout cas. Le seul fait qu'elle l'ait laissé la soulever du sol et la porter montrait à quel point elle était bouleversée. Mais quand il l'avait vue vaciller sur ses jambes et marcher comme un homme qui aurait abusé de la bière, il avait compris que quelque chose n'allait pas.

C'était déjà arrivé à de jeunes écuyers sous ses yeux. Et la réponse était aisée. Un grand seau d'eau glacé suffisait à les rappeler à la réalité. Mais il ne pouvait s'offrir ce luxe ici. Pas de seau d'eau et surtout, l'obligation absolue de ne pas se faire surprendre. Du reste, même s'il en avait eu les moyens matériels, Alewyn n'aurait pas eu le cœur d'agir ainsi à l'égard de sa compagne. Elle aurait eu la peur de sa vie.

Il entendit des cris au loin. C'en était fait ! Son acte de sabotage venait d'être découvert. Il ne lui restait plus qu'à espérer que le départ de feu qu'il avait provoqué occasionnerait assez de dégâts pour mettre cette satanée machine hors de nuire.

Des gens couraient maintenant partout autour d'eux, on criait.

Il fallait qu'ils sortent de là, et vite ! S'ils étaient pris, ce serait l'enfer.

La vue d'Alewyn s'était parfaitement ajustée à l'obscurité, maintenant. Il accéléra le pas en direction des remparts. À certains endroits, il devenait difficile de circuler. Du matériel divers était empilé ici et là et il devait l'enjamber. Dans son dos, la tête en bas, Johanne se tenait coite.

Enfin, l'entrée principale du château était en vue. Des silhouettes allaient et venaient dans la pénombre comme des fourmis dérangées dans leur fourmilière. Personne ne semblait assurer le commandement, ce qui devrait leur faciliter les choses pour s'enfuir. Mais le vrai problème c'était le nombre.

Il fallait de nouveau faire diversion.

Alewyn reposa doucement Johanne sur la terre ferme, s'assurant qu'elle tenait bien sur ses pieds avant de relâcher son étreinte.

— Je vais nous sortir d'ici, ne vous inquiétez pas. Mais il faut que vous fassiez un dernier effort. Pensez-vous en être capable ?

Elle opina du chef.

— Oui. Je suis désolée de m'être effondrée ainsi. Je me sens beaucoup mieux, maintenant.

— Ne vous excusez pas. Je n'aurais jamais dû vous introduire dans un pareil guêpier.

Tout de suite, elle se redressa, le menton haut levé.

— Vous n'aviez pas le choix. Je m'y serais mise moi-même toute seule s'il l'avait fallu.

Malgré les circonstances dramatiques, Alewyn sourit. Parfait ! La jolie châtelaine avait retrouvé tout son mordant. Une Johanne faible et docile n'était pas ce à quoi il était habitué. Il valait mieux pour tous les deux qu'elle ait récupéré sa pugnacité habituelle.

— Je vais provoquer une diversion. Quand les hommes qui gardent le portail auront quitté les lieux, je veux que vous couriez tout droit sans vous retourner.

— Mais… et vous ?

— Ne vous inquiétez pas pour moi. Courez, c'est tout ce que je vous demande. Retournez à l'auberge. Je vous retrouverai là-bas. Si vous ne me voyez pas arriver assez vite derrière vous, remontez sur Heled et rentrez à Brae aussi vite que vous le pourrez.

— Mais…

— Je sais que vous n'aimez pas recevoir des ordres, Johanne. Mais pour une fois, je vous supplie de m'obéir aveuglément. De nous deux, c'est moi qui ai le moins d'importance, dans cette affaire. Vos gens, votre fils, ont besoin de vous.

Johanne resta silencieuse une longue minute et il craignit qu'elle ne veuille encore contester sa décision. Mais elle finit par hocher la tête et se retourna vers le portail devant lequel allaient et venaient plusieurs gardes.

— Comment comptez-vous faire pour détourner leur attention ?

— Je ne le sais pas encore. Je vais rôder un peu par-là, je trouverai bien quelque chose… Mais souvenez-vous. Dès que la place est libre, vous courez et vous ne vous arrêtez sous aucun prétexte.

— Je crois que j'ai compris… J'ai eu un petit moment de panique mais je ne suis pas devenue idiote. Inutile de vous inquiéter.

Elle le toisait maintenant, le visage fermé, affichant l'air de châtelaine guerrière qu'elle présentait au reste du monde. Alewyn aurait dû s'en réjouir. Il la voulait dure et résistante. Mais, tout au fond de lui, une part de lui-même regrettait la douceur tendre de cette femme. Celle qu'il avait surprise, parfois, quand elle tombait le masque.

— Alors, à tout à l'heure. À l'auberge !

Elle hocha la tête sans le regarder.

Johanne, les yeux fixés sur la poterne, écoutait les pas de Al s'éloigner dans la nuit. Sa présence vibrante, forte et chaleureuse, lui manquait déjà. Elle aurait voulu le rappeler, lui intimer de revenir. Mais Alewyn lui avait demandé d'être forte.

Elle sentait ses jambes trembler sous elle. Son cœur battait à se rompre dans sa poitrine.

Elle pouvait à peine respirer.

La voix de Badon retentissait à ses oreilles, aigre et nasillarde, lui rappelant combien elle avait failli à son égard en tout point. Si elle ne se sortait pas d'ici vivante, tout ce qu'il lui avait reproché pendant toutes ces années se révélerait exact. Elle s'imposa de respirer lentement. Al lui faisait confiance. Il croyait en elle. Il était sûr qu'elle pouvait s'en sortir.

Elle allait s'en sortir.

Des cris retentirent dans son dos, mais elle ne se retourna pas. Les cris forcirent, attirant enfin l'attention des gardes qui surveillaient l'entrée. Ils commençaient à se rassembler, vociférant et s'agitant, quand un grand « bang » retentit depuis le fond de la cour.

Alors, comme un seul homme, la garde s'élança vers le bruit, libérant la sortie. Le cœur au bord des lèvres, la vue troublée par la peur, Johanne s'élança vers le portail grand ouvert, restant dans l'ombre des bâtiments aussi longtemps que possible.

Elle franchit enfin le pont-levis et s'enfonça dans la nuit, s'attendant à chaque foulée à ce qu'un cri d'alarme dénonce sa fuite ou qu'une main brutale s'abatte sur son épaule.

Mais personne ne l'avait vue.

Alors, se ruant dans la large allée qui reliait le château au village, elle courut à perdre haleine sans plus réfléchir, soucieuse seulement de rester sur le bas-côté, plongé dans l'ombre des arbres. Elle était presque arrivée au village quand, tout à coup, elle s'arrêta net. Soudain, il ne lui paraissait pas juste de s'enfuir ainsi sans son compagnon. Après tout, il avait risqué sa vie pour elle et pour Brae.

D'une certaine manière, elle ressentait maintenant sa fuite comme une désertion.

Elle se retourna vers la lourde silhouette noire de la place forte. D'épais tourbillons de fumée noire s'élevaient au-dessus des remparts, obscurcissant la lune. Revenir à l'auberge sans Al ne paraîtrait-il pas suspect ? Surtout quand, à l'évidence, il se passait quelque chose au château… Elle pouvait entendre les cris lointains retentissant à l'intérieur de l'enceinte. Et même sentir maintenant l'âcre fumée qui montait vers le ciel, accompagnée des lueurs rouges de l'incendie. Les villageois n'allaient pas tarder à la remarquer, eux aussi.

Un bruit de course légère se fit entendre, venant vers elle. Johanne s'enfonça davantage dans les buissons, et les yeux écarquillés, s'efforça de mieux voir.

Elle reconnut bientôt la large silhouette de Al.

— Al !

Il marqua un temps d'arrêt, à peine essoufflé.

— Bon sang, Johanne ! Je croyais vous avoir dit de m'attendre à l'auberge.

— Oui, mais j'ai réfléchi… Pas sans vous. Cela aurait paru suspect. Autant entrer dans la salle et claironner aux oreilles de tous ce à quoi nous nous étions occupés ce soir.

— À ce que je vois, vous avez retrouvé votre esprit de contestation. Vous m'en voyez ravi.

— Mais je ne conteste pas. Je… Bon, allons-y, voulez-vous !

Même dans le noir, elle remarqua le bref éclair blanc de son sourire.

— Bien, milady.

Cette soudaine déférence ne trompait pas Johanne.

— Je préfère que vous m'appeliez Johanne.

Il y eut une pause, tandis qu'Alewyn ne la quittait pas des yeux.

— Comme vous voudrez, Johanne, dit-il enfin.

Et elle dut s'avouer qu'elle aimait la manière dont il prononçait son nom, comme une caresse ou un soupir.

Pivotant brusquement sur ses talons, elle se dirigea vers la porte de l'auberge.

La grande salle s'était vidée pendant leur absence. Il ne restait plus dans un coin qu'une tablée aux propos aussi bruyants que confus. Un buveur solitaire, les yeux plongés dans le fond de son gobelet, ne daigna pas les lever à leur entrée.

En les voyant faire irruption chez lui, l'aubergiste fronça les sourcils.

— Vous vous étiez perdus ?

Johanne baissa les yeux sur sa robe maculée de boue.

— Oui, en effet, acquiesça-t-elle. Vraiment perdus.

Ils s'approchèrent du comptoir et Al s'y accouda d'un air nonchalant.

— Merci pour vos conseils, en tout cas. Cela nous a donné à réfléchir et, tout compte fait, nous allons retourner chez nous. Nous aurons bien le temps de prévoir un autre voyage.

— C'est la sagesse même. Désirez-vous une chambre pour cette nuit ?

Al lança un regard interrogatif à Johanne qui resta un instant silencieuse. Et si elle acceptait ? Elle et lui, seuls tous les deux dans une chambre, sans responsabilités, sans rôle à jouer, sans le regard des autres... Quel effet cela lui ferait-il de sentir le poil rude de la barbe de Al contre la peau fragile de ses joues ? La paume de ses larges mains se posant sur ses seins ou caressant ses hanches ?

Cela faisait si longtemps qu'elle s'imposait le contrôle le plus strict. Quel effet cela lui ferait-il de s'abandonner pour une nuit ? De sentir la puissance de ce corps d'homme pesant sur le sien pendant qu'il la possédait ?

Il y mettrait tout son sérieux et toute sa conviction, comme il le faisait en toutes choses. Et pour ce bref laps de temps, Johanne serait tout pour lui. Et quant à elle, elle ne se retiendrait pas. S'il ne devait y avoir pour eux qu'une nuit, elle se donnerait tout entière.

Alors, elle leva la tête et laissa son désir passer tout entier dans son regard. Les yeux noirs de Al se mirent à briller d'un éclat presque insoutenable, ses pupilles se rétrécirent et il l'enveloppa d'un regard enflammé. Puis, se redressant tout à coup, il dit, le visage fermé :

— Non, merci beaucoup, vraiment. Mais nous devons rentrer.

Johanne baissa la tête, les joues brûlantes. Ce qu'il avait dû lire dans ses yeux ne l'avait pas attiré. Al, son bel inconnu, ne la désirait pas comme elle le désirait. Et cela ne devrait pas avoir d'importance, dans le contexte dramatique où elle, son château, sa famille se trouvaient plongés.

Et pourtant, cette réalité lui faisait mal.

Terriblement mal.

Une fois dans les écuries, ils sellèrent leurs chevaux sans mot dire. La gêne et la déception tordaient douloureusement l'estomac de Johanne. Elle croyait avoir séduit autant qu'elle était séduite mais elle s'était trompée.

Ils sortirent les chevaux des écuries toujours sans échanger un regard ni une parole. Dehors, il faisait froid. La nouvelle que quelque chose était arrivé au château avait fini par atteindre le village et des gens sortaient de leurs chaumières pour contempler le ciel nocturne traversé par des rouleaux de fumée.

Puis, sans mot dire, Al la souleva et la jeta sur sa selle et se hissa souplement sur le dos de son cheval.

— Nous allons nous éloigner au pas pour ne pas éveiller les soupçons puis, dès que nous serons hors de vue, nous filerons d'ici au grand trot. Il faudra sans doute des jours pour qu'on fasse le rapport entre les deux étrangers qui ont mangé à l'auberge et l'incendie du trébuchet, mais on ne sait jamais.

Johanne hocha la tête et ils s'éloignèrent de l'auberge au pas tranquille de leurs chevaux, dans l'indifférence la plus totale des habitants du village, ébahis par ce qui se passait du côté du château d'Ormond.

Une fois loin des maisons, piquant des deux, ils filèrent à vive allure dans la nuit. Le froid s'était encore accru et un vent glacé sifflait dans les arbres qui bordaient le chemin.

— Il me semble que j'entends de l'eau. Nous allons faire

boire les chevaux, décréta Al quand ils eurent parcouru une bonne distance.

— Vous avez raison, s'exclama Johanne, prise d'un brusque remords.

Elle n'avait pas songé un seul instant au bien-être d'Heled, à qui elle avait pourtant beaucoup demandé aujourd'hui. Et ils avaient encore plusieurs lieues à parcourir avant de retrouver la chaude et rassurante atmosphère de Castle Brae.

La rivière était tout près du chemin et Johanne sauta de sa jument, heureuse de délasser un peu ses jambes.

— Quand Morcant découvrira que nous sommes les auteurs du sabotage de son trébuchet, à votre avis, comment va-t-il réagir ?

Al haussa les épaules.

— Que voulez-vous qu'il fasse ? Il est assez malin pour comprendre rapidement qui est à l'origine de cet incendie. Vous êtes très reconnaissable… Il est en train d'organiser un siège contre votre château. Et c'est vous qui avez frappé la première. À lui de jouer, maintenant.

Johanne regarda son compagnon plus attentivement. Voilà qu'il parlait de nouveau de la guerre comme s'il avait fait cela toute sa vie. À cela s'ajoutaient les remarques qu'il avait faites quand ils étaient dans l'enceinte du château. Johanne brûlait d'envie de le questionner. Ce n'était pas le moment d'interroger son mystérieux compagnon sur son passé et sur ses origines. Pas maintenant qu'elle rêvait qu'il la prenne dans ses bras. Et qu'elle venait de réaliser qu'il ne partageait pas son envie.

Une branche craqua tout près d'eux et elle sursauta. Aussitôt, la main de Al se porta sur sa hanche, comme elle le faisait toujours quand il croyait à la présence d'un danger.

Il avait l'habitude de porter une arme, c'était évident. Un autre craquement se fit entendre et il se mit devant

Johanne, comme pour la protéger. Se hissant sur la pointe des pieds, elle essaya de voir devant lui, scrutant les profondeurs obscures du sous-bois.

— Que se passe-t-il ?

Il ne répondit pas. Son profil nettement dessiné était tendu vers le point d'où venait le bruit. Elle posa une main bien à plat sur le large dos, comme pour y trouver du réconfort et quelque chose d'autre qu'elle n'aurait su nommer. Elle sentit sous sa paume les muscles tendus de Al, comme s'il était prêt à l'attaque.

Cette fois, ce fut un bruit de feuilles qu'on dérange. Johanne se pressa plus près, retenant son souffle.

Le corps de Al se raidit, prêt à bondir.

Puis il se détendit.

— Ce n'est qu'un renard.

Tout le corps de Johanne s'effondra soudain comme un vieux chiffon. Elle s'appuya de tout son poids contre son compagnon, incapable de tenir sur ses jambes. Se retournant à moitié, il l'attira dans ses bras. Elle sentait son cœur battre contre sa joue et se pressa contre lui. C'était en train de devenir une habitude, cette façon de se jeter dans ses bras, et de se laisser étreindre ainsi très fort. Pourtant, il ne fallait pas s'accoutumer au réconfort que ce grand corps lui procurait. Un jour, Al ne serait plus là et elle retrouverait ce terrible sentiment de solitude.

Johanne se ressaisit. Cette soudaine faiblesse, ce devait être un effet de la fatigue. La journée avait été rude, et riche en émotions. C'était peut-être dû à quelque chose d'autre, qu'elle ne voulait ou ne savait pas nommer.

Mais elle restait là, blottie dans le cercle de ces bras puissants, avec la merveilleuse sensation d'être à l'abri.

— Johanne…, souffla Al à son oreille.

Cette voix rauque provoqua une puissante décharge dans le corps de Johanne.

— Johanne, répéta-t-il.

Elle leva les yeux. Il la fixait d'un regard intense, la mâchoire serrée. Cette fois, nul doute sur l'intensité de ce regard. Se hissant sur ses pointes de pied, Johanne lui effleura doucement le menton du bout des doigts, frémissant sous la caresse de sa barbe naissante. Il ferma les yeux et elle sentit un lent soupir sur sa joue. Laissant sa main glisser sur le beau visage, elle s'arrêta au creux de sa gorge, là où le pouls battait follement. Elle ne s'était donc pas trompée sur le désir qu'il éprouvait pour elle ! Ce désir était aussi réel, aussi puissant que le sien.

— Johanne, reprit-il d'une voix presque douloureuse. Johanne, vraiment, je ne peux pas…

Il inclina la tête, elle sentit ses lèvres effleurer son front, glisser sur ses joues, déclenchant en elle de délicieux frissons

Mais ce n'était pas assez.

Puis il se redressa lentement et elle se hissa encore davantage, pressant sa bouche contre celle de son compagnon.

— Johanne, murmura-t-il encore contre sa bouche, son nom résonnant doucement dans la nuit comme une prière.

Oui, lui aussi désirait ce moment-là autant qu'elle-même. Elle le savait, maintenant.

Ce fut à son tour de suivre ce beau visage de sa bouche frémissante, de descendre le long de la solide colonne de son cou. Al poussa un gémissement et le cœur de Johanne se gonfla de joie. Le peu de contrôle qu'il avait de lui-même parut s'envoler et il se pressa de tout son long contre elle, lui faisant sentir la force de sa virilité.

— Oh ! Johanne… Je désire plus que tout…

Ses mots s'éteignirent dans le silence environnant tandis qu'il passait ses longues mains dans la chevelure de Johanne, lui renversait la tête et se penchait de nouveau pour baiser ce visage offert.

Elle s'humecta les lèvres d'un bref mouvement de

langue, entrouvrit la bouche, prête à recevoir l'offrande d'un baiser plus intime, plus profond.

La bouche de Al s'arrêta tout près de la sienne, comme un oiseau de proie prêt à fondre.

— Vous êtes si belle, Johanne. Mais je n'ai pas le droit de… de vous embrasser tant que vous ignorez… tant que j'ignore qui je suis vraiment.

Il venait de marquer un point, selon la raison, en tout cas. Mais quel genre de personne pourrait-il être ? Pour autant qu'elle pût le dire, Al était un homme courageux et secourable, arborant des valeurs dignes de la chevalerie. Tout à coup, elle sentit son estomac se contracter douloureusement.

— Voulez-vous dire que… que peut-être, vous êtes marié ?

La réponse de son compagnon fut immédiate.

— Grand Dieu, non ! Non, je ne suis pas marié !

— Comment pouvez-vous en être aussi sûr, vous qui avez perdu la mémoire ?

Il y eut un silence. Johanne sentait ses jambes trembler sous elle. Il avait paru si sûr de lui ! Si tranchant ! Comme s'il n'y avait dans sa vie aucune épouse, mais aussi aucune femme. S'il ne se souvenait pas qui il était, comment pouvait-il se montrer aussi catégorique ?

Après ce qui parut à Johanne une éternité, Al dit enfin :

— Je ne sais pas… Mais il me semble que, si j'étais marié, d'une manière ou d'une autre, je le saurais.

Elle aurait voulu pousser plus avant, lui demander des détails sur sa vie passée, du moins sur ce dont il se souvenait. Plus cette soirée avançait, plus elle acquérait la certitude que Al en savait plus qu'il ne voulait en dire. Ne serait-ce que par le sang-froid avec lequel il avait réagi devant chaque difficulté, à chaque obstacle que leur avait réservé leur aventure sur les terres de Morcant.

Le trébuchet en était un parfait exemple. Alors qu'elle-même restait pétrifiée d'horreur devant pareil engin de mort et de destruction, non seulement Al avait su quoi faire, mais il avait agi avec calme et efficacité, comme s'il était habitué à de telles opérations, y compris dans la plus grande urgence.

Le froid remontait le long de ses jambes et elle s'agita nerveusement. Devrait-elle pousser son interrogatoire plus loin ? À moins que cela ne révèle des aspects de la vie de Al qu'elle préférait ignorer ? Jusqu'à présent, il s'était montré bon travailleur, faisant toujours passer l'intérêt de la communauté avant ses intérêts personnels. S'il avait recouvré sa mémoire, et qu'il préférait néanmoins rester à Brae, après tout, cela ne regardait que lui-même. Peut-être fuyait-il un danger ? Quelqu'un qui le poursuivait de sa vengeance ou de sa rancune ? À moins qu'il doive de l'argent à un créancier, ou qu'un mari trompé le poursuive de sa hargne ?

Elle secoua la tête. Non, jamais Al ne se comporterait de manière aussi triviale.

— Il faut que nous partions, maintenant. Il se fait tard.

Johanne sursauta en entendant la voix de son compagnon, si proche. Elle avait presque oublié qu'il se tenait là, devant elle. Si proche qu'elle aurait pu de nouveau le toucher.

— Oui, vous avez raison. Nous devons arriver à Brae avant le lever du soleil. Une rude journée nous attend et il nous faut prendre un peu de repos.

Ils se remirent en selle sans plus parler et regagnèrent le chemin. Les questions se bousculaient dans la tête de Johanne, menaçant de jaillir de ses lèvres serrées, mais pour une fois, elle sut tenir sa langue. Les sous-bois s'éclaircissaient et le sentier était devenu un large chemin pierreux sur lequel les chevaux progressaient plus facilement.

Tandis que les lieues étaient franchies les unes après

les autres, Johanne en était parvenue à la conclusion que tout ce qu'elle avait besoin de savoir au sujet de Al, c'était s'il voulait ou non l'aider. Peut-être était-ce lâche de sa part de ne pas vouloir éclaircir les points obscurs de sa personnalité, mais après tout, elle ne pouvait s'offrir le luxe de perdre un allié aussi efficace en ce moment.

Il y avait beau temps qu'elle s'était juré de ne compter que sur elle-même. Et cela lui avait plutôt réussi pendant toutes ces années. Elle pouvait parfaitement utiliser les bons services de Al sans se montrer trop familière avec lui. Qu'ils gardent leurs distances réciproques. L'essentiel, c'était d'avancer. Ce qui s'était passé ce soir était une erreur. Elle était épuisée, choquée par les récents événements et donc vulnérable. Bien sûr, se reposer un instant dans ses bras avait été un moment merveilleux. Mais ce n'était qu'une parenthèse. Elle n'avait pas besoin de cet homme, du moins pas comme cela. Elle avait déjà montré sa propre force. Elle avait survécu à un mariage sans amour, avec un mari brutal et sans considération. Mais elle en était sortie victorieuse, même si, évidemment, elle n'était pas responsable de la mort de son mari.

Non, elle n'avait pas besoin de Al autrement que pour lui servir de chef de guerre.

Si besoin était.

Chapitre 9

Cela ne faisait que vingt-quatre heures qu'ils étaient partis, et pourtant Brae parut à Alewyn plus décrépit encore que dans ses souvenirs. Pas étonnant que Morcant se soit convaincu qu'il pourrait faire tomber la petite place forte en quelques jours. Seul un miracle pouvait expliquer que les murs tiennent encore debout.

L'aube pointait derrière les arbres quand leurs chevaux franchirent le pont-levis d'un trot fatigué. Alewyn souffrait dans tout son corps de la longue chevauchée de la nuit ajoutée à celle de la veille et son esprit souffrait de ce qui s'était passé cette nuit entre Johanne et lui.

Ils n'avaient pas échangé un mot depuis qu'ils s'étaient remis en selle. Embrasser presque la jeune femme puis s'interrompre brusquement avait été une véritable torture, même si Alewyn savait qu'il s'était comporté comme il le fallait.

Que cela lui plaise ou non, la châtelaine de Brae était toujours suspectée de haute trahison, le pire crime qui soit. Même si tout indiquait à Alewyn qu'elle était innocente, tant qu'il ne l'avait pas prouvé, partager avec elle des moments d'intimité était de la pure folie. C'était son corps qui l'avait poussé à la prendre dans ses bras, comme pour se prouver qu'elle était sienne. Et maintenant, plusieurs heures plus tard, ce même corps coupable vibrait toujours du même désir douloureux.

Quand il avait dit à Johanne que, s'ils franchissaient certaines limites, ils pourraient être amenés à le regretter, il avait parfaitement perçu le soupir douloureux qui s'était échappé de la bouche de la jeune femme. Et il avait bien vu comment ses épaules s'étaient affaissées. Il aurait dû choisir ses mots avec plus de soin. Loin de lui l'envie de la blesser.

Ce qu'il voulait dire, en fait, c'était que ce que Johanne regretterait, c'était de ne pas avoir embrassé Al, l'étranger recueilli sur le chemin et qui l'aidait à défendre son château contre l'envahisseur. Mais bien plutôt Sir Alewyn Monceaux, chevalier du roi envoyé pour enquêter à son sujet.

Tant que ce mensonge se dresserait entre eux, il ne pourrait laisser libre cours à son désir. Il aurait par trop l'impression de la trahir une seconde fois. Rien n'était possible entre eux, de toute façon. Il ne pouvait lui offrir le mariage et la baronne de Brae n'appartenait pas à ce genre de femme qu'on renverse sur un lit pour l'abandonner aussitôt son plaisir obtenu. Son avenir à lui était encore à construire et Johanne avait besoin au contraire d'un homme bien installé dans la vie, capable de mettre en œuvre tous ses moyens, toutes ses relations, pour lui venir en aide quand le besoin s'en faisait sentir. Mais pouvait-il lui expliquer tout cela sans tout lui révéler ?

Il ne lui restait plus qu'à dissimuler sa passion croissante et à souffrir en silence.

Comme ils entraient dans la grande cour, Gemel vint au-devant d'eux, le sourcil en bataille.

— Où étiez-vous donc passés ? s'enquit-il d'une voix brusque dès qu'ils furent à portée de voix. J'étais sur le point d'envoyer nos gens à votre recherche.

Il s'adressait à Johanne, ignorant délibérément Alewyn,

qui comprenait parfaitement sa colère. S'il avait été à la place du régisseur, lui-même serait mort d'inquiétude.

— J'ai dit au garde que j'emmenais Al faire le tour du domaine et…

— Ça pouvait peut-être tromper le pauvre vieux Gildas, milady, mais pas moi. Brae n'est pas si grand qu'on mette un jour et une nuit à en faire le tour !

— Tout va bien, Gemel. Nul besoin de…

— Johanne, intervint Alewyn. Nous n'avons aucune raison de cacher ce que nous avons fait. Gemel va devoir apprendre ce qui se passe d'un moment à l'autre, de toute façon. Nous ne pourrons pas gérer ce qui nous attend tous seuls.

— Mais…

Elle se tourna vers lui et quand il vit l'angoisse qui agrandissait son regard, Alewyn dut se retenir pour ne pas l'attirer à lui.

— Nous ne pouvons pas cacher ce qui se trame, Johanne. Pas si nous voulons faire front…

— Mais… Quand ils sauront, personne ne voudra rester !

Les mots n'étaient qu'un murmure et le cœur de Al se serra. La pauvre châtelaine de Brae était si seule pour défendre l'héritage de son fils ! Lui-même ne pouvait l'aider davantage. Sa vie était ailleurs, à la cour du roi, dont il devait protéger la vie et les intérêts.

— Je suis désolé, Johanne, insista-t-il, mais Gemel doit savoir. Tout le monde, ici, doit savoir.

— Savoir quoi ?

Gemel, son regard allant de l'un à l'autre, suivait leurs échanges intensément.

Se tournant vers lui, Al leva la main.

— Un instant, Gemel…

Il se retourna de nouveau sur sa compagne :

— Voulez-vous que j'explique à votre régisseur ce qui se passe pendant que vous allez prendre un peu de repos ?

Aussitôt, Johanne se redressa sur sa selle.

— Non, je m'en charge. Ensuite, nous mettrons sur pied notre contre-attaque.

D'un léger coup de talon, elle fit avancer Heled jusqu'à la porte des écuries puis sauta légèrement à terre. Quiconque l'aurait attentivement observée à ce moment aurait juré qu'elle était parfaitement maîtresse de ses émotions. Maintenant qu'il la connaissait un peu mieux, Alewyn mesurait la force de caractère qu'il lui fallait pour s'imposer calme et autorité alors que tout son univers était en passe de s'effondrer.

Chaque jour, chaque seconde, la dame de Brae jouait un rôle, prétendant être ce qu'elle n'était pas. Les remparts qu'elle avait bâtis autour d'elle, plus solides que ceux du vieux château, devaient pourtant requérir une volonté de chaque instant pour être maintenus en place.

Johanne vacilla légèrement mais, une fois, de plus, elle résista à la tentation de se laisser tomber sur le sol pour enfin s'abandonner au sommeil. Elle ne s'était pas arrêtée de régler des problèmes depuis qu'Alewyn et elle étaient arrivés à Brae à l'aube. Il y avait tant à faire ! Tout bien considéré, Gemel avait accueilli avec une certaine placidité la nouvelle que Morcant s'apprêtait à les assiéger. Alewyn et lui avaient immédiatement dressé une liste des mesures à prendre de toute urgence. Elle aurait pu s'en charger mais elle n'était pas mécontente qu'ils s'en occupent.

Cependant, c'était à elle que revenait la délicate mission d'informer le reste des habitants du château de ce qui les attendait. Il lui avait fallu se tenir debout devant ses gens et leur annoncer, les yeux dans les yeux, que Morcant avait l'intention de faire de leur vie un enfer. Elle avait vu les mères étreindre leurs enfants en pleurant et avait dû se retenir de courir elle-même auprès de son fils pour le regarder rire et jouer peut-être pour la dernière fois. Au lieu de cela, elle avait déclaré aux hommes et aux femmes qui se pressaient dans la grande salle pour l'écouter qu'elle ne leur demandait pas de rester. Qu'ils étaient libres de quitter la place forte avec leur famille et leurs quelques biens s'ils le désiraient. Ensuite, si c'était encore en son pouvoir, elle les accueillerait de nouveau volontiers à Brae.

Personne ne l'avait prise au mot.

Personne n'était parti.

Et, dès le début de l'après-midi, les travaux de réparation de la vieille muraille avaient commencé.

Enfin, quand le crépuscule de la nuit d'hiver était tombé, un petit groupe d'hommes à l'air déterminé était venu voir Al pour lui demander de les entraîner au combat.

Plus tard encore, juste avant le repas du soir, ses femmes étaient venues la voir. Elles avaient juré solennellement à leur châtelaine qu'elles étaient prêtes à tout pour protéger Brae et soutenir leurs hommes dans le combat. Alors, le cœur de Johanne s'était gonflé d'espoir et de reconnaissance. Et, pour la première fois depuis que Yonescu lui avait annoncé l'horrible nouvelle, elle avait commencé à croire qu'ils pouvaient tous s'en sortir.

Mais maintenant, à la nuit tombée, tandis qu'elle inspectait la cour du regard pour mesurer l'ampleur de ce qui restait à faire, Johanne sentait la peur ramper sournoisement en elle. Dans le calme de la nuit, elle imaginait les corps blessés ou à l'agonie de ses gens dispersés sur le pavé, les remparts effondrés de Brae répandus en blocs de pierre fumants, les cris et le sang.

Et son cœur saignait.

— Il faut aller vous coucher, Johanne. Vous dormez littéralement debout.

Johanne sursauta, surprise. Elle croyait Al retiré depuis longtemps dans son petit appartement.

— Et vous, que faites-vous encore debout ? rétorqua-t-elle en se retournant. Vous n'avez pas dormi plus que moi.

Elle le parcourut du regard. À part les ombres qui cernaient ses yeux, il paraissait toujours aussi gaillard et alerte.

Il lui sourit.

— Peut-être suis-je plus habile à dissimuler ma fatigue. Je puis vous assurer que je suis las au point de me laisser tomber sur la première botte de foin que je rencontrerai dans cette cour. Je suis certain que vos gens ne nous en voudront pas si nous ne paraissons pas à table.

Comme elle ne faisait pas mine de bouger, il la prit doucement par le coude et l'entraîna vers la porte du donjon qui conduisait à leurs appartements.

Avec son défunt mari, elle n'aurait osé protester. Elle n'avait guère d'autre choix que de lui obéir mais avec Al, c'était différent. Son geste ferme était doux. Elle pouvait se libérer sans difficulté et reprendre ses distances. Et pourtant, elle ne le fit pas. Ses jambes avaient du mal à la supporter et elle était reconnaissante à son compagnon de la soutenir.

Il n'y avait pas d'autre raison, n'est-ce pas ?

— Demain sera une longue journée, commenta-t-il. Mais nous avons déjà bien progressé.

— Que pensez-vous des hommes qui se sont portés volontaires à l'entraînement ?

Le silence qui s'ensuivit fendit le cœur de Johanne.

— Ce sont de braves compagnons. Plusieurs d'entre eux pourraient devenir de bons guerriers. Et les autres seront utiles à l'arrière. Il y a tant de choses à faire…

Ils pénétrèrent dans le donjon. Johanne s'attendait à

ce que son interlocuteur s'arrête devant la porte de sa chambre mais il commença à la pousser dans l'escalier.

— Quelle est la porte de votre chambre ? s'enquit-il quand ils furent au premier étage.

— Celle du fond, là-bas, indiqua Johanne avec un mouvement du menton.

— Vous êtes juste au-dessus de moi…

— Oui.

Ce fait avait valu à Johanne plusieurs nuits sans sommeil. Ce n'était pas bon pour elle d'imaginer le corps de son hôte abandonné au sommeil mais elle ne pouvait empêcher les images de la hanter. Quand elle avait les yeux clos, elle voyait son corps nu, tel qu'il lui était apparu un soir, alors qu'il se chauffait devant le feu. Et, pis que cela, elle voyait ses bras puissants se tendre vers elle pour l'attirer à lui. Après le baiser qu'ils avaient failli échanger dans la forêt, ce serait pire encore.

— Je vous souhaite une bonne nuit, Johanne.

— Bonne nuit. Et merci pour tout ce que vous avez fait aujourd'hui.

— Il le fallait…

Il la tenait toujours par le coude, le regard fixé sur la porte avec une expression indéchiffrable. Johanne retint un soupir. Rien de plus simple que de reprendre ses distances. N'avaient-ils pas convenu que le baiser qu'ils avaient failli échanger était une erreur ? Al était-il en train de changer d'avis ? Bah… Quelle importance ? Ce serait une erreur, en effet, même si, elle le sentait, son corps n'était pas tout à fait d'accord.

Elle se libéra doucement.

— Allons nous coucher. Nous avons besoin de sommeil l'un comme l'autre.

Ce fut comme si ces mots le tiraient d'une sorte de transe.

— Oui, bien sûr. Je vous laisse.

Et sur ces mots, il tourna les talons et descendit les escaliers presque en courant.

Johanne le regarda disparaître dans le colimaçon de pierre, le cœur lourd. Elle ne pouvait regretter de ne pas l'avoir invité à entrer dans sa chambre. Elle n'éprouvait aucun plaisir à ce qui se passait entre un homme et une femme. Le fait que Al ne soit pas une brute ne garantissait en rien qu'il en serait autrement avec lui. Bien sûr, quand sa bouche avait couru sur sa peau, elle avait senti tout son corps s'éveiller d'un long sommeil et reprendre vie. Et le bref contact de ses lèvres lui avait apporté plus de joie que ses quelques années de mariage.

Mais cela ne signifiait rien. Elle était affamée d'affection, elle qui n'avait jamais connu la tendresse et les gestes d'amour, qu'ils soient paternels ou venant d'un amant. Elle avait réagi comme l'aurait fait n'importe quelle femme devant un homme jeune et particulièrement attrayant.

Il n'y avait là rien de plus.

Se dirigeant d'un pas ferme vers sa porte, Johanne l'ouvrit et pénétra chez elle. Une fois que vous donnez à un homme l'occasion de prendre le pas sur vous, ne serait-ce que par la séduction, il essayait de tout contrôler. Al était sans doute meilleur que Badon.

Mais c'était un homme.

Chapitre 10

Al se débarrassa de sa tunique et de ses sous-vêtements. Cinq jours à travailler dur pour colmater les brèches dans les remparts de Castle Brae et à entraîner les quelques hommes valides disposés à défendre les lieux contre les entreprises de Morcant l'avaient épuisé. Son corps lui paraissait vidé de toute son énergie mais son esprit bouillonnait d'images qu'il s'efforçait en vain de refouler.

Il se glissa sous ses couvertures qu'il remonta jusque sous son menton. L'air de la chambre était glacial mais il n'avait même plus la force de rallumer le feu. Les images qui le torturaient le réchaufferaient bien assez vite.

Fermant les yeux, Alewyn s'exhorta au calme. Johanne était-elle dans sa chambre ? Il n'avait aucun moyen de le savoir. Elle avait quitté la grande salle depuis un certain temps, et n'avait pas pris l'escalier qui lui permettait de jeter un œil sur les alentours avant de se retirer. Peut-être était-elle avec Cineas ? À moins qu'elle ait déjà gagné sa chambre, là, juste au-dessus de lui ?

Il l'imaginait dans son lit, vêtue d'une simple chemise de toile, comme il le faisait depuis cinq longues nuits, torturé par le désir. Il poussa un gémissement tandis que les images l'assaillaient de nouveau, de plus en plus précises. Il voyait sa chevelure répandue sur l'oreiller comme un soleil rouge autour de son fin visage pâle, éclairé par les lacs couleur de ciel d'été de ses yeux. Dans son délire, il s'imaginait allongé à côté d'elle. Elle tendait les bras vers lui, lui caressait les épaules et le torse, ses doigts fins s'attardant dans la toison brune de ses pectoraux. Il la rejoindrait bien volontiers, tant son désir le brûlait, mais serait-il le bienvenu ? Même dans son imagination, la bouche de Johanne avait la douceur des pétales de rose et son haleine, le parfum d'un jardin de paradis.

Torturé par un désir de plus en plus insupportable, Alewyn poussa un nouveau gémissement.

Il n'avait pas le droit de convoiter une femme à qui il dissimulait de si lourds secrets. Il le savait dans toutes les fibres de son corps. Et pourtant, cela ne l'empêchait pas de penser à elle chaque heure du jour et de la nuit. Il voulait Johanne, il avait besoin d'elle comme d'autres ont besoin d'alcool ou de drogues issues des plantes trouvées au fond des bois ou dans les jardins des monastères. Feindre tout le jour d'être indifférent à sa vue, s'interdire de l'effleurer au passage, de humer son parfum était une continuelle torture.

Et quand il lisait parfois le même désir briller dans les yeux de la jeune femme, ce n'était pas fait pour lui faciliter les choses. Et pas davantage de se dire qu'en reniant le serment de fidélité qu'il avait fait au roi en devenant chevalier de la Couronne, il pourrait la faire sienne.

Il roula sur lui-même, écrasant son sexe tendu dans le matelas de foin. Il pouvait se livrer au plaisir solitaire, bien sûr, mais l'expérience des cinq dernières nuits lui avait appris que cela ne servait à rien. Il avait beau faire, il désirait toujours autant Johanne.

Le pire, c'était qu'il ne s'agissait pas d'un simple désir sexuel. De cela, il pourrait toujours se satisfaire avec d'autres femmes. Non, d'elle, il voulait autre chose. Il voulait lui arracher un sourire, lui faire oublier, ne serait-ce qu'un instant, tous les tracas qui pesaient sur elle. Lui montrer qu'on pouvait trouver des solutions et faire en sorte que Castle Brae devienne une place forte prospère et respectée dans la région. Il voulait masser les épaules douloureuses de la jeune femme jusqu'à ce que le poids qui pesait sur elles s'envole comme par miracle. La rejoindre quand elle s'occupait de son fils, les faire rire tous les deux…

Bref, il devenait stupide.

Le bonheur avec elle était impossible. S'il cédait à son attirance pour elle, Johanne ne pourrait jamais être qu'une des nombreuses femmes qu'il laissait derrière lui après avoir pris son plaisir. Et puis, que connaissait-il de la gestion d'un domaine ou de l'éducation d'un enfant ? À dire vrai, il ne savait pas faire grand-chose dans la vie, à part se battre. La châtelaine de Brae n'avait nul besoin d'un homme comme lui à ses côtés.

Toute trace du désir qu'il avait pour elle s'évanouit devant cette brutale vérité. De toute façon, elle n'avait pas besoin d'un homme dans sa vie. Elle l'avait dit et répété. Et les éclairs de désir qu'il avait cru percevoir dans son regard avaient été aussitôt suivis d'un retrait encore plus austère derrière les barrières qu'elle élevait entre elle et tout ce qui risquait de l'affaiblir.

Elle ne voulait pas de lui, à aucun titre que ce soit.

Alewyn se mit sur son séant. Puisqu'il ne pouvait pas dormir, il ferait mieux de faire un petit tour d'inspection dans les environs pendant que tout le monde reposait. Depuis qu'il était à Brae, il n'avait jamais pu être seul plus de quelques minutes. En décidant de résister aux entreprises de Morcant, Johanne n'avait fait qu'exciter encore davantage l'estime et l'affection de ses gens à son égard. Aucun d'eux ne dirait quoi que ce soit qui puisse être à sa charge. Non qu'il ait vraiment essayé de les faire parler. Son opinion était quasiment faite. Ni Johanne ni personne dans ce château n'avait jamais trahi qui que ce soit. Et encore moins son honneur.

Ces derniers jours, Alewyn avait été si occupé à renforcer les défenses de Castle Brae qu'il en avait presque oublié la raison pour laquelle il était là. Presque, mais pas tout à fait, cependant. La menace toujours pesante de l'arrivée de Benedictus, ou d'un message comminatoire de sa part, n'était jamais complètement absente de son esprit. Si lui ou quelqu'un de ses hommes, ou dans le meilleur des cas, un pli de sa part, arrivaient au château avant qu'il ait découvert l'identité du véritable traître, alors, les dangers qui menaçaient Johanne étaient infiniment plus graves que la menace de siège du piètre Morcant.

Il revêtit de nouveau ses vêtements chauds et son manteau. Sa garde-robe personnelle lui fournissait une meilleure protection contre le froid mordant que ceux qu'on lui avait prêtés. L'hiver était particulièrement sévère dans cette région du royaume d'Angleterre et ne paraissait pas vouloir céder la place au printemps. Durant le jour, lui et les hommes qui s'étaient portés volontaires travaillaient si dur qu'ils n'y étaient pas trop sensibles. Mais les nuits étaient rudes.

La cour du château, comme il pouvait s'y attendre, était parfaitement vide. Nul doute que l'unique et brave Gildas devait dormir du sommeil du juste dans le local venteux qui servait de poste de garde. Heureusement, les hommes qu'Alewyn entraînait seraient bientôt capables d'organiser des tours de garde. Ils n'étaient pas encore prêts et, du reste, ils travaillaient si dur le jour qu'ils avaient bien besoin de leurs heures de sommeil pour recouvrer leurs forces.

Il avait à peine commencé leur entraînement, à vrai dire, et le peu de temps dont il disposait pour leur inculquer les bases des compétences dont ils auraient besoin pour résister à un siège était tout à fait insuffisant. Le cœur d'Alewyn se serra tandis qu'il pensait à Thomas, la plus jeune de ses recrues, à peine sorti de l'enfance et si courageux, si ardent et désireux de bien faire !

Mais Alewyn n'avait pas le droit de s'abandonner à ce genre de considérations. Sa véritable loyauté devait aller au roi d'Angleterre. Mener à bien la mission qu'on lui avait confiée devait rester sa priorité. S'il parvenait à ses fins, et cela dans le temps le plus bref, maintenant, pour ne pas se déconsidérer aux yeux de son frère et de ses autres compagnons chevaliers, il quitterait Brae avant le printemps, laissant les habitants du château se défendre seuls contre la troupe de Morcant. Peut-être leur aurait-il assez appris d'ici là pour qu'ils soient en mesure d'organiser leur résistance ? Il ne pouvait hélas que l'espérer. Imaginer le corps du jeune Thomas gisant sans vie sur le sol lui tordait les entrailles. Quant à Cineas, le fils de Johanne… Sans doute aurait-elle la sagesse de le mettre à l'abri dans un château voisin, ou dans sa famille. Du moins, il le lui conseillerait. Il ne pouvait supporter l'idée des beaux yeux bleus de l'enfant, pétillants de joie de vivre et d'humour, fermés à jamais.

Quant à Johanne… S'il lui arrivait quelque chose, il savait qu'il ne s'en remettrait pas.

Alewyn respira à fond l'air glacé de la nuit. Il ne fallait pas penser à tout cela. Il n'en avait pas le droit. S'il échouait dans sa mission, ce n'était pas seulement un des châteaux forts défendant la côte d'Angleterre qui serait mis à bas. C'est toutes les défenses du pays sur cette côte qui faisait face au royaume de France, leur plus puissant ennemi. Le pays tout entier tomberait sous la coupe du roi de France et les chevaliers du roi, ainsi que toute la fine fleur de l'aristocratie anglaise serait morte, ou en fuite.

Non, échouer n'était tout simplement pas envisageable.

Il s'enfonça plus avant dans la cour. Un léger brouhaha

provenait de la grande salle où les gens qui dormaient là finissaient de s'installer pour la nuit. Lady Johanne ne lui avait pas demandé de se joindre à eux après son rétablissement, ce qui révélait l'estime dans laquelle elle le tenait. Difficile, il est vrai, de faire dormir son fiancé avec le reste de sa maisonnée. Mais cela lui faisait prendre conscience, entre autres choses, de l'estime dans laquelle elle le tenait, lui qui ne lui offrait qu'une façade pleine de mensonges.

Il secoua la tête. Il n'était plus temps de ressasser remords et regrets. Il fallait agir.

Les gens qui s'agitaient encore dans la grande salle lui bloquaient le chemin vers le cabinet de travail dans lequel Johanne réglait ses affaires et se tenait le plus souvent quand elle était au château. S'il existait des preuves de sa culpabilité, ou de son innocence, nul doute que c'était là qu'il les trouverait. Il trouverait là les fameux registres dans lesquels il l'avait vu consigner les comptes et les faits marquants de la vie du domaine. Ce serait un bon endroit pour commencer son enquête. Peut-être, en cherchant bien, dénicherait-il un autre accès à cette pièce retirée ? Les murs de Brae, autant que ses remparts, étaient pleins de trous et de fissures et seuls les plus importants avaient été comblés.

L'entrée principale du château était close, bien sûr, et Alewyn ne voulait pas déranger le garde, qu'il dorme ou qu'il veille. Certes, il aurait pu prétendre qu'il voulait procéder à une petite inspection nocturne des environs mais Gildas avait beau être vieux, il n'était point sot et la ficelle était un peu grosse. Pourquoi errer tout seul et sans défense la nuit dans cette période conflictuelle, à moins de vouloir connaître de nouveau la mésaventure qui l'avait amené d'une manière tout autre que prévu dans ce château ? Sans compter que Johanne finirait par l'apprendre et qu'il devrait subir un nouveau tir groupé de ses questions.

Une partie du mur était écroulée non loin de l'entrée, mais à une distance suffisante pour que l'unique sentinelle n'aille pas y traîner ses bottes. Pour un homme de sa taille, il ne serait pas facile de s'y faufiler mais il avait retrouvé assez de souplesse pour oser s'y risquer.

Par habitude, Alewyn chercha l'ombre des remparts pour se déplacer bien que, sous la lumière blanche de la lune, l'endroit se révéla parfaitement désert et l'air parfaitement immobile. Seul parvenait à ses oreilles le lent ressac des vagues qui s'écrasaient sur les rochers bordant la petite crique sableuse au pied des remparts.

Le trou dans le mur était plus étroit qu'il ne l'avait jugé au premier abord et ses épaules finirent par se retrouver bloquées. En dépit du sérieux de la situation, Alewyn ne put retenir le petit rire amusé qu'il sentait monter en lui. Tandis qu'il se retrouvait, tête et jambes pendantes de part et d'autre de l'orifice. Lui qui avait hésité à réveiller le garde pour notifier sa petite expédition, s'il était pris sur le fait, comment diable expliquerait-il ceci ? Il avait beau se tortiller, pousser en avant en s'aidant de ses deux coudes, comme on ferait d'un bouchon dans un goulot trop étroit, rien n'y faisait. Alewyn commençait à juger la situation désespérée, imaginant déjà son cadavre congelé découvert le lendemain matin dans cette position ridicule, quand il se sentit propulsé dans le vide et qu'il tomba lourdement sur le sol. Il resta là un certain temps, étalé sur le dos et les yeux levés vers les étoiles. Décidément, pour la deuxième fois dans cette région maudite, il avait frôlé de près une fin de carrière bien peu glorieuse.

Puis il se remit laborieusement sur ses pieds, les membres endoloris. Une pluie fine et glacée lui fouettait le visage. La lune s'était cachée derrière de longues écharpes de brume.

Alewyn avança à l'abri des remparts. Une chouette se mit à hululer longuement au-dessus de sa tête et, surpris, il se plaqua contre les pierres froides. Puis il rit de lui-même. Si ses ennemis le voyaient en ce moment, les vêtements en désordre et souillés de boue, sursautant au moindre bruit, ils auraient du mal à reconnaître le superbe et fringant chevalier au service de Sa Majesté le roi d'Angleterre. La perspective de rester prisonnier sous ce misérable rempart à moitié effondré, bloqué entre deux pierres, l'avait réduit à peu de chose.

Il reprit sa progression. Il n'y avait aucune entrée, naturelle ou non, à proximité de l'endroit où devait se trouver le cabinet de travail de Johanne. Se laissant tomber sur une souche, il s'absorba dans la contemplation de l'étendue noire de l'océan. Les étoiles réapparurent un instant puis s'effacèrent de nouveau dans le manteau opaque de la nuit et il se retrouva plongé dans une obscurité si épaisse qu'il aurait pu la toucher. Rien de commun dans ce château retiré au milieu des forêts et des landes avec l'agitation colorée et bruyante de Windsor, ses courtisans affairés, ses carrosses allant et venant dans les cours et le long des allées, ses chatoiements de toilettes et ses bavardages vains.

Ici, il n'y avait que le silence, le roulement sourd des vagues sur le sable et le chant du vent dans les arbres.

Combien de temps lui restait-il avant de devoir retrouver l'agitation de la Cour ? Il ne se souvenait pas que Benedictus lui ait fixé un délai pour mener à bien sa mission. Mais, connaissant son frère, il ne doutait pas qu'il lui ait indiqué des échéances très précises. Cependant, s'il revenait à la Cour les mains vides, Alewyn ne doutait pas que le châtiment viendrait, d'une manière ou d'une autre.

Ne serait-ce que par le mépris. Le terrible mépris qui était presque l'arme universelle dans ces milieux-là.

À cette perspective, il fut pris d'un long frisson.

Suffirait-il d'affirmer que, tout au fond de lui-même, il était convaincu de l'innocence de Lady Johanne ? Qu'il n'était pas possible qu'une femme aussi douce, aussi droite, aussi courageuse soit coupable d'un pareil crime ? Benedictus se contenterait-il de la parole de son cadet ? Le lien qui les unissait était-il encore assez fort ? Quelques années plus tôt, Alewyn aurait dit oui… Mais maintenant, après toutes ces années passées à la Cour, Benedictus avait beaucoup changé. Il était devenu plus dur et plus replié sur lui-même au fur et à mesure que sa fonction devenait exigeante. Il ressemblait chaque jour un peu plus à son père, un homme à qui on évitait prudemment d'adresser la parole à moins qu'on ne pût l'éviter.

Non, inutile de rêver. Sans preuve, il serait quasiment impossible de persuader Benedictus de l'innocence de Johanne. Il se convaincrait aisément lui-même que son jeune frère se laissait davantage guidé par la faiblesse de sa chair que par son cerveau. Si seulement il y avait un moyen de les faire se rencontrer ! Mais la seule occasion susceptible de se présenter, hélas, ce serait le jour où Johanne serait amenée à la Cour, pieds et poings liés. Et alors, il serait trop tard. Benedictus n'aurait pas le temps de s'apercevoir que Johanne était trop naïve pour être le cerveau d'une machination à l'encontre de son propre pays. Que sa seule préoccupation était de préserver l'héritage de son fils et le domaine sur lequel vivait tout un petit peuple qui ne demandait qu'à prospérer et à être heureux au fond de ses bois et de ses bruyères.

Non, son opinion était déjà faite, comme elle se fait toujours à la va-vite chez les gens importants et pressés.

Pourtant, l'évidence était là. À chaque fois qu'Alewyn avait abordé la question de la guerre entre la France et l'Angleterre, elle avait paru aussi peu intéressée que possible.

Néanmoins, si l'on voulait se montrer tout à fait objectif,

elle avait bel et bien un mobile. Une raison pour trahir qui nécessitait qu'Alewyn reste à Castle Brae jusqu'à ce qu'il ait rassemblé assez d'arguments pour convaincre son frère. Benedictus, à l'esprit retors, ne manquerait pas en effet de souligner que Lady Brae était attachée à ses terres comme une ourse à son petit. Si la situation était pour elle assez désespérée, si, veuve et sans alliés, elle était sur le point de tout perdre, elle pouvait avoir été tentée de se vendre à l'ennemi contre une rétribution en monnaie sonnante et trébuchante.

Alewyn ne croyait pas à cet argument-là. L'état de délabrement du château, la simplicité du mode de vie de ses habitants, allant parfois même jusqu'au dénuement, prouvait facilement le contraire.

Mais cela pouvait-il constituer une preuve suffisante ? Pouvait-il prendre le risque que Johanne soit arrêtée et jugée avec, pour seule défense, des arguments aussi faibles ? Suffirait-il de la confession d'un seul Français assurant qu'il était entré en Angleterre par la côte bordant les terres de Castle Brae pour la condamner ?

Alewyn se remit sur ses pieds. Ce n'était pas en restant assis sur une souche dans le noir qu'il trouverait la réponse.

Il s'était remis en marche quand quelque chose attira soudain son attention. On aurait dit un éclat de lumière, là-bas, dans la crique.

Il se figea, osant à peine respirer. Oui, voilà que ça recommençait ! Un bref éclair de lumière puis de nouveau l'obscurité. Un signal ? Encore une brève lueur, puis une autre, plus longue.

Alewyn se mit à dévaler le chemin à vive allure. Des pierres roulèrent bruyamment sous ses pas et il s'arrêta, retenant un juron. Décidément, avec sa grande taille et son poids, il n'était pas de l'étoffe dont on fait les maraudeurs ou les espions. Quittant le chemin, il entreprit de marcher sur l'étroite bande de mousse garnissant le bas-côté, trébuchant de temps à autre sur une racine de genêt ou de bruyère.

Au vu des dizaines de traces de pas qui s'entrecroisaient et se superposaient, le sentier était très fréquenté. Il n'avait pas encore eu l'occasion de le parcourir dans la journée et, du fait de la forte pente, son parcours ne devait pas être aisé. Alewyn s'apprêtait à amorcer la descente quand il entendit deux voix.

Il n'eut que le temps de plonger dans un buisson.

—… Il y avait trop de vent… Impossible de…

— Quand saurons-nous si…

Une tape sur son épaule lui fit perdre le reste de la conversation. Pivotant sur lui-même à la vitesse de l'éclair, Alewyn se jeta sur le corps dressé en face de lui.

— Ouch ! gémit une voix bien connue à son oreille.

— Bon sang ! Mais qu'est-ce que… ?

Un bruit de pas qui se rapprochaient les fit taire. Quand le bruit se fut éloigné, le corps qu'il écrasait de tout son poids se mit à s'agiter sous lui. Il roula sur le côté.

— Désolé !

— C'est la deuxième fois que vous m'écrasez en quelques jours.

— Vraiment désolé, répéta-t-il, ne sachant quoi dire d'autre.

C'était un véritable désastre. Ainsi Johanne était bel et bien de la partie !

— Cette fois, ce n'est pas votre faute. Je vous ai surpris.

Alewyn secoua la tête sans répondre. Mais si, c'était sa faute. Il était vraiment trop naïf ! Quelle gabegie !

— Sont-ils partis ?

— Je ne sais pas, répondit-il abruptement. Apparemment, oui…

— Qui était-ce ? insista encore Johanne.

Nier était ridicule et pourtant, il ne put s'empêcher de se raccrocher à la seule manière apparente de sortir de cette pagaille. Nier l'évidence.

— De qui parlez-vous ?

— Mais de ces hommes qui montaient de la crique. C'est pour vous cacher d'eux que vous vous êtes jeté dans ce buisson, ne le niez pas. Vous n'auriez pas agi ainsi s'il s'agissait de vos amis. Alors, que se passe-t-il ?

Elle lui enfonçait sans ménagement son doigt dans le plexus.

— Je…

Alewyn sentait les mots lui manquer. Mais que faisait Johanne dans cette galère ? Était-elle complice ?

— Eh bien ! J'attends, Al. Que faisaient ces hommes dans ma crique ?

Il se remit sur son séant.

— Mais c'est plutôt à vous de vous expliquer, il me semble. Qui sont ces hommes et que faisiez-vous en pleine nuit sur ce chemin ?

De nouveau, Alewyn sentit le cœur lui manquer. Si Johanne était là à-propos, si elle avait rendez-vous avec les inconnus qu'il avait entendus monter de la crique, cela signifiait donc que…

— Oh ! non ! Pas question que je vous explique quoi que ce soit. Pas avant que vous n'ayez répondu à mes questions.

— Mais je passe mon temps à répondre à vos questions, gronda-t-il, enfin saisi par une saine colère.

Dire qu'il était sur le point d'aboutir ou du moins de trouver quelques éléments de réponse pour éclairer son enquête ! Et voilà que tout était remis en question !

Il sentit Johanne bouger dans le noir.

— Nous ferions mieux de rentrer, décida-t-elle. Il fait un froid mortel. Nous pourrons discuter de tout cela devant un bon feu. J'ai si froid que je ne sens plus mes mains ni mes pieds.

Alewyn faillit protester. Il fallait qu'il parte à la poursuite de ces deux hommes. Mais ils étaient sans doute déjà loin. Il était trop tard. Autant battre le fer tant qu'il était chaud et écouter les explications de Johanne sur sa présence nocturne sur la falaise. Il serait toujours temps de partir à la recherche des deux rôdeurs plus tard.

Il s'extirpa des buissons de ronce, se débarrassant tant bien que mal des épines qui s'accrochaient à ses vêtements et à ses mains. Puis il aida Johanne à en faire autant et ils reprirent le chemin du château.

Ils marchaient sans mot dire tandis qu'Alewyn essayait de trouver une raison à donner à Johanne de sa présence sur la falaise en pleine nuit. Mais son cerveau restait désespérément vide.

Johanne laissait Al marcher devant elle. Elle était curieuse de voir comment son compagnon avait pu sortir de l'enceinte sans passer par le portail principal. Si un homme de sa taille avait pu se faufiler hors des murs sans donner l'alerte, alors, les hommes de Morcant pourraient en faire autant sans problème et faire entrer une armée chez elle avant qu'une seule trompe ait eu le temps de sonner.

Bon, il lui fallait bien admettre que ce n'était pas la seule raison. Elle aimait tout simplement le regarder marcher, voir son grand corps musclé se déplacer avec souplesse, sans faire de bruit. Décidément, cela devenait une habitude. Elle était devenue une experte en ce qui concernait la façon dont évoluait son hôte, ou plutôt son faux fiancé. Pour être tout à fait honnête, il lui semblait qu'elle passait de plus en plus de temps à cela.

Cette nuit, pourtant, l'énergie que Al mettait à se déplacer n'était plus la même. Il se dégageait toujours de lui une force peu commune mais il avançait la tête penchée en avant, ses larges épaules affaissées, comme sous un poids devenu trop lourd. Et Dieu sait pourquoi, cela la rendait malheureuse, elle aussi, alors qu'elle aurait dû se défendre de ce souci. La raison de la présence de Al à Brae n'avait toujours pas été éclaircie, quoi qu'il en dise. Et il était bel et bien descendu sur la falaise pour observer les deux inconnus dont les raisons pour rôder en pleine nuit sur les terres de Castle Brae ne pouvaient être tout à fait innocentes.

Renversant la tête, Johanne adressa au ciel nocturne une prière pour que Al se révèle être ce qu'il affirmait, un allié pour elle et pour ses gens. Prière bien naïve, car il était trop tard pour changer les choses mais qui lui soulagea un peu le cœur. Elle ne voulait pas qu'il soit un ennemi. Elle désirait de tout son être qu'il soit aussi respectable et loyal qu'il semblait être. Depuis son arrivée à Brae, elle commençait enfin à croire que certains hommes avaient un cœur noble et désintéressé et elle souhaitait ardemment que les faits ne lui démontrent pas le contraire.

Elle le vit soudain s'arrêter devant une sorte d'anfractuosité qui s'ouvrait dans les remparts, une fissure dont elle connaissait l'existence mais qu'elle imaginait moins large. Grand Dieu ! N'importe qui, en effet, pourrait pénétrer dans l'enceinte du château par-là !

Elle se posta devant la brèche, perplexe.

— C'est assez grand pour qu'un homme s'y faufile, il est vrai. Mais tout de même… Pas vous !

Il la gratifia du demi-sourire qu'elle aimait tant, tendre et moqueur à la fois.

— Je mentirais en prétendant que je n'ai pas eu de mal à m'y faufiler. Passez donc la première. Ainsi, si je reste coincé, un de nous deux au moins pourra rentrer dormir au chaud.

Johanne ne put retenir un bref éclat de rire mais elle

obtempéra. Le vent s'était refroidi et elle avait hâte de rentrer chez elle.

— C'est fait, chuchota-t-elle quand elle fut de l'autre côté.

Johanne crut un instant que Al ne la suivait pas ; que, peut-être, il avait préféré s'enfuir pour ne pas lui donner d'explications sur sa fugue nocturne, et son cœur manqua un battement. Mais elle comprit vite que c'était tout simplement sa large carrure qui le ralentissait. Elle discernait à peine la silhouette de ses épaules dans la pénombre et seuls ses grognements lui indiquaient l'état de sa progression. Petit à petit, l'épaisse touffe de ses cheveux noirs émergea de la pierre et elle dut se mordre les lèvres pour ne pas éclater de rire. Pendant un long moment, rien ne se passa et elle s'avança les mains tendues pour l'aider, sans trop savoir comment s'y prendre. Peut-être qu'en descellant quelques pierres du mur... Mais avant même qu'elle ait pu intervenir, Al donna un violent coup de reins et, ses épaules passant enfin par l'orifice, il tomba à ses pieds comme un poulain que sa mère vient de mettre bas. Cette fois, Johanne ne put retenir le rire sourd qui gonflait sa gorge.

Al leva vers elle un regard piteux, comme un gamin conscient d'avoir fait une bêtise, et Johanne sentit son cœur fondre de tendresse. En dépit de sa stature exceptionnelle, c'était un être adorable. Ce mélange de puissance et de vulnérabilité était tout simplement désarmant. Un homme tel que lui devait avoir toutes les femmes à ses pieds. Une flèche de jalousie, tranchante et brutale, lui tenailla soudain l'estomac. Et Johanne détourna les yeux, de peur que Al n'y lise ses sentiments. Elle n'avait pas le droit de se laisser émouvoir ainsi. Al ne lui appartenait pas et ne lui appartiendrait jamais. En dépit de leurs fiançailles fictives, elle n'avait aucun droit sur lui. Un jour, bientôt peut-être, il partirait. Et c'était très bien comme ça. Elle voulait plus que tout mener sa vie librement. Être seule et indépendante.

Après Badon, pas question de laisser un autre homme diriger son destin.

D'ailleurs, Al lui cachait quelque chose. Et tant qu'elle ne saurait pas de quoi il s'agissait, elle n'avait même pas le droit de le considérer comme un ami. Pas même comme un allié.

Malgré tout ce qu'il avait déjà fait pour elle.

Elle l'entendit se remettre sur ses pieds et, se recomposant un visage calme et pondéré, elle se tourna vers lui. Il la regarda, un sourire flottant encore dans son regard sombre, puis, devant son air sérieux, lentement, son beau visage redevint grave.

— Il faut que nous parlions, Al.

Il opina lentement du chef.

— Oui.

Johanne se remit à marcher, espérant que son compagnon lui emboîterait le pas. Mais elle savait pertinemment que, s'il n'avait pas l'intention d'obtempérer, rien ni personne ne pourrait l'y obliger. Quand elle entendit le bruit de ses pas derrière elle, elle ne put retenir un soupir de soulagement.

— Où allons-nous ? s'enquit-il.

— Dans ma chambre.

— Votre chambre ? Là où vous dormez ?

— Oui.

Il s'arrêta net.

— Pensez-vous que cela soit raisonnable ?

Johanne soupira. Non. Bien sûr que non, ce n'était pas raisonnable. L'homme qu'elle avait devant elle occupait ses pensées jour et nuit, elle ne cessait de se demander, depuis qu'il avait effleuré ses lèvres de sa bouche, le goût qu'auraient eu ses baisers. Un lieu clos, où ils ne seraient que tous les deux, livrés à leurs désirs, n'était pas un choix raisonnable. C'était même de la pure folie.

Mais ils n'avaient pas le choix. Rejoindre son cabinet, dans lequel, succédant ainsi à son mari, elle réglait les affaires du domaine et rangeait les documents importants, les aurait contraints à traverser toute la grande salle au risque de réveiller ceux qui y dormaient.

— C'est le seul endroit où nous serons tranquilles et où nous ne dérangerons personne.

— Mais nous serons… tout seuls !

— J'ai confiance en vous.

Du moins avait-elle l'intime conviction qu'il respecterait son corps. Par deux fois, il avait eu l'occasion de jouir d'elle et ne l'avait pas fait. La première fois quand il aurait pu l'embrasser et avait su se retenir, la seconde, chez l'aubergiste, alors que Johanne savait que le désir qu'elle éprouvait pour lui était écrit sur son visage. Il aurait pu partager sa couche, alors, mais n'avait rien demandé. Sur ce point-là, au moins, elle pensait être sûre de son honnêteté.

Mais peut-être se trompait-elle…

— Ai-je tort ? insista-t-elle en le regardant droit dans les yeux.

Il exhala un long soupir.

— Je promets de ne pas abuser de vous, si c'est ce que vous voulez m'entendre dire.

D'une certaine manière, il y avait un sous-entendu dans sa réponse. Il n'abuserait pas d'elle physiquement, de cela elle était certaine. Mais il lui cachait probablement quelque chose qui faisait qu'elle ne pouvait lui faire complètement confiance. Elle avait cru en lui plus qu'en tout autre depuis toutes ces années. Tout le monde à Brae vouait à Alewyn une confiance absolue. Tous étaient certains qu'il les aiderait à faire front devant Morcant quand l'heure viendrait.

Mais maintenant qu'elle l'avait surpris errant dans la nuit autour du château… En collusion avec l'ennemi, peut-être ?

— Vous feriez mieux de ne pas être complice de Morcant, articula-t-elle le regard flamboyant. J'ai beau n'être qu'une faible femme, je… je vous tuerais !

Il eut un bref sourire.

— Je ne suis pas complice de cet individu. Ce qui n'empêche pas qu'un jour, vous puissiez avoir envie de me tuer. Alors, conclut-il en haussant les épaules, dépêchons-nous d'en finir avec cette affaire.

Passant devant elle, il se dirigea vers le donjon, où étaient établis leurs quartiers de nuit. Il s'arrêta au rez-de-chaussée, devant la porte de sa chambre mais, le dépassant à son tour, elle entreprit de gravir les escaliers. Les choses se feraient selon ses règles.

Quand elle entendit le pas de Al derrière elle, elle se mit à trembler de tout son corps. Était-ce à cause des secrets qu'elle avait peur de découvrir ? Ou pour une autre raison ? Elle n'aurait su le dire. Nul homme n'avait pénétré chez elle depuis la mort de Badon. Même sa chambrière personnelle ne pouvait y séjourner que le temps d'y remettre de l'ordre. C'était le domaine privé de la châtelaine de Brae. Un peu comme son sanctuaire.

Lorsqu'ils furent tous les deux dans la pièce, Al referma la porte et, pour gagner du temps, Johanne alla jusqu'à la cheminée. Le feu était bas, presque éteint, et elle y remit deux bûches avant de tisonner les braises. Par où commencer ? La situation était délicate et les enjeux si lourds !

Enfin, prenant une profonde inspiration, elle pivota sur elle-même.

Al s'était installé sur le petit tabouret de sa table de toilette, que son large gabarit transforma aussitôt en meuble de poupée. Par chance, il n'avait pas choisi son lit. Johanne aurait été incapable de chasser cette image après le départ de son visiteur. S'asseyant sur l'extrême rebord de sa couche, elle s'aperçut qu'elle ne savait quoi faire de ses mains. Ce n'était probablement pas une bonne idée que de prendre place sur un élément du mobilier aussi suggestif. Elle finit par les croiser sur son giron, un peu comme une jeune vierge prête pour sa nuit de noces. Encore une image ridicule.

— Dites-moi tout, je vous prie, demanda-t-elle d'une voix qui manquait de fermeté.

Al eut un sourire triste.

— Vous me mettez dans une position bien délicate, Lady Johanne.

— Il me semblait que nous avions opté pour « Johanne », s'empressa-t-elle de le corriger.

Sa voix était ridiculement fluette et elle toussota maladroitement.

— Que faisiez-vous dehors si tard dans la soirée ? interrogea son interlocuteur sans relever son interruption.

Johanne se rebiffa.

— Je pourrais vous poser la même question, ce me semble.

— Non. Cette fois, c'est à moi de poser des questions.

Il n'y avait aucune menace dans la voix de Al, pas plus que dans l'expression de son regard. Mais son visage était fermé, presque dur. Elle n'avait pas le choix. Si elle voulait que la confiance reste de mise entre eux, elle devait répondre.

— Cela fait plusieurs nuits que j'ai du mal à trouver le sommeil. J'ai eu envie de descendre jusqu'à la mer, pour regarder la marée montante. Je m'apprêtais à emprunter le sentier de la crique quand j'ai entendu des voix. Deux hommes s'apprêtaient à emprunter le même chemin. J'ai pensé que c'était peut-être en relation avec mon voisin, le sieur Morcant, et je me suis cachée pour les observer. Et peu de temps après, je suis tombée sur vous…

Al se frotta le visage de ses deux paumes puis s'accouda à la petite table.

— Lady Johanne… Que pensez-vous du conflit entre la France et l'Angleterre ?

— Pourquoi me demandez-vous cela ?

— C'est important. Répondez-moi, je vous prie.

Elle haussa les épaules.

— Cette guerre est aussi inutile que néfaste. Des hommes vont mourir pour un morceau de terre sur lequel la grande majorité des Anglais ne mettra jamais le pied et qui ne leur rapportera jamais rien. Cette terre est sur le sol français, de l'autre côté du Channel, loin de tout… Je sais que ce point de vue n'est pas très populaire.

Le regard opaque de Al se posa sur le sol, à quelques pouces de ses propres pieds. Il prit une brève inspiration puis, levant la tête, plongea ses yeux dans ceux de Johanne. Elle s'essuya machinalement les mains sur sa jupe. Elle n'avait aucune raison d'être nerveuse et pourtant, sous ce regard aigu, elle sentait s'accélérer les battements de son cœur. Soudain, l'homme qu'elle avait devant elle était devenu un étranger.

— Soyons clairs, Lady Johanne… Aidez-vous des soldats français à pénétrer clandestinement sur la terre d'Angleterre afin d'aider le royaume de France à attaquer notre pays ?

Johanne eut l'impression de recevoir un coup en pleine poitrine. Bondissant sur ses pieds, elle s'apprêtait à marcher sur son interlocuteur quand tout se mit à tourner autour d'elle. Elle sentit un bras s'enrouler autour de sa taille pour la retenir.

— Johanne ! Là, doucement… Respirez !

Al la reconduisit vers le lit et, s'asseyant à ses côtés,

entreprit de lui masser le dos avec une vigueur qui n'avait rien de réconfortant. Elle se redressa et la main de Al retomba sur le matelas.

— Est-ce vraiment ce que vous pensez de moi ? Me croyez-vous capable d'une chose pareille ? Est-ce pour cela que vous êtes ici ? Oh ! mon Dieu ! s'exclama-t-elle en bondissant sur ses pieds. Gemel avait raison. Vous m'avez menti pendant tout ce temps. Va-t-on me… Vais-je être inculpée ?

Elle porta ses deux mains à sa gorge, avec l'horrible sensation qu'un nœud de corde la serrait déjà.

— Cineas… Mon fils… ajouta-t-elle dans un souffle. Que va-t-il devenir ?

— Johanne !

Levant les yeux, elle rencontra le regard froid de son interlocuteur.

— Johanne ! répéta-t-il. Répondez à ma question, je vous prie.

Elle s'immobilisa.

— Comment une telle idée a-t-elle pu vous venir à l'esprit ? Comment avez-vous pu me croire capable d'une telle forfaiture ?

Il opina du chef.

— Je ne crois rien de particulier. Je me renseigne.

— C'est pour ça que vous êtes ici, n'est-ce pas ? répéta-t-elle. Pour voir si je suis coupable de trahison.

Cela lui paraissait évident, maintenant. Comment avait-elle pu faire preuve d'une telle naïveté ? Pourquoi un homme comme Alewyn serait-il soudain tombé du ciel, à un jet de pierre de Brae, si ce n'était pour y accomplir une mission d'importance ? Et elle qui avait cru à une faveur de la fortune, un coup de chance comme elle n'aurait jamais osé l'espérer !

Comme elle avait pu se montrer si sotte, si peu perspicace !

— Oui, c'est pour ça que je suis ici.

— Êtes-vous un agent de la Couronne ?

— En quelque sorte. J'appartiens au corps des chevaliers du roi.

Le souffle coupé, Johanne se laissa de nouveau tomber sur le lit.

— Les chevaliers du roi, répéta-t-elle d'une voix blanche.

Sa tête lui tournait. Cette fois, c'en était trop. Les chevaliers du roi appartenaient à la légende. Pour autant qu'elle sache, ils n'étaient que quatre, mais, comme un corps de police parfaitement organisé, ils assuraient la sécurité du royaume d'une main de fer. Personne, absolument personne ne se serait hasardé à les défier à moins d'avoir perdu l'esprit, de désirer finir ses jours au bout d'une corde ou au fond d'un cul-de-basse-fosse. Et voilà que l'un de ses illustres représentants était là, dans sa chambre ! Elle l'avait laissé s'immiscer dans sa vie, avait partagé avec lui des moments rares et des confidences qui n'étaient jusqu'à présent jamais sorties de sa bouche. Décidément, Badon avait bien raison quand il la jugeait incapable de s'occuper de Castle Brae. Elle n'était qu'une pauvre femme stupide et crédule que n'importe qui pouvait manipuler à sa guise.

— Et lequel des quatre chevaliers êtes-vous ? chuchota-t-elle d'une voix rauque.

— Je ne vous ai pas menti en vous donnant mon prénom. Je suis Alewyn Monceaux.

Johanne ferma les yeux, le souffle coupé. Grand Dieu ! C'était de pire en pire. Les Monceaux étaient l'une des plus grandes familles du royaume. Si jamais ils parvenaient à persuader le roi qu'elle était coupable de trahison, alors son fils, Cineas, serait considéré comme coupable, lui aussi, et tout son héritage lui serait confisqué. Les Monceaux pourraient intégrer Brae à leur immense domaine et personne n'oserait y trouver à redire.

— Êtes-vous ici pour m'arrêter ? murmura-t-elle. Je vous jure que je ne suis coupable de rien. Je n'ai commis aucune faute. Mais, ajouta-t-elle dans un sanglot, je ne puis vous en fournir aucune preuve.

La main de Al frémit, comme s'il s'apprêtait à la poser sur la sienne. Mais il ne se passa rien. Johanne retint un soupir. Al avait beau être devenu son accusateur, le contact rassurant de ses grandes mains lui manquait douloureusement. Elle s'était habituée à leur chaleureuse étreinte. Quelle sotte elle faisait de s'en remettre ainsi à un parfait étranger !

— Pour l'heure, reprit-il enfin, j'aimerais que vous répondiez à quelques questions. Au risque de me répéter, contribuez-vous à introduire sur nos côtes des hommes d'armes venus de France et susceptibles de fomenter des complots contre le roi de l'intérieur ?

— Non, bien sûr que non ! protesta Johanne en se tordant les mains… Mais comment serais-je assez folle pour le reconnaître, de toute façon ? Et pourquoi me croiriez-vous ?

— Johanne, calmez-vous.

Un autre sanglot lui déchira la gorge.

— Jamais je ne…

— Johanne…

— Je…

Mon Dieu ! C'était un véritable cauchemar. Se remettant sur ses pieds, Johanne avança jusqu'au milieu de la pièce. Elle qui pensait que la vie serait bien plus simple après la disparition de Badon ! Au moins, de son vivant, c'était lui qui prenait les décisions. Bien sûr, elle détestait cela. Elle haïssait avoir si peu de contrôle sur sa vie. Mais maintenant que c'était elle qui incarnait l'autorité, elle n'avait réussi qu'à tout gâcher. À se compromettre avec tous ses gens sans même avoir compris ce qui se passait et de quelles puissances elle était le jouet. Elle avait dû sans le savoir prendre une décision qui l'avait menée à tout cela. À ce terrible engrenage qui la mettait maintenant dans le collimateur des forces de police du roi et la rendait passible de la peine de mort.

Et de la plus honteuse manière qui soit.

Pendue haut et court pour haute trahison. Et peut-être aussi, son corps mis en quartiers, comme pour les grands criminels d'État.

Grand Dieu ! Elle qui n'avait jamais songé qu'à faire prospérer son petit domaine… À y vivre heureuse avec son fils et ses gens.

Mais elle ne se laisserait pas faire. Pas sans se battre jusqu'au bout.

Johanne lança à son compagnon un regard de haine froide. Bien sûr, elle ne pouvait pas se battre avec lui physiquement. Mais elle trouverait le moyen de prouver son innocence. Il fallait seulement le convaincre de lui laisser un peu de temps.

— Johanne !

À s'agiter ainsi, elle commençait à lui faire peur. Il l'avait déjà vue choquée et confuse et ne voulait pas que cela se reproduise. Cette femme était une battante, une de ces femmes guerrières qu'on trouvait encore parfois au fin fond de l'Angleterre, descendante des anciens peuples, dont les femmes étaient capables de se battre comme un homme pour sauver leur famille et leurs biens.

— Johanne ! répéta-t-il avec force.

Ce dernier appel eut l'effet attendu. Cessant de tourner en rond, elle fondit sur lui d'un pas ferme, le regard flamboyant. Alewyn resta impassible. Elle n'apprécierait certainement pas de le voir sourire. Pourtant, il y avait en elle quelque chose qui l'émouvait jusqu'au tréfonds de lui-même. Ainsi déchaînée, les yeux étincelants, sa crinière auburn s'agitant sur ses épaules comme autant de serpents, la dame de Brae offrait un spectacle magnifique. Il aimait qu'elle se croie capable de le vaincre, qu'elle n'ait pas hésité un instant à l'affronter malgré la différence de taille.

Le pouls d'Alewyn s'accéléra. Il dut se retenir pour ne pas la saisir au vol et la serrer dans ses bras.

— Vous m'avez menti ! Tout n'était-il donc que mensonge et forfaiture ?

Son interlocutrice fit un grand geste vague, comme pour englober tout ce qui s'était passé entre eux.

— Non, pas tout.

Les yeux bleus de Johanne lancèrent de nouveaux éclairs.

— Quoi, alors ? Sur quoi exactement m'avez-vous menti ?

— Je ne vous ai menti que quand je ne pouvais faire autrement. Tout ce qui concerne le plan de Morcant pour assiéger le château, tous mes efforts pour vous aider à vous défendre… Tout cela était vrai.

Elle eut un long soupir tremblant. De rage ou de désarroi ?

— Et que faisiez-vous sur le chemin, le jour où Gemel et moi vous avons trouvé ? Cela vous est-il revenu ?

— Cela, je ne le sais pas encore. Comme je vous l'ai déjà dit, la nuit, j'ai parfois quelques éclairs de mémoire. Les détails sont de plus en plus précis. Ce jour-là, dans la forêt, il y a eu un orage d'une rare violence… J'ai été projeté à bas de mon cheval. La pauvre bête hennissait désespérément.

Il frissonna. Pauvre Fleur ! Pourvu qu'elle soit saine et sauve. Cela faisait longtemps qu'ils se connaissaient, tous les deux. Et ils s'étaient pris d'une réciproque affection.

— J'ai l'impression qu'il y avait du monde autour de moi. Mon premier contact avec des gens depuis des heures… Il y a eu des cris, des hommes qui couraient, semble-t-il. Mais je ne comprends toujours pas ce qui s'est passé… Pourquoi j'ai perdu connaissance. S'il y a eu lutte, je ne parviens pas à croire que j'ai pu être défait. Cela ne m'est jamais arrivé depuis que j'ai atteint l'âge adulte.

Il essaya de sourire mais Johanne n'eut pas l'air ému le moins du monde. Alors il reprit :

— Au fil des jours, je me suis persuadé que vous ne pouviez être coupable.

Cette fois, elle parut se détendre mais elle le lorgnait toujours d'un œil furibond.

— Vous pourriez peut-être commencer par m'expliquer pourquoi vous m'avez soupçonnée, moi plus que tout autre ? Je ne suis pas seule à habiter sur cette côte, ce me semble ? Et Brae est perdu au milieu de nulle part, contrairement à la plupart de nos voisins dont les domaines sont accessibles par la voie romaine.

Se penchant en avant, Al appuya ses deux coudes sur ses genoux.

— Je ne crois pas que vous soyez coupable, répéta-t-il en se passant nerveusement la main sur le visage, mais… il se trouve que nous avons surpris plusieurs Français en train de rôder autour de Windsor. Interrogés dans les formes, et sans violence particulière, ils nous ont révélé qu'ils étaient entrés en Angleterre par la côte sud. L'un d'eux nous a précisé qu'il était arrivé par une petite crique appartenant au château de Brae. Cela nous a paru suffisant pour lancer une enquête à votre encontre.

La bouche de Johanne s'ouvrit puis se referma. Elle se mit à tourner dans la pièce, laissant au passage glisser ses doigts sur la tapisserie qui recouvrait la totalité du mur du fond. Une belle tapisserie millefleurs[1] peuplée d'animaux

1. Particulièrement à la mode en France et dans les Pays-Bas au Moyen Âge, ces tapisseries étaient aussi appelées « à semis » ou « verdures » et servaient à couvrir les murs pour protéger du froid.

de la forêt. Un des rares objets précieux, quoique usagés, du château, probablement.

Al attendit un instant qu'elle reprenne la parole puis, comme rien ne venait, il poursuivit :

— C'est Benedictus, le chef des chevaliers du roi, et mon frère aîné par la même occasion qui m'a envoyé ici. Il souhaitait que je vérifie les faits avant de dépêcher un régiment. Nous ne voulions pas prendre le risque de nous tromper et de mettre ainsi la puce à l'oreille aux coupables.

Alewyn avait beau savoir qu'il n'aurait jamais dû révéler tout cela à la châtelaine de Castle Brae, maintenant que c'était fait, il se sentait allégé d'un grand poids. Il était heureux d'avoir pu libérer sa conscience et de voir leurs relations enfin établies sur la vérité.

Cela lui paraissait même nécessaire, en quelque sorte. Comme s'il s'était mis à croire à un quelconque avenir de leurs relations.

— Qu'est-ce qui vous fait penser que je ne suis pas coupable ?

Il se leva à son tour.

— Vous ne mettriez pas Brae et ses habitants en danger en commettant une trahison. Surtout à cette échelle. Et surtout, vous ne mettriez pas en danger votre fils.

Johanne hocha la tête et la colère reflua en elle comme une marée qui se retire. Alewyn, de nouveau, se retint de la prendre dans ses bras. Hier, son réconfort aurait pu être bien accueilli mais maintenant… Il était probablement la dernière personne dont elle eut désiré le contact.

Elle s'entoura de ses bras, se mordillant nerveusement les lèvres.

— Si ce n'est pas moi… alors, qui cela peut-il être ?

Jamais Alewyn ne s'était senti aussi impuissant.

— Je ne sais pas, mais je vais tout faire pour le découvrir.

Sir Benedictus exigera des preuves, évidemment. Il ne se contentera pas de ma parole.

Et tel était le fil conducteur de la mission qu'on lui avait confiée. La ligne de conduite qu'il s'était imposée. Il n'était pas là seulement pour découvrir la vérité mais pour montrer qu'il était capable de mener une enquête de A jusqu'à Z comme ses amis et confrères.

— Si je lui dis, reprit-il, que je n'ai pour seule preuve de votre innocence que mon intime conviction, je connais assez mon frère pour savoir qu'il s'empressera de se jeter sur la plus mauvaise des conclusions. À savoir que j'ai succombé à vos charmes et que je ne suis plus bon à rien. Ce qui est bien la pire des choses qui puisse m'arriver…

— Oh !

Voyant les joues de Johanne s'empourprer violemment, Alewyn réalisa ce qu'il venait de dire et ce que cela sous-entendait. Et, à sa grande confusion, il rougit à son tour.

— C'est-à-dire que… Vous êtes une très jolie femme, à l'évidence, mais ce n'est pas la raison pour laquelle je vous juge innocente, naturellement… Je veux dire que… Je ne suis pas un très bon espion, ajouta-t-il de plus en plus gêné. Mes atouts sont surtout physiques (de plus en plus rouge). Je veux dire que je peux vaincre à peu près n'importe qui en combat singulier. Ce n'est pas un talent très utile à la Cour, où les duels sont très surveillés. Mais pour servir à la sécurité du roi, par contre… Il se trouve que mes confrères chevaliers étaient occupés à d'autres missions. C'est pourquoi je suis là…

Il s'était mis à arpenter la pièce à son tour, incapable, malgré l'envie qu'il en avait, de s'arrêter de parler.

— Je veux coopérer.

Les mots prononcés par Johanne d'une voix forte l'arrêtèrent net.

— Je vous demande pardon ?

— Je veux laver mon nom de tout soupçon.

Elle était revenue au centre de la pièce pour se planter devant lui. Si près qu'Alewyn aurait pu la prendre dans ses bras. La tentation était presque irrésistible. Il ne l'avait pas serrée contre sa poitrine depuis leur fuite de la place forte de Morcant, ce fameux soir où il avait failli l'embrasser. C'est seulement le fait qu'il était parfaitement conscient de lui mentir qui l'avait retenu. Il ne voulait pas avoir l'air de faire partie de ceux qui trompent et manipulent tout en profitant de la situation. Et maintenant que la vérité était là, entre eux, comme un une sentence glacée, les choses ne paraissaient pourtant pas plus faciles.

— Je vous comprends très bien, Johanne. Mais vous devez surtout vous occuper de consolider les défenses de Castle Brae. Je ne laisserai pas Benedictus vous arrêter sans preuve, je vous le jure.

Par quel moyen il respecterait sa promesse, c'était un mystère, mais il le ferait, dût-il se battre contre son propre frère.

Alewyn resta un instant songeur. En était-il vraiment arrivé-là ? Il jeta un coup d'œil à son interlocutrice, dont les boucles de cuivre brillaient à la flamme du chandelier. Oui, inutile de le nier. Si Benedictus refusait d'entendre raison, Alewyn était prêt à le provoquer en duel pour sauver la dame de Brae. Il affronterait l'armée anglaise tout entière s'il le fallait pour éviter à Johanne de pourrir dans l'un des sinistres cachots du roi Édouard. Il se massa les tempes de ses deux paumes. Que lui arrivait-il ? Provoquer son frère, le chef des chevaliers du roi, qui plus est, ce serait réduire à néant tous ses efforts.

Et pourtant, comment faire autrement ?

Johanne hocha la tête, apparemment inconsciente du dilemme qui le déchirait.

— Oui, bien sûr, je vais continuer à préparer Brae contre

l'éventualité d'un siège. Mais mon devoir est aussi de vous aider à révéler la vérité au grand jour. Si je parvenais à sauver Brae des entreprises de Morcant pour finir pendue au bout d'une corde, Castle Brae retomberait dans les mains de Morcant et tous mes efforts auraient été vains.

Tout en parlant, Johanne s'était rapprochée. Ils n'étaient plus maintenant qu'à un doigt l'un de l'autre. Cherchait-elle inconsciemment le réconfort qu'il mourait d'envie de lui apporter ? D'un geste lent, d'une grande douceur, il effleura le dos de sa main. Elle l'ouvrit comme s'ouvre une fleur sous la caresse du soleil et leurs doigts s'enlacèrent. Il crut un bref instant que Johanne allait s'abandonner contre lui, mais elle se ressaisit brusquement et, relâchant son étreinte, reprit sa place à l'extrême bord de la couche.

Puis, l'air sévère, elle croisa les bras, le regard lointain, lui signifiant ainsi qu'il n'était pas question qu'il la rejoigne.

Reprenant place sur l'escabelle placée devant la table de toilette, Alewyn se mit à observer le beau visage caressé par la lueur des flammes. Johanne avait-elle conscience de la manière dont son expression changeait tandis qu'elle se livrait à ses réflexions ? Décidément, elle ne ferait pas un bon espion. On pouvait lire en elle comme à livre ouvert. Pour l'heure, elle venait tout juste d'arriver à une conclusion, plutôt positive à en croire l'ombre du sourire qui jouait sur ses lèvres.

— Ce ne peut être que Morcant ! décréta-t-elle enfin, en se redressant, l'œil brillant. C'est pour ça qu'il tient tant à me prendre Brae. Cela lui donnerait un accès direct à la côte et…

Elle s'interrompit d'elle-même.

— Mais il a déjà un accès à la côte, n'est-ce pas ? compléta Alewyn pour elle. Et de chez lui, il est plus près des côtes françaises que vous.

Les soupçons d'Alewyn s'étaient déjà portés sur Morcant,

mais il y avait renoncé pour plusieurs raisons, bien qu'il eût adoré voir ce triste individu se balancer au bout d'une corde tant cela aurait réglé de problèmes.

Il vit la lueur d'espoir qui éclairait le regard de Johanne s'éteindre d'un seul coup.

— Oui, c'est vrai… Mais s'il n'est pas coupable, s'il ne complote pas contre le roi Édouard, pourquoi tient-il tant à faire de moi sa femme ?

— Parçe que c'est un homme cupide. En adjoignant Brae à ses propres terres, il commanderait une large bande de la côte sud. C'est toujours intéressant pour faire du commerce maritime, ou négocier un droit de passage. Sans compter que…

La voix d'Alewyn s'éteignit et il sentit de nouveau le rouge lui monter aux joues. Johanne lui avait fait clairement comprendre qu'il ne l'intéressait pas. Alors, pourquoi hésiter à lui suggérer que si Morcant tenait tant à l'épouser, c'était peut-être aussi pour l'avoir à sa disposition dans son lit ?

À l'idée d'une vie entière dans le lit de Johanne, Al sentit son bas-ventre s'émouvoir. Il grinça des dents. Non, ce n'était vraiment pas le moment de penser à ça.

— Sans compter que… ? insista Johanne.

— Non, rien. Rien du tout.

Il avait répondu avec plus de rudesse qu'il n'en avait l'intention, et le regretta aussitôt en voyant le beau visage de Johanne se rembrunir.

Une bûche tomba dans les cendres faisant jaillir un bouquet d'étincelles. Se retournant d'un même mouvement, ils contemplèrent un instant les flammes.

— Il se pourrait que ce soit Yonescu, murmura enfin Alewyn.

Elle se tourna vivement.

— Non. Pas lui. Ce n'est pas possible.

Il remua sur son tabouret.

— Et pourquoi pas ?

— Parce que c'est mon allié. Il m'a toujours soutenue, depuis le début.

Alewyn avait cité le nom de Yonescu un peu au hasard, pour rompre la tension qui s'était établie dans la pièce. Mais plus il y pensait, plus cela lui paraissait une hypothèse crédible.

— Écoutez d'abord mes arguments avant de tout rejeter, insista-t-il.

Elle croisa les bras avec un soupir.

— Je vous écoute.

Alewyn se frotta longuement les yeux. Depuis combien de temps n'avait-il pas joui d'une bonne nuit de sommeil ? Et Lady Johanne aussi, la pauvre femme. Elle avait le visage pâle et ses grands yeux bleus étaient affreusement cernés. Il aurait préféré aller se coucher, la laisser prendre du repos. Elle n'était pas en état de lui accorder une oreille favorable, de toute façon.

— Premièrement, la maison forte de Yonescu ne se situe pas sur la côte.

Elle opina du chef et il respira plus librement. Voilà au moins un point sur lequel ils étaient d'accord.

— Deuxièmement, il y a eu cette attaque contre vous dans la forêt.

— Mais c'est Morcant qui en est à l'origine. Je pensais que nous étions d'accord là-dessus !

— Quelqu'un a mentionné le nom de Morcant, en effet. Vous ne trouvez pas cela étrange ?

Son interlocutrice, cette fois, ne fit pas mine d'acquiescer, mais elle le dévisageait attentivement.

— Souvenez-vous, reprit Alewyn. Quand nous avons pénétré incognito dans le château de Morcant, nous avons tout fait pour passer inaperçus, n'est-ce pas ? Vos attaquants auraient fait certainement la même chose. S'ils travaillaient vraiment pour Morcant, ils auraient tout fait pour que son nom reste caché. Que quelqu'un l'ait mentionné me semble tout à fait improbable.

Elle décroisa les bras.

— Continuez.

— Du reste, comment Morcant aurait-il pu savoir que vous passiez par-là ?

Johanne ouvrit la bouche, comme pour répondre, puis la referma.

— Lui, Morcant, ne pouvait pas le savoir, mais Yonescu oui, poursuivit Alewyn, de plus en plus sûr de lui. C'est Yonescu qui vous a recommandé ce maçon dont vous m'avez parlé. C'est Yonescu encore qui vous a indiqué le lieu et le jour de rendez-vous avec lui.

Il commençait à croire vraiment à sa théorie. Il se demandait même pourquoi il n'y avait pas pensé plus tôt.

— C'est exact… Mais si Yonescu a un espion parmi les gens de Morcant, la réciproque est probablement vraie.

Alewyn réfléchit un instant.

— Oui, mais si Morcant a un espion chez Yonescu, il était encore plus important pour lui que personne ne mentionne son nom pendant l'attaque dont vous auriez été victime. Réfléchissez une minute. C'est Yonescu en personne qui est venu vous avertir de l'attaque que préparait Morcant contre Brae Castle.

— Attaque dont nous avons vu de nos propres yeux les préparatifs. Ce qui nous a permis de nous y préparer au lieu d'être pris par surprise.

— Oui. Et pendant que Morcant assiégera votre château, ce qui peut durer des mois, personne ne s'occupera de ce qui se passe sur la côte. Et en particulier sur la crique qui dessert Brae. Si nous pouvions retourner chez Morcant pour enquêter, ce qui est évidemment impossible, nous découvririons peut-être que Yonescu est allé raconter la même histoire à Morcant. Je donnerais ma main à couper que Morcant considère son voisin immédiat comme son meilleur allié.

Se levant d'un bond, Johanne se rapprocha de nouveau du foyer. Elle choisit une bûche dans le panier placé à proximité et la lança dans les flammes qui commençaient à s'éteindre.

— C'est possible mais… Qu'aurait-il bien pu raconter à Morcant ?

— Là encore, ce ne sont que des suppositions, mais je l'imagine fort bien suggérant à Morcant que mon apparition dans le jeu pouvait être une menace. Vous-même êtes trop occupée sur le domaine pour remarquer ce qui se passe sur la plage mais un mari pourrait se montrer plus curieux. Il descendrait sur le rivage, ne serait-ce que pour voir ce qu'il est possible d'en tirer. Barques de pêche ou transport de marchandises, tout est bon à prendre pour faire rentrer un peu d'argent, n'est-ce pas ?

Johanne tisonnait les braises sans répondre. Elle finit par relever la tête.

— À moins que nous soyons tous occupés ici par un siège.

— Exactement.

— Si Yonescu ne m'avait pas mise en garde, je n'aurais entamé aucun préparatif, évidemment… Brae, avec ses murailles percées de trous béants et son manque d'hommes forts, est une proie sans défense… Nous n'aurions pas tenu plus de quelques jours. Mais grâce à vous…

— Disons, grâce à mon métier. Je sais me battre et je sais comment assurer la défense d'une place forte. Si nous étions attaqués, le siège durerait plusieurs semaines.

Johanne se laissa tomber sur la peau de renard étendue devant la cheminée.

— Et pendant ce temps-là, nous ne nous occuperions

pas de ce qui se passe ailleurs… Mais ce n'est qu'une hypothèse.

— Oui. Mais admettez qu'elle est très vraisemblable.

Rassemblant ses genoux sous elle, elle les enserra dans ses bras.

— Oui, en effet… Au début de mon mariage, je n'aimais pas beaucoup Yonescu. Je le trouvais faux. Hypocrite. C'est seulement après la disparition de Badon que j'ai commencé à changer d'avis. Il se montrait de plus en plus serviable, me faisant parvenir du gibier, des produits de son domaine, s'inquiétant de ma santé et de celle de Cineas, de celle de mes gens sans se montrer jamais envahissant… J'aurais dû me fier à mon instinct.

— Gardons à l'esprit que ce n'est peut-être pas Yonescu le coupable. Il nous faut d'abord des preuves. S'il apparaît qu'il est à l'origine de ce complot contre la Couronne et le pays, ne vous en veuillez pas de ne pas l'avoir deviné plus tôt. Yonescu a essayé de vous manipuler au moment où vous étiez particulièrement vulnérable.

Johanne leva brusquement la tête et leurs yeux se rencontrèrent. Le message était évident. En quoi Alewyn avait-il agi différemment de ce qu'avait fait Yonescu lui-même ? Depuis qu'il était arrivé à Castle Brae, n'avait-il pas essayé de la manipuler lui aussi ?

Alewyn se mit à étudier ses mains qu'il déplia et replia avec lenteur.

— J'ai été de votre côté dès mon arrivée ici, même si je n'ai pas toujours pu le montrer.

Elle ne répondit rien et son cœur se serra. Il avait agi pour le mieux, sans trahir son serment de chevalier tout en aidant Johanne à assurer les défenses de son château. Et pourtant, il avait déçu la jeune femme. Pire encore, il l'avait blessée.

Bah ! Qu'importait l'opinion de la châtelaine de Castle

Brae, après tout ? Il serait sorti de sa vie dans quelques semaines et leurs chemins n'auraient probablement aucune chance de se croiser de nouveau. Il irait en France se battre pour le roi Édouard avant la fin de l'année tandis qu'elle resterait enfermée à Brae, tenant à distance tous ses prétendants et prenant soin de son fils, de ses gens et de ses terres.

Et pourtant, cela lui importait beaucoup. Il tenait à ce que la dame de Brae ait une bonne opinion de lui.

Allez savoir pourquoi.

Johanne regardait sans pouvoir les décrypter la myriade d'émotions qui jouait sur le visage de son compagnon.

Al.

Ce n'était pas tout à fait son prénom. Seulement la partie qu'il avait bien voulu partager avec elle. Et cependant, bien qu'elle connût maintenant sa véritable identité, elle ne pouvait se résoudre à l'appeler Sir Alewyn.

Des étincelles crépitèrent, jetant des lueurs sur le visage de son vis-à-vis. Un visage qui lui était maintenant aussi familier que celui de son fils ! En quelques semaines à peine, Al était devenu son ami et son allié. Elle avait fini par penser à lui comme à la seule personne qu'elle connaissait vraiment et à qui elle pouvait faire confiance.

Et tout cela n'était qu'un vaste mensonge. Une comédie pour mieux la tromper. L'homme qu'elle avait devant elle, dans sa chambre, était un homme de Cour, Sir Alewyn Monceaux, chevalier du roi et confident de Sa Majesté. Un homme si au-dessus de sa propre condition, à elle, pauvre veuve régissant un modeste domaine, qu'il aurait pu tout aussi bien venir de la Lune.

À quoi bon ces regrets qui lui étreignaient la poitrine d'une main cruelle ? Il y a deux mois, il était encore un parfait inconnu pour elle et d'ici la fin de l'hiver, il aurait disparu à jamais de sa vie.

Alors, à quoi bon lui reprocher ses mensonges.

Et surtout, à quoi bon espérer ?

Johanne devait s'en tenir à ses plans initiaux, ceux qui lui étaient venus spontanément à l'esprit juste après qu'elle l'eut trouvé sur le chemin. Se servir de la force physique de cet homme pour l'aider à consolider Brae et de son intelligence pour résoudre dans la mesure du possible ses relations conflictuelles avec ses voisins. Ensuite, il fallait le laisser repartir. Elle ne pouvait le garder ici, même si elle le souhaitait. Il appartenait au roi, pas à elle.

— Et comment ferons-nous pour prouver la culpabilité de Yonescu et donc mon innocence ?

De nouveau, il lui lança ce regard scrutateur.

— C'est justement là où le bât blesse…

Al paraissait pour une fois si désemparé qu'elle en fut bouleversée. Mais elle s'imposa de rester impassible. Il ne fallait pas qu'il devine les émotions qu'il suscitait en elle. Pas question qu'il connaisse ses sentiments. Ni même qu'il perçoive la sympathie qu'il pouvait lui inspirer, en dehors d'un attrait physique auquel elle avait du mal à résister. C'était une question d'amour-propre. D'honneur, même.

— Quand j'ai surpris leur conversation, les hommes qui remontaient de la crique parlaient de vent contraire et de pleine lune.

— Pour quand est-ce ? Je veux dire… la pleine lune ?

— Cette nuit, c'est la nouvelle lune. Il faudra donc attendre encore deux semaines pour une nuit de pleine lune.

Il hocha la tête.

— Ils préféreront intervenir dans le noir. Donc, à la nouvelle lune, comme cette nuit. Mais ce soir, il y avait pas mal de vent, ce qui rendait difficile d'accoster avec une petite embarcation. Ils feront probablement une nouvelle tentative demain… Je monterai la garde, au cas où.

— *Nous* monterons la garde.

Al la regarda fixement une longue minute mais Johanne tint bon. Pas question de revenir sur sa décision.

Ce fut lui qui, le premier, rompit le silence.

— C'est trop dangereux.

— Plus dangereux que de nous introduire dans une place forte ennemie ?

— Non, bien sûr. Mais…

La voix de Johanne monta d'un ton.

— Plus dangereux que de subir un siège ?

— Non, évidemment, mais…

— Plus dangereux que de vivre des années aux côtés d'un homme imprévisible et violent ?

Al se figea.

— Votre mari se comportait de manière violente avec vous ?

— Pas quotidiennement. Mais je ne pouvais pas prévoir son humeur du jour… Inutile de prendre cet air furibond. Il n'est pas rare, de nos jours, de voir un homme battre sa femme.

Al serra les poings.

— Cela ne devrait pas être permis.

— Heureuse de vous l'entendre dire. Nous voici d'accord au moins sur un point… Mais, pour moi, cela n'a plus d'importance. Je n'ai pas l'intention de me remarier. Et ce n'est pas la première fois que j'affronterai le danger. Brae Castle est mon domaine et j'ai bien l'intention de le défendre.

— Vous en remettre un peu à autrui ne saurait vous faire du mal. Vous avez beau dire, il y a des tâches qu'une femme seule ne peut assumer.

— Belle évidence ! Si Dieu veut que je rencontre quelqu'un à qui je peux vraiment faire confiance, je ne manquerai pas de m'en souvenir.

Al eut un tel mouvement de recul, comme s'il avait

reçu un coup de poing en pleine poitrine, que le cœur de Johanne manqua un battement.

— Merci, émit-il enfin d'une voix lente. J'ai mérité cela, je suppose. Nous mettrons donc au point ensemble notre plan d'action pour demain. Maintenant, il faut prendre un peu de repos.

Il se leva et se dirigea vers la porte. Johanne mourait d'envie de le retenir, de lui dire que, d'emblée, elle lui avait fait confiance dès le premier jour. Mais elle se retint. Elle avait naïvement gobé tout ce que Al avait dit et, bien qu'il lui ait montré à plusieurs reprises qu'elle pouvait compter sur lui, elle ne pouvait oublier qu'il lui avait menti. Au moins une fois et de manière indéniable. Sur son identité, d'abord, et sur les motifs qui l'avaient conduit chez elle. Depuis son mariage avec Badon, elle avait appris à protéger son cœur et elle continuerait à faire de la sorte aussi longtemps que nécessaire.

Sa position lui interdisait d'être une femme manipulable et émotive.

La porte se referma doucement derrière son visiteur sans qu'aucune autre parole ne soit échangée.

Chapitre 11

Johanne frappa doucement et la porte de Al s'ouvrit aussitôt. Il devait attendre à proximité, fin prêt. Ses épaules occupaient toute la largeur de l'embrasure et, de nouveau, Johanne dut se retenir de poser ses mains sur les beaux bras aux muscles saillants. Elle prit une brève inspiration. La journée lui avait semblé bien longue jusqu'à la nuit et maintenant que l'heure était venue, elle sentait ses genoux trembler sous elle. Ce soir, la partie qui l'attendait ressemblait à un jeu de pile ou face dont dépendaient sa vie et l'avenir de son château. Mais surtout, et pour l'heure, c'était presque le plus important, elle allait passer plusieurs heures dans une intimité totale avec Alewyn. Probablement la plus grande partie de la nuit. C'était la première fois depuis qu'il lui avait révélé la vérité sur son identité et les raisons de sa présence chez elle.

De quoi diable allaient-ils parler ?

Al toussota poliment et, réalisant qu'elle le dévisageait depuis un moment, elle sentit ses joues s'empourprer. Elle s'écarta aussitôt pour le laisser passer.

— On a peut-être eu tort de reboucher ce trou dans le rempart aujourd'hui, déclara-t-elle tandis qu'ils traversaient la cour. Cela m'aurait beaucoup amusée de vous voir procéder de nouveau à votre petite gymnastique.

Les lèvres d'Alewyn s'arquèrent dans son habituel

demi-sourire et elle se détourna, refusant de se laisser prendre une fois encore au charme de son compagnon.

— Je devrais trouver sans peine un autre moyen de me mettre dans une situation ridicule, ne serait-ce que pour vous distraire, rétorqua-t-il, mi-figue, mi-raisin.

Johanne sourit, toujours sans le regarder. Qu'il ne s'imagine surtout pas qu'elle lui avait pardonné son imposture, même si, tout au fond de son cœur, il n'y avait plus la moindre amertume. En y réfléchissant, elle avait eu le temps de s'apercevoir qu'Alewyn Monceaux n'avait guère eu le choix.

Il était un émissaire du roi chargé d'enquêter sur la faute qui lui était imputée et il ne faisait que son devoir. S'il lui avait révélé les raisons de sa venue à Castle Brae, il aurait trahi son roi et sa confiance. Un chevalier prêtait serment à son monarque pour sa vie entière et s'engageait à la plus grande loyauté. Et il fallait bien mettre au crédit de Al, à sa noblesse de caractère, qu'il avait mené scrupuleusement à bien sa tâche d'enquêteur tout en apportant à Johanne toute l'aide nécessaire pour préparer les défenses de Brae. Et cela, rien ne l'obligeait à le faire. Il aurait pu tout aussi bien prendre congé dès qu'il avait acquis la conviction que la châtelaine de Brae était innocente.

— J'ai demandé à l'homme de garde de nous attendre avant de refermer le pont-levis. Juste un petit exercice, prétendit Johanne.

Al hocha la tête.

— Parfait. À partir de demain, nous mettrons en place le système de quart pour la surveillance des remparts. Nos nouveaux vigiles sont prêts. Trois hommes par quart ne seront pas de trop…

Johanne l'interrompit.

— Combien de nos volontaires vous semblent-ils capables de veiller toute une nuit ? Les Saxons, la panse alourdie par la bière s'endormiront dans le quart d'heure. Quant à Jon… je ne crois pas qu'il tiendra beaucoup plus longtemps.

Johanne ravala le rire sans joie qui lui montait aux lèvres en imaginant le plus vieux représentant des hommes d'armes de Brae, vieux déjà du temps de son défunt mari, en train de ronfler bruyamment dans la tour de guet tandis que les hommes d'armes de Morcant approchaient du château.

La petite troupe dépareillée comprenait des individus soit trop jeunes, soit trop âgés et à peine équipés pour se battre. Elle avait donné à tous, un par un et en privé, le choix de participer à la défense du château ou de partir.

Aucun d'entre eux ne s'était défaussé. Depuis, sous l'égide de Al, le vieux château s'était transformé en une ruche bourdonnante afin de se préparer au siège.

— Honnêtement, j'en suis encore tout étonnée, remarqua-t-elle à voix haute.

— Qu'est-ce qui vous étonne ?

Cette fois, Johanne regarda franchement son interlocuteur.

— J'étais convaincue que Brae serait déserté aussitôt que la nouvelle du siège aurait atteint toutes les oreilles, mais au contraire, non seulement tous nos gens sont restés mais d'autres encore nous ont ralliés.

— C'est à vous que vous le devez.

— Je n'ai contraint personne ! protesta-t-elle vivement.

Encore ce demi-sourire qui la faisait défaillir.

— Ce n'est pas ce que j'ai dit. Si vos gens sont restés, c'est grâce à l'atmosphère de solidarité et de bonne entente, que vous avez su créer à Brae. C'est leur manière à eux de vous remercier et de vous manifester leur loyauté.

— Je ne suis pas certaine de désirer vraiment cela. L'éventualité que mes gens meurent pour moi me fait horreur.

— Ce ne sera pas vous la responsable mais Morcant.

Johanne pâlit. Elle réalisait brusquement que des êtres humains allaient mourir pour elle. Des hommes dont elle connaissait le visage, qu'elle saluait tous les jours dans la cour. Des femmes et des enfants, peut-être…

Aux petites heures de l'aube, lasse de se tourner et se retourner dans son lit, Johanne avait été jusqu'à envisager la perspective d'épouser Morcant. Après tout, se sacrifier pour le bonheur des siens et le salut de son fils n'était pas trop cher payé. Mais à la lueur du jour, elle avait vu les choses sous un angle différent. Bien sûr, cette promesse de mariage éviterait un bain de sang. La menace d'un siège s'évanouirait… Mais alors, commencerait une vie commune sous la loi sanguinaire de son voisin. Sa soif de violence était connue dans toute la région. La vie sous le joug de cet homme ne serait bonne ni pour elle ni pour les habitants de Brae. Ses gens mourraient d'une manière ou d'une autre. Par la violence ou sous le poids de la misère et de l'esclavage.

Johanne soupira si fort que Al se tourna vers elle, inquiet. Mais elle secoua la tête, peu désireuse de s'expliquer, et ils passèrent le pont-levis sans mot dire. À chaque jour suffit sa peine.

— Où avez-vous prévu notre cachette ?

Al était sorti dans la journée pour chercher un repaire d'où ils pourraient espionner le chemin qui menait à la crique. Si les hommes revenaient, ils ne pourraient pas les manquer.

— Par-là, en contrebas.

La prenant par le coude, il lui fit quitter le chemin principal pour emprunter une sente presque invisible sous les ronces et les genêts. Johanne le suivit, les mollets griffés par les épines et les chevilles emprisonnées par les longs serpents des ronces.

— Attendez… La pente est très forte, par ici. Laissez-moi…

Il sauta par-dessus un talus et, se retournant, lui tendit les bras.

Johanne hésita. La nuit dernière, leurs deux corps s'étaient touchés pour la première fois depuis plusieurs jours. Il avait à peine effleuré le dos de sa main et, dans un moment de faiblesse, elle avait enlacé ses doigts aux siens. La peau de Al, tiède et douce, lui avait procuré un confort immédiat. Mais, se rappelant qu'il lui avait menti, elle l'avait relâché, regrettant aussitôt l'expression blessée de son regard.

Al gardait la main tendue sans la quitter des yeux et, lentement, très lentement, elle la saisit. La paume de son compagnon était chaude et sa poigne solide tandis qu'elle se refermait sur la sienne. Johanne franchit à son tour le talus, dans une sorte de brouillard, quasi inconsciente de ce qui les entourait. Seuls ne comptaient plus que ces deux mains nouées et le regard de braise qui la transperçait. La main gauche de Al lui prit la taille. Une fraction de seconde plus tard, elle se sentait soulevée de terre puis reposée doucement à côté de son compagnon. Dès qu'elle eut retrouvé son équilibre, il relâcha son étreinte, laissant à Johanne une étrange impression d'inachevé.

— Ce n'est plus très loin, chuchota-t-il.

Et, tournant les talons, il se remit en marche, apparemment complètement indifférent à ce qui venait de se passer. Le cœur battant comme si elle avait couru à perdre haleine, Johanne lui emboîta le pas. Évidemment. C'était un Monceaux. Partout où il allait, les femmes devaient se traîner à ses pieds, rêvant de pouvoir entrer dans l'une des plus grandes familles du royaume.

Ou tout du moins dans son lit…

Bon, pour être tout à fait juste, se reprit Johanne, Al, le Al qu'elle connaissait avait aussi pour lui son charme et sa prestance. Il n'avait pas besoin du prestige de son patronyme pour crouler sous les hommages féminins. Il lui avait manifesté un certain intérêt, mais c'était avant de lui révéler sa véritable identité.

Ses regards appuyés, ses effleurements faisaient-ils partie de son plan ? Espérait-il ainsi parvenir plus vite à ses fins ? Démontrer sans tarder la culpabilité de la dame de Brae pour s'en retourner chez lui couvert de gloire ?

Johanne secoua la tête. Non, elle n'y croyait pas. L'intérêt qu'elle avait lu dans ses yeux, le désir même n'étaient pas feints. Bien sûr, elle pouvait lui céder car elle le désirait autant qu'il la désirait lui-même. Elle n'était pas obligée d'engager son cœur. Elle n'aimait et n'aimerait jamais qu'un seul être. Son fils. Quand Al s'en irait, tout irait bien. Elle n'aurait pas une pensée pour la douceur de son regard posé sur elle, parfois, quand il ne se savait pas regardé. Ni pour la manière dont son grand corps, à la fois élégant et puissant, se déplaçait.

— Nous y voilà.

— Où ?

Johanne regarda autour d'elle. Ils étaient tout près de la plage, maintenant, juste avant la rangée de rochers qui la bordait.

— C'est là, juste en dessous.

Il désignait du doigt une crevasse noire qui s'ouvrait au flanc de la blancheur de la roche.

— Encore une fissure dans la pierre ! J'espère que cette fois…

Al eut un rire bas.

— Cette fois, j'ai rendu l'endroit un peu plus praticable. Je vais grimper là-dedans le premier puis je vous aiderai.

Il se faufila avec aisance dans l'ouverture et disparut. Plus un bruit. Le ciel était sombre et sans lune, comme prévu, et on n'entendait plus que le bruit du ressac sur la plage.

Si Johanne n'avait pas vu de ses yeux son compagnon se faufiler entre les pierres, elle aurait cru être seule au monde.

S'agenouillant, elle explora l'entrée de la cavité, un peu inquiète.

— Al ?

— Par ici…

La chaleur des doigts de Al caressa encore une fois le dos de sa main. S'emparant de son poignet, elle se laissa tirer à l'intérieur.

— Attention à votre tête.

Elle avait failli heurter une excroissance rocheuse qui faisait saillie au-dessus de l'entrée de leur cachette.

— Pas d'antichambre pour madame, murmura Al avec un petit rire. Je crains que vous ne deviez prendre place à côté de moi.

Johanne se faufila dans l'étroit orifice avec l'impression inattendue de vivre une seconde naissance. En anticipant cette nuit de veille, elle avait imaginé arpenter la côte jusqu'à l'aube et non rester allongée auprès de Al dans une telle intimité. Il n'avait pas exagéré. L'espace était si confiné que, malgré ses efforts, il lui fut impossible de garder ses distances. Son flanc gauche était pressé contre le corps de son compagnon, de l'épaule jusqu'aux orteils. Et son flanc droit s'écrasait contre la paroi froide et humide de la grotte. Elle se refusait à penser à l'effet que produisait sur elle le corps de Al collé contre le sien. Et à quel point elle se sentait plus merveilleusement vivante qu'elle ne l'avait jamais été !

Ce qui était d'autant plus déstabilisant et paradoxal que lui-même paraissait tout à fait insensible à sa proximité.

— Tenez. Prenez ça ! dit-il d'un ton pratique.

Johanne le sentit bouger et une couverture de voyage doublée de fourrure lui tomba sur le ventre.

— Merci, murmura-t-elle tandis que Al la tirait obligeamment jusqu'à ses épaules.

Il savait se montrer si attentionné ! Personne n'avait jamais pris ainsi soin d'elle. Avant son mariage avec Badon, ses parents l'avaient considérée comme un moyen d'effectuer une fructueuse alliance, seulement profitable aux deux familles. Ils ne la traitaient ni mieux ni moins bien qu'une pouliche de qualité destinée à la reproduction. Et Badon n'avait pas fait mieux. Pire, peut-être, puisqu'il considérait à peine sa femme comme un être vivant.

Maintenant, tout le monde était si habitué à dépendre d'elle que cela lui semblait aussi naturel que la pluie et le soleil pour faire pousser le grain.

Tout le monde, sauf Al.

— Je suis descendu par ici dans la journée avec quelques-uns de mes gars en leur présentant ça comme un petit entraînement. Je suis monté par le chemin tandis qu'ils s'entraînaient à la lutte sur la plage et je me suis aperçu qu'on pouvait entendre tout ce qu'ils disaient, même quand ils ne criaient pas.

La voix de Al s'insinua jusqu'à la cervelle de Johanne qui se secoua. Elle n'était pas là pour rêvasser. Sa vie en dépendait. Et avec elle, celle des siens.

— Tant mieux. Parce qu'on n'y voit goutte !

— Hier, les individus que j'ai surpris étaient munis d'une lanterne. Espérons qu'ils auront la bonne idée de la rapporter aujourd'hui. Connaissez-vous assez les gens de la maison de Yonescu pour pouvoir en reconnaître quelques-uns ?

— Sans doute, mais je n'ai pas souvent l'occasion d'y aller. D'ordinaire, c'est Yonescu lui-même qui se rend chez moi. Je connais assez bien son régisseur mais enverrait-il quelqu'un d'aussi important pour ce genre d'affaires ? Mais, que dis-je ! s'exclama-t-elle, se ressaisissant aussitôt. Le roi d'Angleterre a bien envoyé la fine fleur de sa chevalerie pour enquêter chez moi…

Elle sentit le grand corps de son interlocuteur se raidir.

— Je ne… Il n'est pas question de la fine fleur de la chevalerie dans cette affaire, je vous l'assure…

— Que voulez-vous dire ? s'enquit-elle sans se retourner vers lui.

— Rien… Non, rien, vraiment.

— Me cachez-vous encore quelque chose ? Parce que, si c'est le cas…

Elle marqua une pause. De quoi pouvait-elle menacer un homme aussi puissant qu'Alewyn Monceaux ? Tout reproche lui parut soudain dérisoire.

— Parce que, si c'était le cas, acheva-t-elle dans un souffle, j'en serais très contrariée.

— Grand Dieu ! Je ne voudrais surtout pas être responsable de cela.

Percevant la nuance d'amusement dans la voix de son compagnon, Johanne fit la grimace. Une fois de plus elle tenta de s'écarter. En vain. La paroi rugueuse de leur minuscule caverne lui pénétrait désagréablement dans la hanche.

— Je suis sincèrement désolé, murmura-t-il. Je ne voulais pas vous émouvoir. Je ne vous cache rien d'autre sur ma personne. Je vous le jure.

— Alors, que vouliez-vous dire ?

Johanne sentit le souffle de son soupir sur son cou.

— Vous ne lâchez jamais prise, n'est-ce pas ?

— Que vouliez-vous dire ? répéta-t-elle en fronçant les sourcils.

— Je vous l'ai déjà dit. Vous revenez sans cesse à la charge avec vos questions. Le Grand Inquisiteur du roi n'a rien à vous envier. Vous lui feriez même une fameuse concurrence… Je ne cache rien qui puisse vous nuire, Johanne. Cela vous suffit-il ?

Elle réfléchit un instant.

— Non.

Il eut un rire bas qui fit comme une musique à la fois douce et sonore dans sa poitrine.

— Il le faudra bien, pourtant.

Ils retombèrent dans le silence. On n'entendait plus que le soupir des vagues sur le sable. Johanne ne put retenir une prière muette. Il fallait que les hommes aperçus hier reviennent. Elle avait terriblement besoin de réponses. D'abord pour sauver son honneur. Et surtout pour sauver sa vie.

— Non, cela ne peut me suffire. J'ai besoin de réponses.

Al soupira de nouveau.

— Dire que je n'ai même pas eu le temps de compter jusqu'à dix ! Mais vous entrez là dans ma sphère privée. Je n'en ai jamais parlé à quiconque et ce n'est pas avec vous que je vais commencer.

Al faiblissait, elle en était sûre. Cette fois, il n'avait pas formulé de refus catégorique.

— Et quelle importance, si vous vous confiez à moi ? Quand vous aurez découvert votre coupable, vous quitterez Brae à jamais et nous ne nous reverrons plus, insista-t-elle, s'efforçant de refouler la boule d'angoisse qui lui obstruait la gorge à cette perspective.

Il émit une sorte de grognement.

Johanne faillit insister encore, puis renonça soudain. Être comparée au Grand Inquisiteur du roi Édouard n'était certainement pas un compliment. Et s'il considérait que c'était une affaire privée, elle était assez bien élevée pour respecter sa volonté. Elle détourna le regard, se mordillant nerveusement les lèvres.

— Je ne suis pas si fameux que cela, dit une voix dans le noir.

Elle se retourna brusquement.

— Je vous demande pardon ?

— Je ne devrais pas faire partie des chevaliers du roi. Je ne suis pas assez bon, répéta Al d'une voix sourde.

Cette fois, Johanne le regarda franchement en face.

— Ne soyez pas ridicule. Les chevaliers du roi font partie de l'élite des guerriers du royaume d'Angleterre. Leurs exploits sont légendaires. Nos bardes errants chantent d'inépuisables légendes sur le fameux quadrige de la garde rapprochée de la Couronne. Si vous n'étiez pas à la hauteur, vous ne pourriez pas en faire partie.

Elle le sentit hausser les épaules.

— C'est mon frère, Sir Benedictus Monceaux qui est le chef de ce corps d'élite. Et c'est grâce à lui que j'ai pu l'intégrer. Je le répète, je n'ai ni leurs talents ni leur intelligence.

Elle eut un petit reniflement moqueur.

— Au contraire, Al ! Vous êtes bourré de talents.

Il haussa de nouveau les épaules.

— Rien à voir avec les trois autres chevaliers.

Sa voix était froide et calme, mais Johanne crut déceler, en arrière-plan, tout un profond sentiment de tristesse et de découragement encore jamais perçu jusque-là.

— Je ne vous crois pas. Je n'ai jamais rencontré quelqu'un d'aussi fort et d'aussi endurant que vous. Au combat, comme à la manœuvre, vous valez au moins cinq hommes, j'en suis sûre.

— Il y a d'autres hommes d'armes aussi puissants que moi. Les trois autres chevaliers sont des guerriers parfaitement entraînés. L'habit ne fait pas le moine, vous le savez bien. Et la taille ne suffit pas à faire un héros.

— C'est faux ! Jamais je n'ai vu…

— Parce que vous n'êtes jamais venue à Windsor. Vous n'avez jamais vu un corps d'élite au combat. Croyez-moi, par rapport à eux, je n'ai rien de remarquable.

Johanne fronça les sourcils. Comment un homme qu'elle avait fini par considérer comme un spécimen exceptionnel de l'humanité pouvait-il avoir si peu confiance en lui ?

— Il est exact que je n'ai jamais mis les pieds à la Cour mais j'ai déjà vu des hommes d'armes à l'œuvre. Au risque de me répéter, Al vous êtes exceptionnel.

— La taille ne fait pas le talent, Johanne. Benedictus est le plus grand stratège que je connaisse. Théo, passé maître dans l'art de la négociation, sait quand quelqu'un lui ment à peine celui-ci a-t-il ouvert la bouche et Will est le meilleur garde du corps qui soit. Et tous sont excellents au combat. Croyez-moi, je ne dis pas cela pour susciter votre pitié ou pour que vous vous escrimiez à me rendre meilleur. Il y a longtemps que je m'accepte comme je suis.

Johanne secoua la tête.

— Pfft !

Al lui lança un coup d'œil dans le noir.

— Ce qui signifie ?

— Rien. Rien du tout.

Il la gratifia d'une petite bourrade.

— Mais si !

Elle souffla de nouveau.

— Cela signifie qu'à mon avis, vous ne pensez pas un mot de ce que vous dites.

Al se raidit.

— Je vois, et vous qui ne me connaissez que depuis quelques semaines, vous en savez plus que moi à mon sujet…

— Je n'ai pas besoin d'avoir parcouru comme vous tout le pays, ni d'avoir fréquenté les grands de la Cour. Il me suffit d'ouvrir les yeux pour savoir ce que je sais.

— Et que savez-vous, exactement ?

La voix de son interlocuteur avait maintenant une nuance sarcastique, mais Johanne n'avait pas peur de lui. Al était l'exact opposé de Badon. Même en colère, il ne ferait rien pour la blesser. Jamais il n'utiliserait sa force pour s'en prendre à un innocent et le plier à ses volontés.

— Par exemple, vous savez faire passer les autres avant vous-même.

Il eut un petit ricanement.

— Cela n'a rien d'exceptionnel. La défense du faible et de l'opprimé fait partie du serment que tout chevalier doit prononcer lors de son adoubement. L'honneur, la loyauté et la courtoisie sont inscrits en lettres d'or dans le code de la chevalerie britannique.

— Sans doute, mais chez vous, c'est naturel. Et vous allez beaucoup plus loin que cela.

— Je…

— Non, ne discutez pas, Al…

Il fallait lui faire comprendre.

— Tout ce que je dis est vrai, insista Johanne. Votre taille, votre force pourraient effrayer les enfants et pourtant, je l'ai bien vu avec Cineas, j'ai vu la douceur que vous manifestez à leur égard et comment, spontanément, ils vous aiment. Vous savez plier votre grand corps pour les regarder bien en face quand vous leur adressez la parole, vous baissez la voix et modifiez votre langage corporel pour ne pas les impressionner. Peu d'hommes consentiraient à fournir de tels efforts pour de simples enfants, bien au contraire.

Johanne sentait le grand corps de Al remuer inconfortablement à côté d'elle, comme s'il était gêné par ses compliments. Mais elle n'en avait pas terminé. Si Al pouvait enfin se voir tel qu'il était, cette nuit de veille aurait au moins servi à cela.

— Et puis, reprit-elle, un peu essoufflée, il y a aussi la façon dont vous m'avez aidée pour Brae. D'abord pour tous les travaux qu'il y a à faire ici, puis pour préparer le siège contre Morcant…

— Je ne peux que me répéter, Johanne. Le code de la chevalerie…

Johanne, excédée, poussa un soupir.

— Si tous les chevaliers respectaient ce code comme vous le faites, le royaume s'en porterait bien mieux.

Il resta un instant silencieux. Elle l'écouta respirer tandis qu'il cherchait ses mots.

— Ils le devraient, dit-il enfin simplement.

— Vous êtes vraiment exaspérant, Al. Pourquoi n'admettez-vous pas vos qualités ? Votre différence ?

— Je suis peut-être différent. Mais je n'ai rien d'exceptionnel. Pas comme…

— Si je posais la question à vos frères de chevalerie, à votre avis, que diraient-ils de vous ?

— Comment le saurais-je ? bougonna son compagnon. Nous n'avons pas le temps de discuter de ce genre de choses.

Johanne le secoua doucement par le bras.

— Mais nous, nous avons toute la nuit. Du moins, jusqu'à ce que nos comploteurs se manifestent.

Nouveau soupir…

— Eh bien… ils diraient que je suis toujours calme avant la bataille, que ma présence au sein de l'armée empêche les troupes de paniquer, même au pire moment du combat. Will dirait que ma stature fait si peur aux témoins qu'ils décident de parler sitôt qu'ils me voient, ce qui lui facilite la tâche, évidemment. Benedictus vanterait ma force physique, mais il y aurait cette petite lueur dans ses yeux, et que je connais bien, laissant sous-entendre que je pourrais mieux faire.

Elle hocha lentement la tête.

— C'est donc à cause de Benedictus que vous n'avez pas confiance en vous. Votre frère a-t-il jamais dit quoi que ce soit qui vous est fait douter de l'estime qu'il vous porte ?

— Il n'en a pas besoin. Il adopte exactement la même expression que mon père quand je le décevais. Ce qui arrivait assez souvent, je dois le reconnaître… Lui qui voulait une réplique exacte du cerveau de Benedictus chez son deuxième fils n'a pas eu de chance. Son cadet n'est rien d'autre qu'une brute.

— Vous n'avez rien d'une brute, Al ! Ne dites pas cela ! Vous êtes un garçon honnête et bon, doté d'un corps que beaucoup vous envieraient.

Johanne n'avait pas voulu dire ça. Les mots lui avaient échappé. Ses compliments sur le corps de Al lui étaient sortis de la bouche comme une caresse. Elle sentit son visage s'empourprer et loua l'obscurité qui la rendait invisible. Pourvu que son interlocuteur n'ait pas perçu l'admiration qui faisait vibrer sa voix !

Elle l'entendit déglutir.

— Johanne…

— Bref, s'empressa-t-elle de conclure, votre mauvaise opinion sur vous-même n'est pas justifiée. Chez Morcant, n'est-ce pas vous qui avez eu l'idée et le courage d'aller mettre le feu au trébuchet ? C'est vous aussi qui avez pris l'initiative d'entraîner les gens de Brae pour les rendre aptes à tenir un siège.

— Mmm…

Ne sachant comment il fallait interpréter cette réponse, Johanne poursuivit.

— C'est encore vous qui avez conclu que Yonescu est derrière le complot visant à trahir le roi d'Angleterre. Seule, je me serais obstinée à soupçonner Morcant. C'est vous encore qui avez surpris les comploteurs et qui avez trouvé cette grotte…

Al rit tout bas.

— C'est entendu. Vous avez marqué un point. Ce n'est pas pour autant que…

Il s'éclaircit la gorge et reprit :

— Vous avez été très magnanime dans le portrait que vous venez de dresser de moi, Johanne. Cela signifie-t-il que vous me pardonnez de ne pas vous avoir dit toute la vérité sur ma présence à Brae ?

Elle soupira.

— Je comprends pourquoi vous avez agi ainsi. Il s'agissait d'une mission qu'on vous avait confiée et vous ne pouviez trahir le serment que vous avez prononcé.

— Je vous remercie.

— Mais ce n'est pas pour autant que je vous ai pardonné, s'empressa-t-elle de préciser.

Il rit sans bruit et elle le pinça énergiquement.

— Bon, je veux bien vous pardonner… Mais c'est grâce au travail que vous avez effectué pour nous. Il serait tout à fait ingrat de ma part de vous garder rancune alors que vous nous avez rendu un fier service, à mes gens et à ma famille.

Il y eut un silence.

— Johanne… Vous êtes… Je veux dire…

La voix de son interlocuteur était soudain chargée d'une émotion que Johanne ne comprenait pas mais qui provoquait en elle une étrange et délicieuse sensation.

Elle attendit un instant, mais comme Al ne disait plus rien, ils restèrent ainsi blottis dans l'obscurité, serrés l'un contre l'autre dans une communion presque animale.

Un siècle parut s'écouler. Les jambes de Johanne, percluses de crampes, commençaient à lui faire mal. Si seulement Al pouvait parler. Dire n'importe quoi pour briser ce silence lourd et glacé. Mais il semblait endormi. Et, petit à petit, Johanne sentit ses paupières s'alourdir.

Elle s'efforça de garder les yeux ouverts, de se concentrer sur ce moment d'une rare intensité. Mais ses yeux se fermèrent, une fois, deux fois, puis ne se rouvrirent pas.

Ce fut la main de Al sur son bras, la secouant énergiquement, qui la réveilla.

— Que se passe-t-il ? s'exclama-t-elle, encore somnolente.

— Regardez ! Là, en bas, je vois une lumière ! Elle se rapproche.

Johanne tendit le cou pour mieux voir. La lumière s'avéra bientôt être une torche portée par une main invisible.

— Ce sont nos hommes ! Ce ne peut être qu'eux.

— Chut ! Il ne faut pas qu'ils nous entendent.

— Oui, bien sûr…

Encore sous l'emprise du sommeil, elle contrôlait mal le volume de sa voix et de nouveau, parla trop fort. Elle allait s'excuser, mais parvint à se retenir alors que les voix des nouveaux arrivants montaient vers eux, trop basses malheureusement pour qu'on pût discerner la teneur de leurs propos. Puis les hommes parurent s'arrêter. Johanne s'efforça de remuer ses orteils ankylosés.

Si seulement les inconnus pouvaient monter jusqu'à eux !

Johanne s'agita de nouveau et Alewyn retint un grognement de protestation. L'étroitesse de cette grotte était une calamité. En découvrant l'endroit plus tôt dans la journée, il s'était réjoui d'avoir découvert la cachette idéale, avec un point de vue fantastique sur la crique. Il n'avait prêté aucune attention à l'exiguïté de l'espace. Et il avait encore moins pensé aux dangers que cela pouvait lui faire encourir. Rester si longtemps allongé dans l'obscurité auprès de Johanne, sans avoir le droit de poser les mains sur sa peau nue, sur ses courbes douces, risquait de devenir un véritable calvaire. En dépit de leurs lourds manteaux et de la couverture de fourrure, le corps de la jeune femme devenait une dangereuse obsession. Ni le froid, ni le manque de confort, ni même l'importance de sa mission ne parvenaient à annihiler en lui le désir puissant de se retourner et de prendre la jeune femme dans ses bras.

Aborder avec Johanne, le problème de ses défauts avait presque été un soulagement. Mais elle avait habilement pris le contrepoint de tous ses arguments, montrant avec efficacité à quel point il se trompait sur lui-même. C'était exaspérant, cette virtuosité qu'elle avait à reprendre un par un ses raisons pour les démonter. Cela faisait si longtemps que Al s'était persuadé de ses défauts qu'ils faisaient quasiment partie de sa chair. Mais, au fur et à mesure que la jeune femme exposait son point de vue, il avait senti son cœur s'alléger. Peut-être avait-elle raison, après tout. Peut-être possédait-il en effet les qualités qui faisaient de lui un chevalier digne de ce nom. Et encore plus un chevalier digne d'entrer dans le cercle très réservé des chevaliers du roi. Et quand la jeune et belle dame de Brae lui avait annoncé qu'elle lui avait pardonné, il n'avait plus eu envie de rien d'autre que de la prendre dans ses bras et d'oublier tout le reste, sa mission, sa famille, et la menace que constituaient Morcant et Yonescu. Fort heureusement, son bon sens avait prévalu et il avait réussi à ne pas se ridiculiser. Johanne ne le refuserait sans doute pas comme distraction d'un moment mais elle avait dit clairement qu'elle ne voulait plus d'homme dans sa vie.

Et Alewyn avait la désagréable prémonition que, s'il satisfaisait au désir qu'il éprouvait pour elle, il tomberait désespérément amoureux.

Il se secoua encore. Le moment n'était pas favorable à ce genre de considérations. Pour l'heure, il allait avoir besoin de toutes ses compétences et de ses années d'entraînement pour régler à leur avantage, à Johanne et à lui, le problème que posaient ces individus qui circulaient sur la côte de Castle Brae comme s'ils étaient chez eux.

Les hommes en question ne s'approchaient toujours pas et, quand il se pencha sur Johanne pour lui murmurer quelques instructions à l'oreille, Al fut aussitôt envahi par le parfum de la jeune femme. Il ferma les yeux, le corps brûlant de désir. Il fallait absolument qu'il s'écarte. Qu'il reprenne ses distances. S'il pouvait prendre congé d'elle, ne serait-ce qu'une journée, peut-être parviendrait-il à apaiser cette fièvre qu'il sentait croître en lui ?

Il avala sa salive, s'efforçant d'ignorer ce que son corps réclamait avec une telle insistance.

— Ne vous inquiétez pas. Ils vont venir jusqu'ici.

Elle tourna vers lui son visage à peine visible dans la pénombre. Son souffle lui caressa le visage.

— Pourquoi ? murmura-t-elle.

Au lieu de s'écarter, comme sa raison le lui dictait, Al s'approcha plus près encore, ses lèvres effleurant presque celles de sa compagne.

— Il est plus facile de voir la mer du haut de la falaise. Mais au niveau où nous sommes se trouve le seul accès à la plage par bateau. Ailleurs, il y a trop de rochers. Si ce sont bien nos hommes, ils ne peuvent pas faire autrement que de tomber dans le piège que nous leur avons tendu.

Il devait reprendre ses distances, maintenant. Mais il n'en fit rien. Il était las de lutter contre son désir, las de se répéter qu'il n'avait pas le droit de la toucher. Les lèvres de Johanne effleurèrent les siennes et il fut perdu. Le baiser de la jeune femme était infiniment tendre et hésitant mais ce fut comme une brûlure sur la peau fine de ses lèvres, un sceau de feu qui le poussa à exiger plus encore.

Sa main se glissa d'elle-même dans la lourde chevelure cuivrée et il caressa du pouce la mâchoire bien dessinée, inclinant la tête pour un meilleur accès à sa bouche.

Les lèvres de Johanne s'entrouvrirent et il en goûta la douceur d'une langue avide. Le gémissement que son baiser arracha à sa compagne fut sa perte. Al perdit toute notion du monde extérieur. Rien n'existait plus que le corps mince de Johanne vibrant entre ses bras et ses lèvres sur les siennes.

Ce fut un cri venant de la plage qui les sépara. Alewyn eut un bref moment de désarroi. Il ne savait plus où il était ni ce qu'il faisait. Le bruit de quelque chose qu'on jette à l'eau le ramena à la réalité.

— Bon sang !

Maintenant, les deux hommes étaient juste au-dessous d'eux et il ne s'en était même pas aperçu ! Le désir qu'il avait de cette femme lui avait fait perdre tout bon sens au moment crucial !

Une embarcation approchait du rivage et les deux hommes de la plage en surveillaient la progression, sans bouger ni parler. Si l'homme qui ramait n'avait pas fait de bruit avec sa rame, leur guet aurait été en vain et Alewyn aurait échoué dans sa mission. Il se secoua. Voilà un exemple de sa faiblesse ! Voilà pourquoi il devait se tenir à distance de cette femme. Elle était belle et séduisante, bien sûr, mais elle représentait pour lui le meilleur moyen de se perdre.

— Ce sont eux ? dit Johanne dans un chuchotement excité.

— Oui.

Grâce au lumignon que portait l'un des deux guetteurs, Alewyn put les voir pénétrer dans l'eau et tirer la barque sur la plage. Il secoua la tête. Et dire que tout avait failli lui échapper ! Seul le hasard, doublé de sa vigilance, l'avait fait rencontrer la veille ces deux hommes qui faisaient débarquer des espions français sur la côte d'Angleterre !

Quand les voyageurs entreprirent de descendre de leur embarcation, le cœur d'Alewyn se mit à battre violemment.

Il y eut un bourdonnement de voix graves puis le frêle esquif fut repoussé dans l'eau. L'échange avait duré à peine quelques minutes.

Maintenant, les hommes se rapprochaient de leur cachette. Ils étaient plus nombreux, rejoints sans doute par les passagers de la barque. Alewyn pouvait enfin saisir quelques bribes de leur conversation.

« Se diriger vers le nord… Des vêtements et de la nourriture dans un sac… Un contact vous rejoindra… »

Johanne inhala une brusque bouffée d'air.

— Que se passe-t-il ? s'inquiéta Alewyn, chuchotant dans son oreille.

— L'homme qui vient de parler… C'est le régisseur de Yonescu. Au dire de son maître, il était mort au printemps dernier. Yonescu venait toujours chez nous avec quelqu'un d'autre.

— Êtes-vous sûre ?

Elle marqua une pause, écoutant encore.

— Oui, parfaitement sûre.

Elle ajouta en étreignant l'avant-bras d'Alewyn :

— Est-ce la preuve dont nous avions besoin ?

— Du moins est-ce le début.

Pour la première fois depuis son accident, qui l'avait dépouillé de larges pans de sa mémoire, Alewyn reprenait espoir. Il voyait enfin le début d'une solution à la mission qu'on lui avait confiée. Et le moment était peut-être venu où il pourrait prouver aux yeux de tous, et surtout de sa famille, qu'il avait sa place parmi les chevaliers du roi.

Les hommes commençaient à s'éloigner le long de la plage.

— Il faut que je les suive, Johanne. Ils doivent avoir caché leurs montures un peu plus loin, dans les arbres. Puis-je vous emprunter un cheval ?

Elle l'observa un instant.

— Oui, bien sûr. Mais je viens avec vous.

— Non.

Elle battit des paupières, visiblement choquée par la violence de son ton, mais pas question de laisser la jeune femme prendre des risques. Sans compter que sa présence l'empêchait d'y voir clair.

— Vos gens ont besoin de vous, Johanne. Vous devez continuer à vous préparer aux manigances de Morcant.

Il entreprit de s'extirper de leur cachette et la main de Johanne glissa de son bras. Déjà, elle lui manquait. Il s'apercevait soudain que le contact tiède de son corps contre le sien, de sa main sur son bras, de sa bouche sur la sienne faisait maintenant partie de sa vie.

Mais Alewyn n'avait pas le droit de se laisser distraire. Ce besoin qu'il avait d'elle finirait par s'évanouir. Tout ce qu'il lui fallait, c'était s'éloigner, prendre ses distances. Se remettant laborieusement sur ses pieds, il grimaça de douleur en se tenant les reins. Plus bas, en dessous d'eux, les premières lueurs du jour commençaient à caresser le sable et les rochers. Il fallait se dépêcher.

Johanne sortit à son tour de la grotte, les cheveux en désordre et la robe maculée de sable et de boue.

— Reviendrez-vous ? demanda-t-elle sans le regarder.

— Oui, je reviendrai.

Il tiendrait parole, même si ce voyage qu'il allait faire sur la trace de ces hommes mettait un terme à sa mission. De retour à Windsor, il s'assurerait que Brae était convenablement sécurisé contre les assauts de tous les Morcant d'Angleterre.

Oui, c'était ce qu'il devait faire, ce que sa loyauté de chevalier lui commandait.

Et, bien sûr, cela n'avait rien à voir avec la plaie saignante qui s'ouvrait dans son cœur à la perspective de reprendre le cours de sa vie sans plus jamais revoir la dame de Brae.

— Vous prendrez soin de vous, n'est-ce pas ? s'enquit encore Johanne tandis que le premier rayon de soleil faisait étinceler le bleu de ses yeux.

— Naturellement. C'est la seule chose à quoi je suis bon, n'est-ce pas ?

Elle ne répondit pas et, tandis qu'ils se hâtaient vers les écuries pour y trouver une monture, Alewyn regretta de ne pouvoir lire dans les pensées de sa compagne. Demandait-elle s'il reviendrait parce qu'elle désirait le revoir ? Après tout, ne l'avait-elle pas embrassé ?

Mais Johanne avait aussi affirmé à haute et claire voix qu'elle ne se remarierait jamais.

Non qu'il se proposât pour jouer un rôle de mari, bien sûr. La châtelaine de Brae l'attirait beaucoup, il ne pouvait le nier. Mais elle ne pouvait faire partie de son avenir. Il était tout près de prouver à son frère qu'il avait autant de valeur que les autres chevaliers... Il n'allait pas tout gâcher pour un jupon, n'est-ce pas ?

Cela faisait si longtemps qu'il se battait pour ça !

Chapitre 12

Johanne roula sur son matelas et se laissa retomber sur le dos. Décidément, le sommeil ne viendrait pas. Et Dieu sait pourtant qu'elle en avait besoin ! Deux jours s'étaient écoulés depuis le départ de Al. Deux jours à empiler dans les réserves des provisions de nourriture et d'eau, à vérifier le magasin de munitions et à s'assurer que les hommes choisis par Al pour le combat poursuivaient leur entraînement.

Deux jours à se tracasser en se demandant ce qui pouvait le retenir loin du château. Le domaine de Yonescu n'était tout de même pas si éloigné qu'on ait besoin de deux jours entiers pour faire l'aller-retour !

Elle se remit sur son séant d'un coup de reins. Inutile de s'acharner à chercher le sommeil. Et elle ne pouvait mettre son insomnie sur le compte de Morcant et de son plan ridicule pour assiéger Brae.

Non, ce n'était pas cela qui l'empêchait de dormir. À chaque fois qu'elle fermait les yeux, elle voyait Al étendu sur le chemin, comme elle l'avait trouvé la première fois.

Mais cette fois, il ne respirait plus.

L'anxiété qu'elle éprouvait à cette pensée lui brûlait littéralement l'estomac. Tout au fond d'elle, elle savait que Al était un homme fort, bien plus fort que tous les hommes qu'il lui avait été donné de rencontrer. Elle savait aussi que, malgré sa haute stature, il était habile à se faufiler partout. Mais ce n'était qu'un homme, malgré tout. S'il avait été pris par Yonescu et ses complices, elle risquait de ne plus jamais entendre parler de lui. Ni d'apprendre ce qui avait pu lui arriver.

Maintenant, elle regrettait de ne pas l'avoir invité à partager sa couche. Certes, elle ne voulait plus plier sous le joug d'un mari. Mais pourquoi s'interdire de jouir d'un peu de compagnie masculine ? Elle pressentait que Al aurait le pouvoir de lui montrer ce à quoi les filles et les femmes du château faisaient allusion avec moult gloussements dans leurs discussions à propos de la gent masculine.

Oui, décidément, elle aurait dû essayer.

Johanne descendit de son lit et glissa ses pieds nus dans ses bottines. Dans le foyer, le feu s'était éteint et l'air nocturne s'enroulait autour d'elle comme un voile glacé. Elle tâta dans la pénombre pour trouver son manteau et, le revêtant sur sa chemise de nuit, se dirigea vers la porte. Puisqu'elle était réveillée, autant aller rendre une petite visite à ses nouveaux vigiles pour s'assurer qu'aucun d'eux ne s'était endormi sur son ouvrage. Jusqu'à présent, ses gens l'avaient surpris par leur dévouement et leur courage, mais le calme apparent dont le château jouissait depuis plusieurs jours était trompeur et, devant cet ennemi invisible, plutôt qu'une veille inquiète, il régnait dans le château une joyeuse atmosphère de camaraderie. Les choses sérieuses commenceraient avec l'arrivée de Morcant et de son armée.

Les talons de ses bottines cliquetèrent sur les marches de l'escalier de pierre tandis qu'elle descendait. Elle s'arrêta devant la porte de la chambre de Al, qui était restée légèrement entrouverte.

Sans réfléchir à son geste, elle en poussa le battant et pénétra dans la pièce.

Il n'y avait pas de feu dans le foyer, les draps et les couvertures du lit étaient nettement tirés et les dalles de pierre soigneusement balayées. C'était comme si son beau chevalier n'avait jamais séjourné au château. Impulsivement, s'agenouillant devant le lit, Johanne souleva les couvertures et plongea son visage entre les draps dont elle huma l'odeur. L'étoffe gardait encore le léger parfum du corps de Al, elle éprouva au fond de sa poitrine une sourde douleur.

— Que faites-vous ici ?

Johanne se remit sur ses pieds avec un grand cri.

Une large et haute silhouette occupait toute l'embrasure de la porte.

— Al !

Sans réfléchir, elle se précipita dans les bras tendus.

Et tout aussi impulsivement, tout en la serrant contre lui, leurs lèvres se joignirent. Ils s'étaient déjà embrassés mais quelque chose les avait toujours empêchés d'aller plus loin. Mais pas cette fois. Maintenant, Johanne voulait connaître Al complètement, découvrir tout ce qu'il avait à lui apporter avant qu'il ne disparaisse de sa vie à jamais. Et que, si Dieu en avait décidé ainsi, l'horreur du siège les engloutisse tous autant qu'ils étaient.

Elle passa ses mains sur les larges épaules, le long des bras musclés. De doux gémissements emplirent la chambre et, à sa grande confusion, Johanne s'aperçut qu'ils venaient d'elle. Jamais elle n'aurait imaginé qu'un tel plaisir pût être suscité par de simples baisers. Maintenant, elle savait qu'elle en voulait davantage. Prise d'une fièvre soudaine, elle arracha à son visiteur son manteau. Elle ne voulait plus d'obstacle entre cette chair tiède et douce et la paume de ses mains.

La retenant d'une main, Al parvint à s'extraire de son manteau qui atterrit sur le plancher avec un bruit mat.

Puis les doigts de Johanne s'escrimèrent sur la tunique de fine laine.

Elle ne s'était pas aperçue qu'ils se déplaçaient insensiblement vers le lit. Pas avant qu'ils ne tombent ensemble sur la couche. Au dernier moment, il amortit sa chute en se plaçant sous elle.

Johanne observait maintenant son compagnon entre ses paupières mi-closes. Les yeux de Al étaient comme un puits noir et brillant. Sa bouche était gonflée. Il lui sourit et elle sentit monter en elle un rire inextinguible. Rire de bonheur. Rire de victoire. Se haussant vers elle, Al lui reprit les lèvres. Elle entreprit de lui retirer ce qui lui restait de vêtements. Quand elle lui effleura le torse, il gémit.

— Doucement, murmura-t-il.

Mais Johanne ignora sa prière. Elle voulait le caresser partout, comme pour mieux se souvenir de lui.

Riant avec elle, Al captura ses deux mains entre les siennes.

— Cela fait si longtemps que j'attends ce moment, ma douce. Je veux prendre le temps de le savourer.

Ses lèvres charnues arboraient le demi-sourire qu'elle aimait tant. Il lui effleura les lèvres d'un baiser aussi léger qu'un souffle puis la renversa à son tour sur le lit.

— Tu es si belle, murmura-t-il d'une voix si émue que Johanne sentit son cœur se tordre d'émotion et de regret mêlés. Personne ne s'était jamais adressé à elle avec une telle révérence.

— Je vais libérer tes mains, mais il faut me promettre que tu ne t'en serviras pas.

— Mais, je…

Les yeux de Al pétillèrent d'une joie contenue.

— Pas de discussion, Johanne. Si je te laisse faire,

je n'aurais pas le temps de rendre hommage à ton corps comme il le mérite.

Elle avala sa salive.

— Fort bien. Je serai sage.

— Parfait.

— Pour le moment, en tout cas.

Le rire de son compagnon caressa sa peau d'un souffle tiède. Il déposa un léger baiser à la base de son cou.

Et lentement, très lentement, il relâcha son étreinte. Elle tint parole et garda ses mains au-dessus de sa tête. Alors, s'asseyant à côté d'elle, Al se mit à la contempler.

Johanne n'était plus vêtue que de sa chemise de nuit dont la fine étoffe soulignait les courbes de son corps. Le regard de Al s'attarda sur ses seins et elle vit un muscle jouer sur sa mâchoire. Fermant un instant les yeux, il murmura dans un souffle :

— Tu es si belle…

Puis il plongea ses yeux dans les siens. Sous l'intensité de son regard, Johanne sentit son souffle s'arrêter dans sa gorge. Sans la quitter des yeux, Al laissa glisser ses mains le long de ses jambes, jusqu'à ses chevilles. Elle ne put retenir un long soupir, rauque et profond.

Les mains d'Alewyn tremblaient tandis qu'il caressait la peau douce de sa compagne. Elle avait des jambes longues et minces et des cuisses musclées, une taille fine qu'il pouvait enserrer de ses deux mains. Et, quand il souleva l'étoffe légère de sa chemise, elle se mit à haleter comme après une longue course.

Sous l'effet de l'air froid de la chambre, il vit la pointe de ses seins se dresser et, se penchant sur elle, il les prit une à une dans sa bouche, comme on dégusterait un fruit. Al poussa un soupir. Ils ne disposaient pas de beaucoup de temps. Il allait devoir retourner au plus vite à Windsor. Mais il ne pouvait pas partir maintenant. Pas tout de suite.

Il voulait ce moment-là autant qu'elle. Tout au fond de lui, une petite voix essayait de lui rappeler pourquoi il ne devrait pas faire ça. Pourquoi il devait sortir au plus vite de cette chambre. Son cœur pouvait être mis en danger, il le savait…

Mais dès que Johanne s'était jetée dans ses bras, son corps avait balayé toute forme d'objection. Il voulait Johanne. Il avait besoin d'elle plus que qui que ce soit d'autre au monde.

Il se laissa rouler de côté et Johanne gémit.

— Continue, Al ! Je t'en prie, continue !

— Juste un moment…

D'une main habile, Alewyn acheva de lui retirer ses vêtements et contempla le somptueux spectacle qu'elle lui offrait, sa chevelure de feu roulant en cascades sur la blancheur satinée de ses épaules, son corps harmonieux étendu sur le drap comme un paysage d'îles blanches, l'ovale parfait de son visage troué par le bleu de ses yeux.

Impulsivement, il reprit ses caresses. De ses doigts frémissants, il suivit la courbe de son ventre, s'enivra de la courbe douce de ses seins, de la splendeur glorieuse de ses cuisses.

— Al, je t'en prie…

Il l'enveloppa d'un regard sombre et brûlant à la fois.

— De quoi me pries-tu, ma douce ?

Alewyn aimait le pouvoir qu'il avait soudain sur sa compagne. Il aimait l'impatience qu'il faisait naître en elle d'un simple effleurement de la paume de ses mains.

— Je veux davantage encore. S'il te plaît.

— Comme ceci ? murmura-t-il en faisant courir ses doigts sur la rondeur d'un sein.

— Oui, souffla-t-elle en se cambrant sous la caresse. Et aussi…

— Quoi encore ?

— Je… je voudrais…

Elle s'interrompit, gémissante, tandis que la main de Alewyn descendait sur son ventre et s'arrêtait à la naissance de la douce toison cuivrée qui protégeait son sexe.

— Autre chose ?

Il aurait voulu la goûter là aussi, mais il était à la limite de son contrôle, maintenant. Il fallait qu'il la possède tout entière. Il le désirait plus que sa vie même.

— Là ? interrogea-t-il d'une voix rauque, la main plongée dans la douceur chaude de son entrecuisse.

Cette fois, Johanne ne put retenir un cri.

— Al ! Oh ! Jamais je ne me serais doutée…

Alewyn retint un cri triomphant. Il était le premier à lui faire connaître le plaisir. Maintenant, il le savait. Et il en était fier.

Les yeux de Johanne s'ouvrir soudain, plongeant dans les siens comme une lame incandescente.

— Je te veux, Al. Je te veux en moi. Tout entier.

— Toujours aussi autoritaire, milady. On ne peut rien vous refuser.

Se penchant sur sa partenaire, Alewyn lui prit la bouche. Johanne lui emprisonna la tête de ses deux mains nouées dans ses cheveux et ils échangèrent un long baiser plein de fièvre.

Puis le monde tout entier disparut autour d'eux et il n'y eut plus qu'elle, cette femme qu'il aimait. Ses cris de plaisir, son extase, et, enfin, leur repos dans les bras l'un de l'autre, heureux et repus.

Jamais Johanne ne s'était sentie aussi bien, chaudement blottie sous la courtepointe. Son corps était satisfait et, pour la première fois depuis des années, elle s'était réveillée libérée de la peur qui l'oppressait. Ses muscles étaient délicieusement douloureux, son corps était comblé. Roulant sur elle-même, elle heurta un obstacle compact et chaud lui aussi. Ses yeux s'ouvrirent brusquement et elle reconnut la solide épaule de Al. Une épaule entièrement dénudée.

Aussitôt, les images l'envahirent. Al penché sur elle, ses mains la caressant sur tout le corps avec une savante lenteur. Éveillant en elle des sensations nouvelles, dont elle n'avait jamais soupçonné la possibilité. L'ardent besoin qu'il avait fait naître entre ses cuisses et la manière dont il l'avait apaisée avec un soin et une passion qui lui avaient fait monter les larmes aux yeux. Maintenant, elle savait ce qu'était l'amour entre un homme et une femme. Et même si ces instants parfaits ne devaient plus jamais revenir, elle se sentait comblée.

Johanne entendait le souffle profond de son compagnon à côté d'elle mais, Dieu sait pourquoi, elle savait qu'il ne dormait pas. Elle leva les yeux. Il l'observait, une expression indéchiffrable dans ses calmes yeux noirs. Elle s'humecta les lèvres du bout de la langue et vit une flamme rousse s'allumer dans son regard.

Al s'éclaircit la gorge.

— Johanne…

Elle sourit tandis que son sang accélérait sa course.

— Alewyn…

Il eut un sourire très doux.

— Je devrais te parler de ce que j'ai découvert aujourd'hui, à moins que ce soit hier… J'avoue que j'ai quelque peu perdu la notion du temps.

— Ce que tu as découvert ? Oh ! Oui, bien sûr…

Johanne ne voulait rien entendre qui ne soit en relation avec eux deux. Et eux seuls. Pas question que le monde réel, avec ses horreurs et ses trivialités, ne fasse irruption dans le cocon de paix et de bien-être dans lequel l'amour de Al les avait délicieusement enfermés. Mais impossible de lui dire cela, bien sûr. Elle ne pouvait lui dire combien ce qu'elle venait de vivre avec lui était important pour elle. Johanne faisait parfaitement confiance à Alewyn Monceaux. Il prendrait soin d'elle si elle le lui demandait. Mais, tout au fond d'elle, quelque chose l'empêchait de se livrer tout entière. Il n'était pas Badon, bien sûr. Il n'avait rien de commun avec son défunt mari. Mais il était homme, malgré tout. Si elle lui donnait son cœur, aussi honnête et bon fut-il, il en profiterait pour prendre le pouvoir sur elle. Ainsi allait le monde. Et il fallait faire taire la petite voix qui murmurait tout au fond d'elle que Al n'était pas un homme comme les autres. Pas question de prendre ce risque.

Johanne avait déjà assez payé pour ça.

— Quand le petit groupe s'est séparé, le régisseur de Yonescu s'est dirigé tout droit vers la place forte de Yonescu tandis que les deux Français prenaient la direction du nord. Par chance, j'ai fait le bon choix en choisissant de suivre le régisseur et son acolyte. Yonescu est venu à leur rencontre sous les murailles de son château après les avoir fait attendre une journée entière.

— Une journée ! Mais pour quelle raison ?

Al haussa les épaules.

— Il devait être occupé à autre chose. Ou bien s'amusait-il à jouir de son petit pouvoir. Quoi qu'il en soit, il est fort possible que ses gens ignorent que l'homme est toujours vivant, tout comme vous. Et pis encore qu'il navigue en eaux troubles. Toujours est-il que Yonescu tient à l'évidence à se montrer discret sur ses petites combines. Il est très probable que la plupart des habitants de la place forte sont toujours fidèles au roi d'Angleterre. À la fin de l'entretien avec les deux Français, ceux-ci sont repartis.

— Donc Yonescu est bel et bien impliqué dans cette affaire ?

Al opina du chef.

— Je le crains, en effet. Je n'ai pas pu entendre tout ce

qu'ils disaient. Il fallait me montrer prudent. Mais j'en sais maintenant assez pour avoir la certitude que votre cher voisin est dans la conspiration jusqu'au cou. D'après ce que j'ai compris, dans cette affaire, c'est surtout l'argent qui l'intéresse.

Le cœur de Johanne se serra. Elle avait sincèrement cru que, à défaut d'être son ami, Yonescu était au moins un allié. Cela lui apprendrait à se montrer plus méfiante. Elle était seule, maintenant. Seule entre deux voisins dont l'un avait l'intention de l'assiéger et l'autre de se servir d'elle pour s'enrichir.

Bah ! N'avait-elle pas été seule depuis toujours ? Et il est fort probable que c'est ainsi qu'elle finirait.

— Bien… Et maintenant ? Que fait-on ?

Elle redoutait la réponse mais elle saurait faire face.

— Et maintenant ? répéta-t-elle comme Al restait coi.

— Maintenant… Je dois retourner à Windsor pour faire mon rapport à Benedictus.

Il n'y avait aucune tristesse dans la voix de son compagnon. Il n'éprouvait visiblement aucun regret à la perspective de quitter Brae.

Johanne ravala la boule de chagrin qui lui obstruait la gorge. Elle avait toujours su que cela se terminerait ainsi. Et elle n'avait pas le droit de lui en vouloir. Al avait fait pour elle et pour Brae plus que n'importe qui d'autre.

Elle lui en serait éternellement reconnaissante.

— Et pour Yonescu ? s'enquit-elle d'une voix lente. Que va-t-il se passer ? Qu'est-ce qui l'attend ?

— La potence.

Un long frisson secoua Johanne et Al la serra plus étroitement contre lui.

— L'homme t'a honteusement manipulée, Johanne. Il ne mérite pas qu'on se tracasse pour le salut de son âme. Il n'a pas hésité à vous dresser l'un contre l'autre,

Morcant et toi, afin de vous empêcher de vous intéresser à ses manigances. Il ne pensait qu'à lui-même.

— Je sais. Tu as raison, évidemment.

Al passa une main lente sur son dos et elle frémit jusqu'au plus profond de son être. Elle ne se sentait pas fragile – elle était plus grande que la plupart des femmes –, mais Alewyn lui donnait l'impression d'être unique dans son corps comme dans son âme, pareille à l'une de ces statues païennes que ses ancêtres celtes révéraient.

— Johanne…

— Oui ? murmura-t-elle, déposant un baiser sur l'épaule de son compagnon.

Elle sourit en le voyant trembler.

— … Il faut que nous parlions de ce qui nous arrive, ma douce.

— Qu'y a-t-il à dire ? chuchota-t-elle, sa langue traîtresse suivant le torse à la peau mate de Al jusqu'à l'un de ses mamelons.

— Il faudrait que…, insista-t-il, la voix de moins en moins sûre.

Johanne sourit. Al avait fait d'elle son esclave, au moins l'espace d'une nuit. Il était temps de lui rendre la monnaie de sa pièce. Rien de plus facile ! Leurs deux corps se comprenaient si bien ! Et d'après le souffle erratique de son compagnon, elle était sur la bonne voie.

— Normalement, ce que nous faisons se pratique dans le cadre d'une union consacrée… devant Dieu, parvint-il à articuler.

Johanne se figea.

— Une union consacrée ? susurra-t-elle contre la peau chaude et douce de son compagnon.

La main de Al effleura son front, repoussant une mèche rebelle.

— Je t'en prie Johanne, ne dresse pas de nouveau ces barrières entre nous.

Il ne bougeait plus maintenant et elle vit, à la rigidité de ses épaules, combien cet effort lui coûtait.

— Quelles barrières ?

Elle se pencha pour lui baiser les lèvres et il ne recula pas. Un sentiment de triomphe l'envahit devant le pouvoir qu'elle avait sur cet homme si fort et si fier. Leur baiser s'approfondit mais, très vite, il reprit ses distances, haletant.

— Cesse de me distraire, veux-tu ? Je parle de cette fichue barrière que tu dresses entre toi et le monde pour échapper aux émotions trop fortes.

— Mais je ne…

— Si. Et ce n'est vraiment pas nécessaire, je te l'assure, insista-t-il en lui effleurant la bouche d'un baiser. Tes gens t'aiment et te respectent. Ils t'apprécient telle que tu es et non bardée de certitudes et d'une armure de métal. Et moi aussi, je t'aime comme tu es. Je sais que tu ne souhaites pas te remarier mais, après cette nuit, il pourrait y avoir un enfant et…

Le cœur de Johanne se serra. Alewyn Monceaux était un homme bon et honnête. Mais ce n'était qu'un homme. Sous sa tutelle, Brae serait absorbé au sein de ses propres domaines et elle n'aurait plus aucun contrôle sur son avenir.

— Il n'est pas besoin de te soucier pour cela, Al. Mon flux menstruel s'est arrêté hier et je ne peux concevoir en ce moment. Quant aux murs derrière lesquels je me réfugie… tu as raison. Je dois essayer de me défaire de cette… manie. Mais pour l'heure…

Elle lui caressa doucement le bas-ventre et il gémit.

— … Pour l'heure, pensons seulement à nous, et à cette nuit qui nous appartient.

Johanne caressa de nouveau son partenaire qui se laissa tomber sur le dos.

— Maintenant, c'est à moi de t'apporter du plaisir, décréta-t-elle.

Les lèvres de Al s'arquèrent en un sourire complice et tendre à la fois mais elle vit briller dans ses yeux une lueur qu'elle ne put déchiffrer.

— À vos ordres, milady.

Chapitre 13

— Beau travail, approuva Al. Tout me paraît en ordre et prêt pour la visite de votre cher voisin.

Il y avait un ton définitif dans les propos de Al, quelque chose qui sonnait comme un adieu. Johanne ne put lui renvoyer qu'un sourire contraint.

Al était resté à Brae encore une journée et ils avaient partagé une nuit de plus, une nuit merveilleuse. Puis elle avait vu son regard sombre prendre une expression lointaine et avait compris que l'heure des adieux avait sonné. Il n'avait pas abordé de nouveau la question d'un éventuel mariage et Johanne avait été tentée de revenir sur la question. Avait-il eu vraiment l'intention de la demander en mariage ou n'était-ce que sous l'effet du bon moment qu'ils avaient partagé ?

À moins qu'il ne l'ait fait que par devoir, soulagé de la voir refuser sa proposition. Quoi qu'il en soit, Johanne était contente qu'il ne soit pas revenu sur le sujet. Elle tenait à rester célibataire mais, tout au fond d'elle, elle savait que, si Al avait insisté, elle aurait été incapable de refuser.

Elle avait l'intime conviction qu'un mariage avec lui n'aurait rien eu à voir avec ce qu'elle avait connu avec son défunt mari. Ne serait-ce que parce qu'ils étaient attentifs l'un à l'autre et se respectaient mutuellement. Et pas seulement physiquement. Al serait bon pour elle et pour son peuple, elle en était certaine. Il n'essaierait pas d'imposer sa loi.

Mais Brae et ses gens ne seraient jamais prioritaires. Les intérêts du roi et de ses chevaliers passeraient toujours avant et c'était dans l'ordre des choses. Alewyn Monceaux avait prêté serment et devait s'y tenir. Pas question d'essayer de le soustraire à ses devoirs. Mais pas question non plus de n'être qu'un second choix. Elle préférait rester seule, contrôler sa destinée et celle des siens. Elle avait assez souffert pour ça.

Et voilà qu'il s'en allait.

Jamais Johanne n'aurait imaginé que le départ de Al pût être aussi douloureux. Pourtant, il n'avait aucune raison de s'attarder davantage. Et une excellente raison au contraire de presser son départ. Le crime de haute trahison était une affaire d'une autre importance que les petits soucis de chasse gardée de la châtelaine de Brae.

Qu'était-ce qu'un misérable contentieux local devant les affaires du royaume ?

— Merci pour tout ce que vous avez fait pour nous, Al.

Ses remerciements lui paraissaient bien misérables au regard de ce qu'il avait fait. Il l'avait protégée contre ses ennemis quand elle en avait eu besoin, avait dirigé les travaux de renforcement des défenses du château, et l'avait sauvée de la corde en démontrant son innocence du crime de trahison dont elle était soupçonnée.

Et puis… il lui avait appris ce qu'était le plaisir.

Et même le bonheur.

Du moins l'espace d'un moment.

Al lui souriait toujours, ses yeux noirs déversant sur elle les chauds rayons de sa bonté naturelle.

— C'est à moi de vous remercier, Lady Johanne. Merci de m'avoir tiré de ce chemin où j'allais probablement périr. Et merci de m'avoir fait assez confiance pour accepter de m'héberger. Je tiens à vous offrir ceci, en gage de reconnaissance.

Il lui tendit la fibule d'or pur qui retenait d'ordinaire les deux pans de sa cape. Le métal était encore tiède de la chaleur de sa peau.

— C'est un objet de valeur. En cas de besoin, vous pourriez le fondre ou le vendre tel qu'il est.

Johanne prit le bijou qu'elle serra dans sa main. Jamais elle ne le vendrait ni ne le confierait à quiconque. Elle le garderait précieusement afin de se souvenir à jamais de l'être exceptionnel dont elle avait un jour croisé la route.

— Ce que j'ai fait n'est pas grand-chose, Al. Tout le monde en aurait fait autant, dit-elle d'une voix plus dure qu'elle ne l'aurait souhaité. Vous m'avez rendu de bien plus grands services ne serait-ce qu'en laissant le château en meilleur état que vous ne l'avez trouvé. Mes hommes, grâce à vous, devraient pouvoir soutenir un siège. Grâce à vous, du moins, nous avons une chance de nous en sortir.

Al sourit, le visage grave.

— Pensez néanmoins à mettre Cineas à l'abri. Et vous aussi. Les femmes et les enfants devraient pouvoir trouver refuge chez vos voisins et alliés, en veillant à ce que ce ne soit pas pour Morcant l'occasion d'étendre le conflit. Mais je fais confiance à votre sens de la diplomatie pour cela. Et Morcant a su se faire plus d'ennemis que d'amis.

Johanne opina du chef, la gorge obstruée par les sanglots refoulés. Pas question de trahir la peine et le désarroi provoqués en elle par le départ du seul homme qu'elle ait aimé.

Mais il devait partir. Il ne lui appartenait pas, pas plus qu'elle ne lui appartenait. Le temps qui leur avait été donné s'achevait. Il ne leur serait jamais donné de se revoir.

— Johanne…

Levant les yeux, elle rencontra de nouveau le regard

de son interlocuteur. Maintenant, il paraissait soucieux et une grosse ride barrait son front.

— Johanne, je vous souhaite sincèrement…

— Lady Johanne ! Sir Alewyn ! les appela une voix de l'autre extrémité de la cour.

Ils se retournèrent d'un même mouvement.

Gemel venait vers eux à grands pas, un sac dans la main.

— … Je voulais vous demander avant que vous ne partiez…

Il continuait à parler mais Johanne n'entendait plus rien. Les dernières minutes qu'elle pouvait encore partager avec Al venaient de lui être volées par son serviteur.

Gemel était encore là quand Alewyn Monceaux se mit en selle sur le cheval qu'il avait emprunté aux écuries de Brae et il se tint encore aux côtés de Johanne tandis qu'elle suivait du regard la disparition de Al sous le portail.

La plupart des habitants du château s'étaient assemblés dehors, de l'autre côté des douves pour faire leurs adieux à celui qui s'était comporté avec eux comme un ami. Nul, à part Johanne et Gemel, ne savait où il allait, à quel seigneur il appartenait. Ils savaient seulement qu'il devait partir. Johanne n'avait pas voulu que ses gens se mettent à le haïr ou à le mépriser parce qu'il les abandonnait au pire moment. Une fois la menace de Morcant repoussée, elle leur dirait la vérité. Pour l'heure, elle resterait muette. Nul n'était besoin qu'ils sachent qu'il ne reviendrait pas.

Al, magnifique dans ses habits de seigneur de haut lignage, juché avec prestance sur la plus haute monture de l'écurie, que le palefrenier avait pansée avec soin, leur offrit un petit discours.

Il les félicita tous pour les efforts qu'ils avaient fournis les dix derniers jours. Il félicita encore le petit bataillon qu'il avait personnellement entraîné, et leur promit la victoire.

Mais il ne leur dit rien sur son éventuel retour.

La seconde d'après, il s'éloignait sur le chemin dans un claquement de sabots, Gemel, qui avait promis de le suivre jusqu'à la sortie de la forêt, sur les talons.

Johanne les regarda s'éloigner puis disparaître dans les sous-bois, en direction de la voie romaine qui menait à Londres.

Elle regarda jusqu'à ce que ses yeux lui fissent mal le point invisible où il avait disparu à jamais.

Alewyn Monceaux ne s'était pas une seule fois retourné.

Chapitre 14

À proximité de Windsor[1], le ciel radieux du sud de l'Angleterre se couvrit des brumes grises de la Tamise. Les fumées diverses provenant du vaste ensemble de bâtiments prirent aussitôt Alewyn à la gorge et il se surprit à regretter l'air salin et frais de la côte.

Le cheval qu'il avait emprunté était éreinté, mais il n'avait plus qu'une lieue à parcourir avant de trouver un repos bien mérité dans les confortables écuries du château. Il pressa doucement sa monture, qui avança la tête basse et le trot ralenti.

Un cavalier venait à sa rencontre, son allure raide et compassée trahissant son identité avant même qu'on pût distinguer les traits de son visage.

Vu de près, Benedictus affichait une mine renfrognée qui aurait donné à n'importe qui l'envie de tourner les talons.

Aucune chaleur dans le regard du frère d'Alewyn, aucun sourire de bienvenue sur ses lèvres minces quand, enfin, ils s'arrêtèrent face à face.

— Je te croyais mort, grommela simplement Benedictus, le regard opaque.

Ne sachant que répondre à des propos qui ne montraient

1. Windsor est en effet construit au bord de la Tamise par Guillaume le Conquérant dans le but d'en surveiller la circulation.

aucune satisfaction, aucune joie contenue, Alewyn resta silencieux.

— Ton cheval nous a été ramené il y a une semaine avec tes affaires. On aurait dit que la pauvre bête avait participé à une bataille rangée. Nous nous demandions ce qui t'était arrivé.

— Je vois que tu t'es empressé d'aller aux renseignements, ironisa Alewyn, que l'indifférence de son frère blessait, malgré tout.

Les lèvres de Benedictus ébauchèrent l'ombre d'un sourire.

— Il se trouve que, malheureusement, je ne suis pas dans la position de pouvoir quitter mon poste quand ça me chante. Surtout pour des motifs personnels. Il me fallait attendre le retour de Théo avant de m'éloigner.

Alewyn remarqua alors qu'en effet, son frère avait revêtu des vêtements de voyage. Il sentit les muscles de son dos se détendre. Son frère était le plus ancien des chevaliers du roi et le plus gradé. Il ne pouvait en effet quitter son poste que pour affaire d'État. Et pourtant, même bien tard, il était bel et bien en route pour Brae. À sa recherche.

— Puisque tu m'as retrouvé, rentrons au château, décréta-t-il, imitant le ton factuel et froid de son interlocuteur. J'ai pas mal de choses à te dire.

Benedictus haussa un sourcil.

— As-tu découvert assez de preuves pour faire pendre Lady Johanne ?

Les doigts d'Alewyn se crispèrent sur ses rênes.

— Je crains que non.

Fut-ce un effet de son imagination ? Il lui sembla que les épaules de son frère s'affaissaient quelque peu, comme s'il était déçu. Son frère pensait-il qu'il avait échoué dans sa mission ? Et que décidément, on ne pouvait pas compter sur lui ? Il attendit que l'envahisse le sentiment familier d'infériorité, d'incompétence même qui l'habitait depuis l'enfance vis-à-vis de son aîné. Mais rien ne vint. Peut-être parce que, cette fois, sa mission était un plein succès ? Ou pour une autre raison, qu'il ne s'expliquait pas. Quoi qu'il en soit, il en était soulagé. L'ombre qui l'oppressait depuis des années s'était volatilisée.

— Parfait. Rentrons, dans ce cas. Tu me raconteras tout en présence de Théo.

Alewyn ne discuta pas. Théo était passé maître dans l'art d'interroger les gens. Il pouvait vous amener à répondre à des questions dont vous ignoriez posséder la réponse.

— Et Fleur ? Était-elle en si mauvais état ?

— Elle souffrait de fortes lésions aux jambes. Comme si elle avait été blessée par un objet tranchant…

Alewyn hocha la tête. Cela corroborait le fait que Johanne avait trouvé une corde tendue au travers du chemin. À la pensée qu'il n'avait pas été là pour rassurer et soulager Fleur, rétrospectivement, son cœur se tordit de compassion.

— Aucun dommage sur le corps, ceci dit, mis à part quelques égratignures et le pelage maculé de boue… Mais rien à quoi un bon garçon d'écurie n'ait pu rapidement remédier. Pour autant que j'ai pu en juger, tes affaires étaient au complet dans les fontes de selle.

— Et mon épée ?

— Elle était toujours fixée sous la selle de Fleur.

Benedictus marqua une pause puis ajouta :

— … C'est ce qui m'a convaincu que tu étais mort. Jamais tu ne serais parti sans ton épée.

Pour la première fois, Alewyn perçut l'ombre d'une émotion dans la voix de son frère. Peut-être que ce fichu énergumène avait un cœur, après tout.

Si Fleur et lui n'étaient pas tombés dans le piège, c'est Gemel et Johanne qui en auraient été victimes. Quelles que fussent les intentions de celui qui l'avait posé, pour leur faire peur ou pour attenter à leur vie, Alewyn ne pouvait que se réjouir que ce soit tombé sur lui. Il préférait mille fois affronter les pires dangers plutôt qu'il arrive quelque chose à la dame de Brae.

Benedictus et lui restèrent silencieux jusqu'à la fin du court trajet qui les séparait du château. Alewyn songea à son enfance avant qu'il ne devienne page chez un seigneur ami et voisin de son père. À l'époque, c'était ses parents qui utilisaient le silence comme une arme. Lord et Lady Monceaux préféraient le silence aux réprimandes et l'utilisaient avec la même précision et la même cruauté que s'il s'était agi d'un couteau. Dans ces moments-là, où le petit garçon qu'il était avait l'impression de souffrir un véritable bannissement, Benedictus se comportait comme un allié.

Mais aujourd'hui, le silence de son frère ne lui semblait en rien hostile. Sans doute parce que cette fois, c'était lui qui avait les réponses. Sa mission avait été un succès et il ne lui restait plus qu'à en rendre compte à ses frères chevaliers pour éviter une guerre d'invasion sur le sol anglais.

Il y avait peut-être une autre raison à cette toute nouvelle confiance en soi. Pendant tout son trajet de retour à Windsor, Alewyn s'était efforcé de ne pas penser à Johanne. Les deux nuits qu'il avait passées dans les bras de la jeune femme avaient été le moment le plus parfait de sa vie. Mais ce n'était pas seulement son corps qui lui manquait. À plusieurs reprises, tandis qu'il cheminait dans les bois et sur les chemins, il s'était tourné vers elle pour lui demander son avis ou lui raconter des anecdotes sur la vie de Cour. Mais à ses côtés, il n'y avait personne. La perte de Johanne avait été pour lui pire qu'une amputation.

Elle n'avait pas été qu'une merveilleuse amante. En lui redonnant confiance en lui-même, elle lui avait fait le cadeau le plus précieux qui soit. Elle l'avait aidé à se trouver.

Et pour cela, il lui serait reconnaissant à jamais.

Alewyn avait fait ce qu'il fallait. Il lui avait offert le mariage mais elle l'avait repoussé avec force. Cela l'avait blessé plus qu'il ne l'aurait cru possible. Mais la douleur avait été apaisée par le don merveilleux de son corps. Il avait songé ensuite à plusieurs reprises à répéter sa demande. La dernière fois juste au moment de quitter Brae. Mais il avait été interrompu par l'arrivée de son régisseur.

Et, à dire vrai, Johanne paraissait se satisfaire de la situation. Il n'avait pas voulu insister au risque d'assombrir leurs derniers instants ensemble.

Tandis que les lieues s'ajoutaient aux lieues, l'éloignant irrémédiablement du seul endroit où il avait été pleinement heureux, Alewyn s'était demandé s'il avait commis une erreur.

Bien sûr, il avait proposé à Johanne de l'épouser. Mais il ne lui avait pas fait de demande en bonne et due forme. Peut-être aurait-il dû ? Mais il savait pertinemment que, tout au fond d'elle, elle ne voulait être nulle part ailleurs qu'à Brae.

Inutile de se torturer. Leur amour était impossible. Sa place à lui était à Windsor, celle de Johanne était dans son château, au milieu de ses gens, afin de conserver et faire prospérer l'héritage de son fils. À lui d'apprendre à vivre sans elle.

La surprise joyeuse de Théo quand il le vit faisait plaisir à voir. Alewyn en rit gaiement et ils s'administrèrent moult tapes sur le dos. Puis son frère en chevalerie le serra dans une fiévreuse étreinte.

— Eh bien ! mon ami, tu peux te vanter de nous avoir fait peur. Nous te croyions mort ! Et franchement, ajouta-t-il en le gratifiant d'une nouvelle tape affectueuse, je suis bien content que ce ne soit pas le cas.

Alewyn sourit.

— Moi aussi, figure-toi. Et sans la dame de Brae et ses bons soins…

Théo partit d'un grand éclat de rire.

— Et ne nous refais pas un coup pareil ou cette fois, c'est moi qui te tue de mes deux mains !

Ils rirent encore, leurs jeunes voix retentissant en échos dans les interminables corridors de Windsor tandis qu'ils rejoignaient le cabinet de Benedictus. L'endroit était petit et fonctionnel, mis à part les sièges les plus inconfortables qui soient, comme si l'objectif de Benedictus était précisément d'empêcher ses visiteurs de s'asseoir.

Alewyn se dirigea tout droit vers le feu ronflant dans la haute cheminée auquel il présenta son dos trempé par les dernières pluies.

Benedictus alla s'asseoir sur le seul siège confortable, derrière sa table de travail tandis que Théo se laissait tomber avec résignation sur l'une des cathèdres de bois noir.

— Bien, maintenant, raconte-nous tout.

Alewyn se retourna vers les flammes. Pendant son trajet, il avait eu amplement le temps de mettre sur pied la version de son expédition qu'il servirait à son frère et à leurs amis. Il fallait surtout qu'il n'y ait plus aucun doute sur l'innocence de Johanne. Mais il ne tenait pas à révéler ce qu'il avait fait pour aider la jeune femme à préparer la défense de Brae contre le siège. Il se tiendrait coi sur cet aspect-là de son séjour, qui ne faisait pas partie de sa mission.

À moins que, comme d'habitude, Théo ne parvienne à lui tirer les vers du nez.

Se retournant, il faillit se laisser tomber sur l'inconfortable cathèdre qui lui tendait ses bras hostiles. Après trois heures de chevauchée quasiment sans pause, il commençait à sentir un peu la fatigue. Mais juste au moment de plier les genoux, il se souvint que ce siège semblait prendre un malin plaisir à torturer son grand corps et ses longues jambes. Allant s'appuyer contre le mur, il entreprit de faire un résumé succinct de tout ce qui lui était arrivé depuis son départ de Windsor jusqu'à son retour, expliquant sommairement que certains événements survenus avant que Lady Johanne ne le retrouve assommé dans ce chemin de forêt étaient encore quelque peu perdus dans les brumes de sa mémoire.

— Tu n'as vraiment aucune idée de ce qui s'est passé pour qu'on te retrouve dans cet état ? insista Théo quand il s'arrêta enfin.

— Je crois que je ne le saurai jamais. D'après le régisseur de Lady Johanne, Fleur aurait été brutalement arrêtée dans son élan par une corde tendue au travers du chemin, probablement destinée à quelqu'un d'autre. La pauvre bête a lourdement chuté et m'a flanqué par terre. Ma tête a dû porter violemment sur une pierre et, quand j'ai repris connaissance, j'étais couvert d'ecchymoses. Par chance, je n'avais rien de cassé. La chambrière de Lady Johanne m'a soigné.

— Une simple chute n'aurait pas dû te mettre dans un état pareil, commenta brièvement Benedictus en le parcourant d'un bref regard. À moins que quelqu'un ait été payé pour te rouer de coups… Ceci dit, il est tout de même curieux qu'on t'ait ainsi dressé un guet-apens pour te laisser au travers du chemin sans te dépouiller de tes affaires, et encore moins de ton cheval.

Chassant d'un geste de la main cet épisode confus, Benedictus se pencha sur sa table.

— Quant à ce Yonescu, il va falloir lui régler son sort au plus vite… Mais nous nous occuperons d'abord de ces fichus Français avant qu'ils sèment la pagaille. As-tu une idée de l'endroit où ils sont allés ?

— Oui. Ils ont pris la direction de Cranleigh. Je m'en suis assuré en empruntant un cheval à mon hôtesse…

— Parfait. Juste au sud de Windsor… Nous allons rassembler une petite brigade et la lancer sur leurs traces. Ensuite, nous nous occuperons de Yonescu. Il va découvrir ce que coûte d'enfreindre les lois du royaume d'Angleterre. Quant à Lady Johanne, qu'elle aille en paix, puisque nous n'avons rien à lui reprocher.

Alewyn, les genoux soudain liquéfiés, s'appuya des deux mains contre le mur. Il savait, bien sûr, que son frère lui ferait confiance, mais entendre proclamer à claire et haute voix l'innocence de la jeune femme, après tant d'émotions et de fatigue, avait bien failli lui couper les jambes. Cette fichue cathèdre aurait peut-être été une bonne idée, finalement.

Théo l'observait attentivement, un fin sourire jouant sur ses lèvres gouailleuses.

— Il me semble que le nom de cette dame est survenu assez souvent dans notre conversation.

Alewyn lui décocha un œil noir.

— J'ai séjourné chez elle pendant tout ce temps et elle était la principale suspecte dans ce complot contre notre roi. Donc, bien sûr, j'ai mentionné son nom.

La mimique de Théo se mua en un large sourire.

— La fréquentation de Lady Johanne ne doit pas manquer d'intérêt ?

Le cœur d'Alewyn se mit à battre comme un tambour. Théo, avec ses insinuations ridicules, était-il en train de compromettre tous ses efforts pour innocenter Johanne en insinuant qu'il en était tombé amoureux ?

— Je ne vois pas ce que vient faire la beauté de la baronne de Brae dans cette affaire !

Théo toussa avec affectation.

— Hum… Je ne crois pas avoir prononcé le mot beauté. Mais bien sûr, tu es mieux placé que moi pour juger…

Une fois de plus, Alewyn s'était laissé prendre au piège de l'habile rhétorique de son ami.

— Cesse de le taquiner, Théo, gronda Benedictus. Il a plutôt fait du bon travail… Je suis pleinement satisfait de la manière dont tu as accompli ta mission, poursuivit-il en se tournant vers Alewyn. Je ne manquerai pas d'en informer Sa Majesté. Et, d'une manière ou d'une autre, il saura te récompenser.

Alewyn ne pouvait plus quitter son frère des yeux. Enfin, après toutes ces années, il entendait un compliment de la part du chef des chevaliers du roi. Ses mérites étaient reconnus et son titre pleinement validé, ce qui était son rêve depuis toujours.

La reconnaissance officielle de leur fils cadet ne pourrait que réjouir ses parents et ajouter du prestige à leur brillante lignée.

Alors, pourquoi, tout au fond de lui, ne se sentait-il pas plus heureux ?

Chapitre 15

Cela faisait dix jours que Al était parti.

L'hiver avait enfin relâché son étreinte et les premiers signes du printemps apparaissaient dans le paysage. D'ordinaire, cette période de renouveau remplissait Johanne d'un optimisme joyeux pour l'année à venir. Mais cette année, les clairs matins peuplés de chants d'oiseaux la remplissaient d'un effroi croissant. Plus il faisait chaud et beau, plus les sols humides s'asséchaient en forêt, encourageant Morcant à entreprendre enfin son siège. Peu importe la quantité d'armes que ses gens avaient confectionnées, peu importe l'abondance de provisions amassée dans les magasins du château, Johanne ne pouvait s'empêcher de penser qu'ils couraient tout droit au désastre.

Quand Al était là, malgré ce qu'ils avaient vu lors de leur incursion chez Morcant, elle se sentait pleine d'espoir. Avec sa force physique, son intelligence et son sens de l'organisation, Al était parvenu à lui faire croire en l'impossible. Mais maintenant qu'il était parti, son espoir s'amenuisait graduellement jusqu'à menacer de disparaître.

Pendant toutes ces longues journées sans lui, elle avait fini par se convaincre qu'elle était aussi bien toute seule. Et pourtant, chaque jour un peu plus, aux petites heures du matin, froides et sombres, elle se sentait faiblir. Elle prenait chaque jour davantage conscience qu'elle avait besoin de Al. Pas seulement pour sa force physique mais aussi parce qu'elle savait qu'elle aurait pu compter sur lui. Partager avec lui son fardeau. Mais elle lui avait dit qu'elle ne souhaitait pas se remarier. Et il était parti.

Maintenant, elle devait vivre avec sa décision.

Ce matin, Johanne avait fait comme d'habitude une inspection du château et de ses alentours. Partout ses gens l'accueillaient avec leur bonne humeur coutumière. Pour le moment, tout allait aussi bien que possible. Tout était en place et rien n'avait été laissé au hasard. Il ne restait plus qu'à attendre et à s'entraîner selon les méthodes préconisées par Al. Johanne, quant à elle, ne pouvait plus rien faire d'autre qu'espérer et prier.

Elle s'arrêta un instant au milieu de la cour, qui paraissait bien plus propre et bien plus en ordre qu'auparavant. Apparemment, les habitants de Brae avaient désormais à cœur d'entretenir convenablement le château.

Encore une chose dont elle était redevable à son beau chevalier. Elle monta vivement les marches de la tour de guet. Gemel était là, les yeux fixés sur l'horizon.

— Rien à signaler ? s'enquit-elle, selon un rituel qui leur était devenu familier.

— Rien à signaler, répliqua-t-il comme d'habitude.

S'approchant de la rambarde, elle scruta attentivement la lointaine rangée d'arbres.

— Peut-être devrions-nous envoyer un des nôtres espionner sur le territoire de Morcant ? Un homme averti en vaut deux, n'est-ce pas ?

— Envoyer quelqu'un… Pourquoi pas ? Mais qui ? Et avant que vous ne vous portiez volontaire, rappelez-vous que nous avons besoin de vous ici.

Ce n'était pas la première fois qu'ils avaient cette conversation. Ils parcouraient sans cesse le même labyrinthe de questions sans réponses, empruntant chaque jour les mêmes détours, comme s'ils se déplaçaient sur un escalier en spirale dont on monte éternellement les degrés sans jamais arriver au sommet.

— Nous pourrions confier cette mission à Thomas. Il est jeune et rapide…

Le cœur de Johanne saignait en même temps qu'elle prononçait ces mots. Thomas était intelligent et brûlait de l'envie de se montrer utile mais il était si jeune ! À peine sorti de l'enfance…

— Je crois pourtant que nous n'avons pas le choix.

Johanne se tourna vers son régisseur, sidérée.

— Vraiment ?

— Il nous faut faire quelque chose. Nous vivons sur le fil du rasoir. Vos gens font aussi bonne figure que possible mais tout le monde est sur les dents, si vous me pardonnez cette expression, milady. Le couvercle de la marmite va sauter. À commencer par vous, j'en ai bien peur.

Gemel, avec ses propos imagés, avait raison, comme souvent. Johanne avait l'impression d'être aussi tendue que la corde d'un luth. Chaque jour un peu plus, jusqu'à finir par se rompre.

Et ils avaient désespérément besoin d'informations.

— Parfait. Je vais parler à Thomas.

Elle continuait à fixer l'horizon, sans faire mine de bouger. Pas question de l'avouer, même à elle-même, mais elle ne faisait pas que guetter Morcant. Elle cherchait aussi sur le fond des arbres la haute silhouette d'un cavalier solitaire.

La silhouette familière d'un homme qui lui revenait.

C'était un rêve stupide, bien sûr. Un rêve qu'elle ferait mieux de chasser de sa cervelle malade. Al était retourné à sa brillante vie de champs de bataille et de Cour chamarrée d'or et de pourpre. Il ne reviendrait pas.

Thomas réapparut le soir même, le visage couleur de cendre et les lèvres tremblantes.

Johanne et Gemel, déjà prévenus de son retour, l'attendaient dans la cour.

— Il n'a pas eu le temps de faire l'aller-retour jusqu'à Ormond, commenta Gemel entre ses dents tandis que le garçon approchait.

Le cœur de Johanne battait à se rompre.

— Non, en effet.

— Eh bien, mon garçon. Quelles nouvelles ? s'enquit-elle d'un ton avenant bien qu'elle connût déjà la réponse.

— Morcant est en route.

Elle avala sa salive.

— Et ?

— Il est accompagné d'une nombreuse armée et d'une drôle de machine... Une machine grande comme ça, précisa Thomas en levant les deux bras au-dessus de sa tête. Plus grande que les remparts de chez nous...

— Un trébuchet, dit Gemel.

L'estomac de Johanne se contracta douloureusement. Elle se souvenait de cette nuit terrible où elle avait vu pour la première fois le trébuchet se dresser dans la cour du château de Morcant et la terreur qui s'était emparée d'elle. Apparemment, tous leurs efforts pour le détruire, à Al et à elle, n'avaient servi à rien. Morcant avait sans doute été ralenti dans ses projets, mais il n'y avait pas renoncé, bien au contraire. Et malgré les travaux dont Al les avait fait bénéficier, jamais les murs de Brae ne pourraient soutenir un tel assaut. L'étincelle d'espérance qui s'était allumée et qui brillait depuis la nuit où Al avait mis le feu à l'arme secrète de Morcant s'éteignit tout à coup. Remplacée aussitôt par une nouvelle résolution.

Une résolution difficile mais nécessaire.

— Gemel, va prévenir tout le monde de se rassembler immédiatement dans la grande salle. J'ai une communication à leur faire… Quant à toi, Thomas, toutes mes félicitations. Tu nous as rendu un fier service.

Sur ces mots, elle se dirigea à grands pas vers le château. L'heure avait sonné. Le moment était venu qu'elle redoutait depuis la mort de Badon. Son autorité était menacée, mais pas de l'intérieur, comme son défunt mari l'avait prédit. Ses gens lui avaient été loyaux. Elle avait réussi à créer une demeure pour eux tous, une communauté de vie où il faisait bon vivre et dont elle pouvait être fière. Et ils avaient tenu à l'en récompenser.

Mais maintenant, l'heure avait sonné d'annoncer la bataille et de prendre toutes les mesures pour s'y préparer.

Elle gagna la chambre de Cineas qu'elle trouva en train de jouer avec ses petits chevaux de bois, tandis que sa nourrice le surveillait depuis l'encoignure de la fenêtre, son ouvrage sur les genoux.

— Maman ! s'exclama-t-il avec un sourire ravi quand elle tomba à genoux à ses côtés.

— Mon amour ! Tu vas devoir partir en voyage…

Il écarquilla les yeux.

— Vraiment ? Vais-je retrouver Al ?

Johanne avait oublié à quel point l'enfant avait été fasciné par Al. Elle n'avait pas prononcé son nom depuis qu'il était parti. Pas même pour elle-même dans le silence de la nuit, aux heures où il lui manquait le plus.

Et pourtant, il ne l'avait pas oublié.

— Pas tout de suite, mon cœur. En ce moment, Al est en train d'accomplir une mission pour le roi.

Ce qui ne fit que faire briller davantage les beaux yeux bleus du petit garçon.

— Crois-tu qu'il va amener le roi Édouard à Brae pour que nous fassions sa connaissance ?

Dieu ! Pourquoi était-ce si difficile ? Tenter d'expliquer à un enfant de six ans que son héros l'avait déjà probablement oublié, l'abandonnant dans la plus grande difficulté, était bien cruel.

Mais le moment n'était pas le meilleur pour initier Cineas aux dures leçons de la vie.

— Une autre fois, peut-être. Pour l'heure, tu vas aller chez mon frère. Te souviens-tu ? Je t'ai déjà parlé de lui.

Cineas, à qui tout cela ne disait rien qui vaille, et qui, du reste, n'avait jamais quitté sa mère, fronça les sourcils.

— Ne viens-tu pas avec moi ?

— Pas maintenant, mon amour. Mais je ne tarderai pas à te rejoindre.

À la grâce de Dieu !

L'excitation de Cineas tomba d'un seul coup.

— Je veux bien aller chez mon oncle… mais je veux rester avec toi.

— Moi aussi. Mais j'ai encore des choses à faire ici. Quelques-uns de tes amis vont t'accompagner. Tu vas voir ! Ce sera une véritable aventure… Viens ici !

Attirant son fils dans ses bras, Johanne, s'efforçant de refouler ses larmes, l'étreignit passionnément. Que Dieu fasse que ce ne soit pas la dernière fois qu'elle le serre ainsi contre elle !

— … Tu te conduiras bien avec ta nourrice, n'est-ce pas ? Et surtout, souviens-toi de qui tu es. Tu es mon fils, bien sûr, mais tu es avant tout le baron de Brae. Ne l'oublie jamais.

Renversant la tête, l'enfant fronça les sourcils, étonné par la soudaine solennité de sa mère. Si elle devait ne jamais le revoir, Dieu fasse que son petit garçon se souvienne toujours de ses derniers mots.

Et qu'il soit assez vaillant, plus tard, pour réclamer son héritage.

Laissant Cineas et sa nourrice faire leurs bagages pour ce voyage inopiné, Johanne gagna son cabinet de travail.

À l'heure qu'il était, ses gens devaient commencer à s'assembler dans la grande salle et elle ne disposait plus de beaucoup de temps. Tirant son livre de comptes de son étagère, elle en arracha une feuille, s'assit à sa table et resta un instant songeuse, la plume levée. Qu'allait-elle pouvoir dire à son frère ? Comment lui présenter les choses ? Enguerrand était un être égoïste et cruel qui ne faisait rien pour autrui qui ne lui rapporte à lui-même quelque chose.

Lui demander de l'aide était une tâche aussi ingrate qu'humiliante.

Sur une autre étagère, tout en haut, était posé un coffret de bois de cèdre contenant les quelques bijoux appartenant encore à la baronnie de Brae. Johanne ne les avait jamais portés elle-même, si ce n'est le jour de ses noces. D'abord, elle ne les aimait pas. Et Badon ne l'avait sans doute jamais jugée elle-même assez importante pour arborer des biens aussi précieux. Depuis la mort du baron, ils reposaient là-haut, sur leur étagère, contrôlés de temps à autre par Gemel qui les considérait un peu comme une « poire pour la soif », pour reprendre son expression.

Johanne poussa un soupir. Pour l'heure, ils allaient servir de gage pour la protection de son fils. Elle rédigea quelques mots, glissa la missive dans le coffret puis rangea le tout dans un sac de toile dont elle serra soigneusement le lien. Soudain, avant de quitter la pièce, elle marqua une pause. Devait-elle aussi détruire le registre ? Si Morcant s'emparait de Brae, pas question de lui laisser le moindre avantage. S'il voulait exploiter cette terre qui ne lui appartenait pas, il faudrait qu'il travaille. Les yeux posés sur le grand livre noir, elle ne put s'empêcher de repasser dans sa mémoire le jour où Al était venu la voir dans cette pièce. C'était la première fois qu'ils se parlaient en tête à tête depuis qu'elle l'avait interrogé le jour où il avait repris connaissance.

Elle eut un petit rire amer. Pourquoi ne l'avait-elle pas questionné plus attentivement ? Il lui mentait déjà, à cette époque. Ou peut-être pas ? Elle supposait qu'il avait perdu la mémoire mais, à ce moment-là, il n'était pas si clair sur la question. Il l'avait laissée avec ses suppositions.

Oui, Alewyn Monceaux était un terrible menteur. Elle le voyait bien, maintenant. Il s'était montré si mal à l'aise quand elle l'avait questionné sur son passé. Si elle y avait prêté davantage attention, si elle ne s'était pas focalisée sur les services qu'il pourrait lui rendre au château, elle aurait sans doute compris plus tôt qu'un homme comme lui n'était pas arrivé par hasard dans les environs de Brae.

Pourtant, Johanne était heureuse de n'en avoir rien fait. Al serait parti bien plus tôt et elle n'aurait pas connu ces moments de bonheur.

Dieu, comme il lui manquait ! Comme lui manquaient ce demi-sourire, cette assurance tranquille, et, pour être tout à fait honnête, le spectacle qu'il lui offrait en mouvant son grand corps dans la cour. La manière dont il fendait une souche en deux sans y paraître. Les rires qu'il partageait avec Cineas, sa camaraderie facile et saine avec tous, son aisance à cheval.

Et surtout, la manière dont il l'avait soulevée comme un fétu de paille pour la mettre dans sa couche et lui apprendre le bonheur.

S'il était encore ici, Al essaierait-il de prendre le dessus sur elle ? Probablement pas. Il n'avait jamais tenté de le faire, pas même une fois que sa véritable identité révélée, il était apparu qu'il était tellement au-dessus d'elle.

Grand Dieu ! Comment avait-elle pu lui affirmer qu'elle n'avait pas besoin d'hommes dans sa vie ? Bien sûr, encore aujourd'hui, elle ne voulait pas de l'emprise d'un homme ni sur elle ni sur ses biens. Mais peut-être qu'ensemble, ils auraient pu trouver un autre chemin ? Peut-être le mariage n'était-il pas un long combat entre dominant et dominé ?

Johanne hocha la tête. À quoi bon laisser sa pauvre cervelle battre la campagne ? Al n'avait jamais laissé entendre qu'il était prêt à abandonner sa charge de chevalier du roi. Même si elle lui avait demandé de rester avec elle, il est probable qu'il aurait refusé. Quant à elle, elle n'était pas disposée à quitter la demeure de ses ancêtres.

Al avait un but dans la vie. Il voulait prouver à ses compagnons et à sa famille, et surtout à lui-même qu'il était digne de faire partie de ce groupe d'élite et, tant qu'il ne l'aurait pas atteint, il serait incapable de se consacrer à quoi que ce soit d'autre. Johanne ne pouvait pas rivaliser avec la vie de fastes et d'honneurs que le roi pouvait lui assurer.

Il était trop tard pour changer quoi que ce soit à tout ça. Elle devrait vivre avec sa décision et considérer que c'était la seule chose à faire.

À quoi bon ressasser ce qui appartenait maintenant au passé ?

Après un dernier regard au registre, elle décida de le laisser là où il était. Il serait toujours temps de le détruire plus tard si besoin était.

Pour le moment, il fallait laisser de la place à l'espoir.

Chapitre 16

L'armée de Morcant fut en vue le lendemain après-midi. Elle avançait lentement, visiblement ralentie par l'encombrante structure du trébuchet tiré par plusieurs chevaux.

— Cet engin est vraiment très grand, en effet, dit-elle à Gemel dans un chuchotement rauque.

— Je croyais que vous l'aviez déjà vu à domicile, milady, ironisa son régisseur.

— Oui, mais si près de nos remparts, il paraît d'autant plus terrifiant.

Tandis que la ligne des hommes d'armes approchait, les propres hommes de la châtelaine de Brae se répartirent le long des coursives. Finalement, seules les jeunes mères chargées d'enfants avaient quitté les lieux. Tous les autres étaient restés pour aider en fonction de leurs possibilités. Des piles de flèches étaient stockées le long des remparts. Derrière Johanne, un feu était allumé et un énorme chaudron rempli d'eau commençait à chauffer, prêt à être déversé sur les assaillants.

Plus les forces de Morcant approchaient, plus leur importance paraissait évidente. Et c'est alors que Johanne se mit à trembler. Les habitants de Castle Brae avaient beau être courageux, jamais ils ne pourraient soutenir un tel assaut.

— Gens de Brae, baissez vos arcs, lança-t-elle d'une voix forte. Voyons d'abord ce que Morcant a à nous dire.

Un grondement sourd monta des petits groupes massés derrière les créneaux, mais tout le monde obéit et les arcs s'abaissèrent avec un bel ensemble.

Sous eux, Morcant, vêtu d'une armure étincelante sur sa tunique couleur de sang, fit avancer son cheval jusqu'au pied de la muraille.

— Lady Johanne, déclara-t-il dans un grondement de bête fauve, il n'est pas nécessaire que tout cela se termine dans un bain de sang. Si vous renoncez à l'union que vous avez conclue avec le chevalier, et que vous acceptez de devenir ma femme, tout se terminera bien. Un mariage d'alliance avec moi n'est pas à dédaigner.

Johanne se retint de hocher la tête. Bien sûr, elle y avait songé. C'était la meilleure solution. La proposition la plus sensée. Aucun des siens ne mourait. De toute façon, Morcant était le plus fort. Elle allait ouvrir la bouche pour annoncer sa décision quand, dans un bel ensemble, une clameur jaillit de la bouche de ses hommes.

— Jamais !

Et plusieurs vivats retentirent en chœur, résonnant contre les murailles. Même à cette distance, Johanne vit le visage de Morcant devenir livide et les coins de sa bouche s'abaisser. Son cœur battit plus vite et une joie absurde l'envahit.

— Alors, hurla-t-il en brandissant son pavois, vous l'aurez voulu. Soyez maudits.

Faisant faire volte-face à son cheval, Morcant commença à donner ses ordres. On ne distinguait pas les paroles dans le vent mais le message était clair. L'assaut avait commencé.

Fermant les yeux, Johanne s'appuya contre le mur de pierre. Si son dernier moment sur cette terre était venu, alors, elle voulait penser à quelque chose de plaisant.

Elle s'efforça de conjurer des images de son fils, courant et jouant. En vain. La pensée qu'il allait devoir grandir seul, sans le soutien de ses parents, lui déchirait le cœur.

Alors, elle fit appel au souvenir de Al, de son regard brûlant, de sa bouche sensuelle qui savait si bien embrasser. Elle sentit ses grandes mains sur ses épaules, autour de sa taille, caressant son corps. Elle aurait tant voulu lui dire qu'elle l'aimait ! Il méritait de le savoir. Elle aurait voulu lui dire aussi qu'elle aurait voulu vivre à ses côtés, connaître le goût du bonheur avec le seul homme qui avait su l'aimer.

Aimer son corps, tout du moins.

Qu'elle aurait voulu lui donner un enfant, peut-être…

Pourquoi ne lui avait-elle pas donné le choix ? N'était-ce pas à Al de décider s'il voulait rester avec elle ou retourner chez les siens ?

La voix tendue de Gemel la tira de ses songes.

— Johanne… Il se passe quelque chose.

Elle ne voulait plus voir. Surtout pas le trébuchet chargé de boulets de pierre qui allaient mettre à bas leurs remparts si patiemment redressés.

— Johanne ! Il faut que vous voyiez ça.

Elle ouvrit des yeux pleins de larmes. Puis se mit à les frotter de ses deux poings.

— Mon Dieu ! Mais qu'est-ce que c'est ?

— L'armée du roi.

— Co… comment ?

Des murmures excités montaient maintenant des chemins de ronde. Partout des gens se penchaient pour mieux voir le fort bataillon impeccablement aligné qui apparaissait au loin, dans la prairie.

Les hommes d'armes de Morcant ne bougeaient plus. Plus personne ne s'occupait du trébuchet. Morcant, la main en visière, regardait cette armée inconnue s'approcher avec une flegmatique assurance, comme en terrain déjà conquis.

Elle avançait en formation serrée, les armures brillant sous le soleil.

Un homme dont tout disait qu'il ne pouvait être que le roi chevauchait en tête, flanqué de quatre géants, dont l'un dépassait tous les autres en taille et en beauté. À la vue de Al, magnifique dans son armure de chevalier, Johanne sentit son cœur se gonfler. La main de Gemel s'agrippa à son bras et elle s'aperçut qu'elle avait failli descendre dans la cour et franchir le portail, inconsciente du danger, pour aller se jeter dans ses bras.

Elle se ressaisit et attendit la suite des événements, les yeux brillants et un sourire incoercible sur les lèvres.

Le roi et son escorte poursuivirent leur progression jusqu'à ce qu'ils soient interposés entre les hommes de Morcant et les remparts du château. Johanne ne quittait plus Al des yeux mais elle savait qu'il fallait se concentrer sur ce qui se passait. Les événements étaient déterminants pour l'avenir de Castle Brae et de son fils, le futur chef de la baronnie.

Elle se pencha sur le muret de pierre pour mieux entendre ce qui allait se dire. Son mouvement attira l'attention de Al qui pivota sur sa selle pour mieux voir. Sa bouche ébaucha son fameux sourire et, tremblant de tous ses membres, elle sourit en retour.

— Que signifie tout ceci ? demanda le roi d'une voix forte.

Seul le silence lui répondit. Morcant n'avait plus rien de l'arrogant guerrier qui l'avait sommée de l'épouser. Malgré sa corpulence, on aurait dit un petit chien fautif ne sachant comment obtenir le pardon de son maître. Johanne ne put retenir le rire léger qui lui échappa et le roi leva la tête vers le haut des remparts, imité aussitôt par ses compagnons.

Puis Édouard se tourna vers Al et lui murmura quelque chose. Al opina du chef et de nouveau, le roi leva la tête.

— Mes hommages, Lady Johanne. Peut-être pourriez-vous nous rejoindre ?

Il était difficile de dire d'après sa voix et sa physionomie, si Sa Majesté était irritée ou satisfaite. Mais comme son invitation parut à Johanne davantage un ordre qu'une prière, elle s'empressa d'obtempérer.

Le pont-levis lui sembla mettre une éternité pour s'abaisser. Son cœur battait follement dans sa poitrine. Et ce n'était pas parce qu'elle allait être présentée au roi d'Angleterre ! Elle avançait dans un brouillard, les yeux fixés sur Al, qui ne semblait avoir d'yeux que pour elle.

Elle avait bien cru ne jamais le revoir et voilà que la providence les faisait de nouveau se rencontrer.

La providence ? Ou la volonté farouche de son beau chevalier ?

Surgissant dans la lumière, elle s'arrêta devant la monture du roi Édouard. Éblouie par le reflet du soleil sur l'armure du monarque, elle plissa les yeux puis, reconnaissant pour le roi d'Angleterre le fier cavalier qui la dominait, s'abîma aussitôt dans une profonde révérence.

— Lady Johanne, c'est un plaisir de faire votre connaissance. D'après ce que j'ai compris, vous avez joué un rôle tout à fait décisif dans la découverte d'un complot contre la Couronne.

— Majesté, je…

Johanne jeta un regard perdu à Al qui hocha imperceptiblement la tête.

— Merci, conclut-elle hâtivement.

Sa réponse n'avait aucun sens mais Édouard ne parut pas y attacher d'importance.

— Baronne de Brae, en remerciements de vos loyaux services, Castle Brae est désormais sous ma protection, décréta le roi avec une solennité d'autant plus surprenante dans ce contexte champêtre et guerrier à la fois. Quant à vous, ajouta-t-il en se tournant vers Morcant, sachez que tout ennemi de Lady Johanne est mon ennemi. Si vous vous obstinez à attaquer Castle Brae, aujourd'hui ou demain, mon armée vous rendra la pareille avec une férocité redoublée.

Le regard lointain du monarque parcourut la petite assemblée des hommes de Morcant, qui faisaient maintenant piètre figure. Ayant parfaitement compris que, s'ils affrontaient l'armée du roi, ils ne seraient pas là pour raconter l'histoire à leurs enfants. Dans les derniers rangs, quelques-uns d'entre eux commençaient déjà à s'esquiver discrètement, peu désireux de subir l'assaut d'une force à l'évidence bien supérieure.

Johanne, incrédule, se tenait parfaitement immobile. Le soleil lui chauffait la nuque, elle sentait une brise légère lui balayer les cheveux, et pourtant, c'était comme un rêve éveillé. Se tournant vers Al, elle rencontra son regard direct. Il ne regardait qu'elle, sans un coup d'œil pour le piteux Morcant qui semblait avoir rétréci d'une bonne toise sur son grand cheval osseux. Elle allait s'approcher de lui quand le roi reprit la parole.

— Partez, maintenant, serviteurs infidèles. Quittez ces lieux et n'y remettez jamais les pieds, à moins d'y avoir été convié. Ce dont je doute, après le lamentable spectacle que vous nous avez offert… Je vais laisser ici un bataillon de mes hommes pour m'assurer que vous avez bien compris la nouvelle règle du jeu. Vous pouvez disposer.

Johanne se retourna pour voir Morcant hocher humblement la tête. Elle dut prendre sur elle pour refouler le rire qui, de nouveau, lui montait aux lèvres.

— Et laissez donc ici ce trébuchet, dit encore le

souverain. L'hiver n'est pas fini. On pourrait en avoir besoin pour faire du feu.

Morcant ouvrit la bouche pour protester, puis, après un regard vers l'armée royale, rutilante sous le soleil printanier, parut se raviser.

Il lança un regard haineux à la noble assemblée et, faisant pivoter son cheval, fit signe à ses hommes de le suivre. Sans même un regard pour son dos voûté, Johanne s'élança vers Al juste au moment où il sautait à bas de son cheval.

— Al ! Tu es venu…

Il eut un grand rire.

— Bien sûr. Nous sommes arrivés juste à temps mais je crois que Morcant a compris la leçon. C'est un lâche et j'étais sûr qu'il n'oserait pas affronter l'armée du roi. Je ne pense pas qu'il recommencera mais nous laisserons ici des hommes d'armes pour vous protéger.

— Merci.

L'un des trois chevaliers encore en selle se pencha vers elle.

— Le roi doit une fière chandelle à Alewyn et il a décidé de sauver Brae. Il se trouve que…

— Merci, Théo. Tu peux garder pour toi tes précieux commentaires.

Al lorgna son ami d'un œil peu affable mais celui-ci se contentait de le regarder en souriant. Haussant imperceptiblement les épaules, il reporta son attention sur Johanne.

Était-il aussi content de la revoir qu'elle l'avait été de le découvrir sous ses murailles, elle n'aurait su le dire.

— Demander au roi une faveur pour Brae, expliqua-t-il, était le meilleur moyen de vous récompenser pour tout ce que vous avez fait pour moi.

Oh ! Ainsi c'était là la raison pour laquelle Al était revenu ? Simplement pour payer sa dette ? Johanne sentit l'étincelle de joie qui s'était allumée en elle en le voyant apparaître sous ses remparts s'éteindre doucement.

— Merci, dit-elle d'une voix morne. Nous étions prêts au combat. Mais bien sûr, ajouta-t-elle en jetant un regard vers l'armée de Morcant qui disparaissait à la lisière de la forêt, nous n'avions aucune chance de gagner.

Une flamme rousse s'alluma dans le regard de Al.

— Vous devriez avoir davantage confiance en vous-même, milady. Les remparts de Brae me semblent maintenant en bon état, vos hommes sont bien préparés. Et Cineas ? Où est-il ?

— Je l'ai envoyé chez mon frère avec quelques jeunes mères et leurs enfants. D'autres se sont réfugiées dans leur famille.

— J'avais cru comprendre que votre frère ne faisait guère montre de charité.

Une douce émotion réchauffa le cœur de Johanne. Elle aimait qu'il se souvienne de ce genre de détail. Elle aurait voulu lui dire tant de choses, encore. Mais il y avait ce diable de grand chevalier qui les regardait du haut de sa selle avec un sourire malin.

— Il ne pouvait pas refuser, expliqua-t-elle encore d'une voix brève. Avec mon fils et mes femmes, j'avais fait apporter la cassette contenant les bijoux de la famille de mon mari.

— Il faut nous dépêcher, dit une voix rude, les interrompant sans ménagement.

Une tête brune aux traits vigoureux vint s'interposer entre eux et leur nouvel interlocuteur expliqua encore :

— Maintenant que le roi s'est montré dans la région, nous ne pouvons risquer que Yonescu soit prévenu de notre arrivée… En avez-vous fini, tous les deux ? conclut-il en les regardant tour à tour.

Johanne retint son souffle. Il devait s'agir de Benedictus,

le frère de Al. Ils avaient la même chevelure d'ébène, les mêmes yeux sombres et vifs.

— Oui, dit Al, nous en avons terminé. J'ai été ravi de vous revoir, Lady Johanne. Les hommes que nous vous laissons sont d'excellents guerriers. Je les ai entraînés personnellement. Ils resteront ici jusqu'à la fin du printemps. Ensuite, au moindre problème, n'hésitez pas à nous envoyer un messager. Le roi est un homme de parole. S'il a décidé de prendre Brae sous sa protection, vous pouvez compter sur lui.

Johanne aurait dû se concentrer sur cette petite satisfaction-là, elle le savait. Jamais elle n'aurait osé rêver pareil dénouement.

Mais elle ne pouvait songer qu'au moment de la séparation, à cet instant tragique où Al disparaîtrait à jamais. Et, le cœur serré, elle ne trouvait plus les mots pour lui dire tout ce à quoi elle avait pensé depuis qu'il était parti. Les mots pour lui avouer enfin combien Alewyn Monceaux comptait pour elle et comme elle aurait voulu, finalement, qu'il fasse partie de sa vie.

L'homme au visage sévère la toisait d'un œil peu aimable et Johanne sentit les mots mourir dans sa gorge.

Comment dire ce qu'elle cachait tout au fond de son cœur au milieu de ces guerriers magnifiques ? De ces hommes hautains et impudents, prêts à rompre dans un grand éclat de rire ce fragile entretien, pour partir au galop vers d'autres aventures ? Comment dire à Al ce qu'elle aurait dû lui avouer bien plus tôt, qu'après son fils, il comptait pour elle plus que tout au monde ?

Elle baissa les yeux sur son corsage, étonnée qu'on n'y voie pas son cœur saigner.

Et Al ne disait rien, lui non plus. S'il avait manifesté son envie de demeurer ici, avec elle, s'il avait laissé entendre qu'il éprouvait quelque chose pour elle… Peut-être alors se serait-elle montrée plus brave. Mais non, il se contentait de l'envelopper de son regard opaque. Impénétrable.

— Merci, dit-elle enfin, ne trouvant pas d'autre mot.

Al lui adressa un signe de tête.

— Bien le bonjour, Lady Johanne. Portez-vous bien. Et saluez de ma part votre fils.

— Bien le bonjour, répondit Johanne d'une voix faible.

Et, aussi vite qu'ils étaient apparus, dans un grand arc-en-ciel de bannières et d'oriflammes, le roi et son armée se volatilisèrent dans la lumière toute neuve du printemps.

Chapitre 17

— Franchement, Al, tu es stupide !

Alewyn ne tourna même pas la tête. À chaque fois que Théo ouvrait la bouche, il devait prendre sur lui pour ne pas le jeter à bas de son cheval.

— C'est la troisième fois que tu me le répètes en deux lieues. Et cela m'est à chaque fois plus pénible.

— Je le répéterai jusqu'à ce que tu réagisses.

Les doigts d'Alewyn se crispèrent sur ses rênes.

— Mais j'ai déjà réagi. Selon toi, je devrais renier le serment d'allégeance que j'ai fait à mon roi, confesser mon indéfectible amour à Jo… Lady Johanne et aller m'installer de mon propre chef à Brae, répliqua-t-il d'un ton acide. En dehors du fait que la dame en question m'a déjà fait clairement comprendre qu'elle n'a pas besoin de mes services, je suis à peu près sûr qu'une telle décision de ma part serait tenue par le roi pour trahison et me vaudrait au mieux la prison à vie, au pire d'être pendu.

Théo vint se coller botte à botte contre le cheval d'Alewyn, qui continuait à l'ignorer.

— Ce n'est pas mon avis. Quand une jolie rousse accourt vers vous avec des yeux d'amoureuse transie, on se doit de lui avouer son amour. Et de lui promettre de revenir sitôt son devoir définitivement accompli. Parce que tu l'aimes, n'est-ce pas ?

Alewyn marmonna un juron et Théo laissa échapper un petit rire.

— C'est bien ce que je pensais. Tu aurais dû lui parler, Al.

Alewyn eut un petit reniflement.

— Puisque je te dis qu'elle ne veut pas de moi ! Pas comme cela, du moins.

Nouveau petit rire.

— Vraiment ? Comment te veut-elle, alors ?

Alewyn détourna la tête afin que Théo ne voie pas l'expression de son visage. Quand il songeait aux deux nuits qu'il avait passées avec Johanne, il se savait incapable de dissimuler ses sentiments. Rien dans sa vie, même les meilleurs moments, ne pouvait se comparer à la joie qu'il avait éprouvée dans ses bras. Il ne s'agissait pas que de plaisir physique. Il y avait eu aussi ces moments magiques où ils avaient plaisanté, parlé de tout et de rien… Ces merveilleux moments où, quittant son armure de chevalier, sa position de fils cadet, il avait été vraiment lui-même. Un homme qui n'avait rien de mieux à faire que de plaire et de se plaire en compagnie de la femme que… La femme qui plaisait à son cœur autant qu'à son corps.

— Tu n'as toujours pas répondu à ma question.

Alewyn grommela.

— Lady Johanne s'est montrée fort charitable à mon égard. En retour, je lui ai rendu les services dont j'étais capable. J'ai renforcé les défenses de son château, entraîné ses hommes… À aucun moment, elle n'a manifesté la volonté de me voir rester auprès d'elle pour occuper une autre… position.

— En es-tu absolument sûr ? Elle semblait pourtant fort affligée de te voir partir.

Al réprima un vif sentiment d'irritation.

— Parce que, bien sûr, toi qui ne l'as rencontrée que quelques minutes, tu en sais plus long que moi là-dessus.

Théo toussota.

— Toi comme les autres, vous me reconnaissez un certain talent pour lire les pensées des gens avant même qu'ils aient ouvert la bouche.

C'était fichtrement vrai. Théo savait lire comme personne dans l'âme humaine. C'était même pour ça que le roi l'avait élu au sein de sa garde rapprochée.

— Cela ne t'a pourtant pas trop réussi en ce qui concerne ta propre épouse, ironisa-t-il.

Il s'en voulait de ce coup bas mais il fallait bien finir par couper le sifflet à ce fichu bavard !

— L'amour m'aveuglait, mon vieux. Je ne m'en rendais pas compte, à l'époque.

Ce serait tellement mieux, si Théo cessait de toujours ratiociner. Mais, déjà, son ami revenait à la charge.

— Ce n'est pourtant pas bien difficile. Il s'agit seulement de savoir si tu aimes ou non cette femme. En d'autres termes, l'as-tu choisie pour les plaisirs du lit ou ton cœur s'émeut-il quelque peu pour elle. ?

Ils chevauchèrent un moment en silence.

— Et que me conseillerais-tu de faire, si je l'aimais ?

— C'est pourtant simple, mon ami. Épouse-la ! Ou du moins, demande-la en mariage. Tu verras bien ce qu'elle te répondra.

Alewyn sentit son cœur s'emballer.

— Elle ne voudra pas quitter Brae avant la majorité de son fils. Quant à moi, mes fonctions auprès de notre roi occupent la quasi-totalité de mon temps. En d'autres termes, je ne peux ni lui demander de venir vivre à Windsor à mes côtés, sa vie à Brae étant trop importante à ses yeux, ni ne peux moi-même quitter ma charge de chevalier du roi.

— Et pourquoi pas ? insista Théo d'une voix douce.

Alewyn jeta un regard de côté à son ami. Pour une fois,

Théo ne se moquait pas. Son regard manifestait même la plus vive compassion. Que répondre à cela ?

Al reporta son regard sur le chemin.

Mais, apparemment, son ami n'en avait pas fini.

— Tu es dans les petits papiers d'Édouard en ce moment. Non seulement parce que tu as mis à jour le complot organisé par Yonescu mais parce que, grâce à toi, les manigances des Français ont été neutralisées…

Alewyn se surprit à sourire pour la première fois depuis une éternité. On ne pouvait nier qu'il avait réglé leur affaire de belle manière aux Français qui se terraient à Cranleigh. C'était lui qui avait découvert leur cachette, et, fou de rage à la pensée que c'était à cause de ces sauvages que Johanne avait failli être pendue, il leur avait réglé leur compte avant que les hommes d'armes du roi n'aient eu le temps d'intervenir.

— Il m'est impossible de quitter les chevaliers du roi parce que…

Il s'interrompit de lui-même.

Pourquoi ne pourrait-il pas les quitter ? Ce n'était pas fréquent, mais il était déjà arrivé que le roi accorde des permissions aux chevaliers qu'il honorait de son estime afin qu'ils s'occupent de leurs terres et, si besoin était, qu'ils la protègent, aidés d'un bataillon. Si le roi venait à réclamer ensuite leur présence à la Cour, ils s'empressaient bien sûr d'obtempérer. Mais la charge n'était pas si lourde.

Cela ne devait donc pas l'arrêter.

— Tu disais ? interrogea Théo avec son impatience habituelle.

— Dès notre plus jeune âge, ma famille a estimé que notre place, à Benedictus et à moi, était à Windsor, auprès du roi d'Angleterre. Depuis que le roi Guillaume[1] a pris le pouvoir, la famille Monceaux a toujours fait partie des grandes familles au service de Sa Majesté.

— Je comprends fort bien que tu ne veuilles pas décevoir les tiens. Personne n'aime à jouer le rôle du fils indigne. Ma famille me voit de cet œil-là quasiment depuis ma naissance et c'est très désagréable…, confia Théo d'un ton inhabituellement sérieux. Alors, un conseil, mon ami. Demande-toi une bonne fois pour toutes quelle importance a l'opinion des autres dans la conduite de ta vie.

Cela rendit Alewyn songeur. Avait-il réellement envie de consacrer sa vie à prouver à sa famille à quel point il était digne du nom des Monceaux ? N'était-il pas grand temps, à bientôt trente ans, de faire quelque chose qui le rendrait vraiment heureux ?

Et ce bonheur avait-il à voir avec Johanne de Brae ?

— Alors ? l'apostropha Théo, qui ne lâchait jamais sa proie.

— Je croyais qu'il fallait que je me pose la question à moi-même. Pas que je te raconte ma vie.

Un sourire dansa sur les lèvres minces de son compagnon.

— Tu me connais. Quand je pose une question, j'aime bien avoir une réponse.

Alewyn retint un sourire. Cela lui rappelait quelque chose…

Puis il se replongea dans ses réflexions. Il avait prouvé à son frère aîné et à ses parents qu'il était digne d'intégrer la garde rapprochée du roi. Fort bien. Mais cela lui

1. Guillaume de Normandie, devenu plus tard Guillaume le Conquérant fait de la Normandie un puissant duché puis, après sa victoire à la bataille d'Hastings (1066), s'empare du royaume d'Angleterre. Il devient ainsi l'un des plus puissants monarques de l'Europe occidentale, imposant entre autres la disparition de l'élite anglo-saxonne au profit de la noblesse normande.

avait-il apporté la satisfaction qu'il espérait ? Il avait retiré beaucoup plus de satisfaction dans le rôle qu'il avait joué à Castle Brae, en aidant Johanne à renforcer les défenses de son château et en entraînant ses hommes au combat. Bien sûr, ses compagnons chevaliers du roi étaient ses frères au même titre que Benedictus, son frère de sang. Mais depuis qu'il avait réintégré leurs rangs, plus jamais il n'avait ri, plus jamais il n'avait éprouvé l'intense satisfaction que vous procure le travail bien fait. Plus jamais son cœur ne s'était gonflé de la joie d'être proche de quelqu'un qu'il aimait.

— Va te faire pendre !

Théo rit.

— Tu es un garçon courageux, Alewyn. Nul ne peut dire le contraire. Le plus courageux de nous tous, probablement. Est-ce si difficile pour toi de prendre la meilleure décision de ta vie ?

Johanne, penchée sur sa table de travail, consultait son registre. Elle pouvait entendre les cris aigus des enfants qui jouaient dans la cour. Depuis que Morcant avait été humilié par le roi, la vie à Castle Brae n'était qu'une longue fête. Le bataillon royal s'était fondu sans peine parmi les habitants du château et elle ne serait pas surprise si au moins deux ou trois soldats ne décidaient de rester ici, retenus par quelques histoires d'amour. Et c'était tant mieux car cela accroîtrait le nombre de ses hommes d'armes. Cineas se portait comme un charme et son héritage aussi. Elle avait donc accompli son devoir.

Alors, pourquoi ne se sentait-elle pas plus heureuse ? Le sourire dont elle gratifiait tout un chacun ne venait pas de son cœur. Ce n'était qu'une aimable grimace.

— Avez-vous besoin de quelque chose, milady ?

— Non, merci, Gemel. Tout va bien.

Johanne adressa un chaud sourire à son régisseur, s'efforçant d'appliquer les conseils de Al. Plus de barrière, plus d'obstacle entre elle et ses gens. Elle y arrivait assez bien du reste. Et, à chaque fois qu'elle montrait aux autres sa vraie personnalité, elle s'apercevait qu'elle y gagnait en confiance et en estime.

Jamais elle n'avait confié à personne le terrible sentiment de dévastation qui s'était emparé de son cœur depuis le départ de Al. Elle avait raconté à tous qu'Alewyn Monceaux et elle avaient rompu leur engagement à cause de la charge que le chevalier occupait auprès du roi. Personne de ses gens ne lui avait posé de questions ni, depuis, n'avait prononcé le nom de Al ? Ce dont elle leur était infiniment reconnaissante.

Johanne enfouit son visage dans ses mains, se retenant de ne pas poser la tête sur la table pour laisser libre cours à ses larmes. Alewyn lui manquait tant ! Surtout aux petites heures de la nuit, quand, torturée par la solitude, elle avait l'impression qu'une plaie coulait en elle comme une fontaine de sang.

— Pourquoi ne lui envoyez-vous pas un messager ?

Johanne se redressa vivement.

— À qui ?

Gemel haussa un de ses épais sourcils roux.

Elle poussa un long soupir. Avouerait-elle à son fidèle serviteur qu'elle avait déjà envisagé de se rendre elle-même à Windsor ? De dire à Al à quel point elle l'aimait et qu'elle le voulait auprès d'elle pour toujours ? Et au diable les conséquences ! Mais cette envie ne se manifestait d'ordinaire qu'au plus noir de la nuit. Ce n'était pas le genre de chose qu'on admet devant quelqu'un comme Gemel, par trop prosaïque et raisonnable. Et la lumière du matin la ramenait très vite à la raison.

— C'est Al qui a décidé de partir, Gemel. S'il avait voulu rester, il me l'aurait demandé et j'aurais accepté. Il n'est pas question que je parte en chasse après lui. Et du reste, que ferait-il à Brae, maintenant que nous n'avons plus d'ennemis ? Il y périrait d'ennui !

Si Al avait vraiment désiré partager sa vie, il aurait réitéré sa demande en mariage lors de leur dernière entrevue. Et il ne l'avait pas fait. Au lieu de cela, il avait évoqué ses obligations et s'en était allé sans un regard en arrière. Et sans paraître le moins du monde affecté.

— Peut-être pourriez-vous…

— Merci pour votre soutien, Gemel. Sincèrement. Je sais que vous désirez m'aider mais, s'il vous plaît, n'abordez plus jamais ce sujet-là devant moi.

Gemel opina lentement du chef.

— Fort bien. Je vous laisse donc à vos comptes. Mais n'y passez pas toute la journée. Le temps est au beau fixe et il est question que les jeunes nous donnent un petit spectacle dans la cour.

Elle hocha la tête avec un sourire. Pas question de manquer cela, bien sûr. C'était bien grâce aux enfants qu'elle parvenait, jour après jour, à porter ses regrets et sa douleur.

Johanne se concentra sur les colonnes de chiffres mais les petits signes noirs dansaient sur la page blanche. À cause de Gemel, la pensée d'Alewyn ne la quitterait plus de la journée. Il ne devrait pas en être ainsi. Après tout, il n'avait pas occupé tant de place dans sa vie, n'est-ce pas ? La douleur qui la taraudait finirait bien par disparaître. Il le fallait. Elle ne se sentait plus la force de l'endurer encore longtemps.

— Maman, regarde qui est ici !

La petite voix fraîche de Cineas lui fit lever la tête. Elle battit des paupières, s'efforçant en vain de conjurer le spectacle qui s'offrait à elle. Al était debout dans l'embrasure de la porte, sa carrure occupant tout l'espace.

Non, les yeux de Johanne la trompaient. C'était une

hallucination, bien sûr. Elle avait trop longtemps pensé à Alewyn Monceaux.

Mais déjà Cineas, tout pétulant d'allégresse, tirait son ami dans la pièce, sa petite main enfouie dans la large poigne de Al.

Johanne se mit lentement sur ses pieds.

— Bonjour, Al…

— Bonjour, Johanne.

Tracté par le petit garçon, Al avançait toujours sans quitter des yeux la maîtresse de maison.

Elle porta une main à sa gorge, là où le sang s'était mis à battre follement.

— Mais que… Comment ?

Il lui vint soudain à l'esprit qu'Alewyn n'était probablement pas venu là pour elle. Elle s'efforça d'apaiser son souffle.

— … Es-tu… Êtes-vous venu chercher le bataillon laissé par le roi ? Ils m'ont été très utiles mais je suppose qu'Édouard en a besoin. Croyez-vous qu'il en autorisera à rester parmi nous ? Quelques-uns semblent avoir créé des liens, n'est-ce pas, et… Et votre mission auprès de Yonescu ? Avez-vous réussi à neutraliser ses manigances ? Et…

La bouche de Al s'étira en un malicieux sourire.

— Décidément, vous ne vous arrêterez jamais ! De poser des questions, je veux dire.

Elle ne put s'empêcher de lui rendre son sourire.

— Je ne m'arrête que lorsque j'ai obtenu des réponses, vous le savez bien.

Cette fois, son visiteur rit franchement.

— Non, je ne suis pas là pour récupérer le bataillon du roi. Édouard a prévu que ses hommes restent à Brae pendant un mois et il respectera sa parole. Et oui, bien sûr, il en autorisera certains à rester s'ils le souhaitent. Mais il ne faudrait pas que vous détourniez de la Cour à Brae les meilleurs soldats du royaume… qui du reste, si nous entrons en guerre avec la France, seront réquisitionnés d'office. Enfin, oui, la capture de Yonescu a été un succès et tous les espions français qui rôdaient dans le coin ont été arrêtés.

Cineas interrompit vivement son héros.

— Ce n'est pas juste, en tout cas ! Je n'ai pas pu voir le roi, quand il est venu chez nous. J'étais chez mon oncle…

Le petit garçon ponctua sa déclaration d'une grimace qui disait combien il avait peu apprécié son séjour chez le frère de Johanne.

Puis il ajouta avec la même pétulance :

— Maman m'a dit que je ne pouvais pas te demander de me conduire à Windsor pour lui être présenté mais je ne comprends pas pourquoi. Je suis de bonne famille et je suis très courageux… Dis, Al ? Tu voudras bien m'y conduire, n'est-ce pas ?

— Cineas…, protesta Johanne.

Mais ni l'un ni l'autre ne lui prêtait plus attention.

— Oui, bien sûr, je t'emmènerai à Windsor. Je suis sûr qu'Édouard sera heureux de faire la connaissance du jeune baron de Brae.

Cineas se mit à sauter comme un cabri.

— Quand partons-nous ?

Al rit.

— Pas tout de suite, rétorqua-t-il en s'accroupissant pour se mettre à la hauteur de l'enfant. D'abord, il faut que je parle à ta mère. J'ai des choses à lui dire en privé. Ensuite, je reviendrai te chercher et nous reparlerons de ce projet d'aller à Windsor tous les deux.

Un instant, Cineas parut vouloir discuter, mais l'envie d'aller claironner ces nouvelles auprès de ses amis fut la plus forte et il sortit de la pièce au grand galop.

Johanne eut un pâle sourire.

— C'est gentil à vous, Al, mais il ne faut jamais faire

aux enfants de promesses qu'on ne pourra pas tenir. Et, de toute façon, je ne serais pas capable de supporter d'aussitôt une nouvelle séparation.

— J'espérais, dit Al en l'enveloppant d'un chaud regard que je pourrais vous emmener là-bas tous les deux. Pas pour y rester, bien sûr, mais pour un court séjour. Nous aurions pu y aller… en famille…

Comme Johanne ne réagissait pas, il contourna la table de chêne et vint se percher sur un angle, juste à côté d'elle. Elle se pencha un peu, incapable de résister à l'envie de poser sa main sur le dos de celle de son interlocuteur. Retournant sa main dans la sienne, Al mêla ses doigts aux siens.

— Johanne, si je suis ici, c'est parce que… parce que je ne t'ai jamais dit que…

Il avala sa salive, hésita encore puis acheva très vite :

— … que je t'aimais. J'ai pensé qu'il était important que tu le saches.

Pour une fois sans voix, Johanne se contenta de le dévisager. Ces derniers jours, elle ne rêvait plus que de le revoir, au moins une fois. Jamais elle n'aurait osé espérer qu'il lui déclare son amour. Qu'il lui demande de construire un foyer.

Al se pencha sur elle, un peu inquiet.

— Dis quelque chose, Johanne. N'importe quoi ! Même un de tes tirs groupés de questions serait préférable à ce silence.

Johanne se leva lentement, attentive à ne pas briser le lien de leurs deux mains.

— Moi aussi, je t'aime, Alewyn.

Et, sur ces mots, elle se pencha vers lui et posa ses lèvres sur les siennes.

Se levant à son tour, il la prit dans ses bras, et ils restèrent ainsi un long moment, enlacés. Après tant d'indécisions et d'absence, Johanne était contente de le tenir simplement contre elle, de sentir la chaleur de son grand corps.

Puis Al leva la tête.

— Je sais que tu ne veux pas reprendre de mari. Que Badon t'a malheureusement montré le pire côté du mariage. Mais avec moi, cela pourrait être différent. Je ne t'imposerai pas ma loi, Johanne. Je ne le fais avec personne. Je voudrais seulement vivre avec toi jour après jour, créer une demeure agréable et sûre pour tous ceux qui l'habitent. Un endroit plein de rires et de bonheur.

Elle déglutit péniblement.

— Et ta charge de chevalier du roi ? Que dira Édouard si tu manques à ton serment ?

Il prit une profonde inspiration.

— J'ai demandé au roi d'être relevé de mes fonctions… Et ma requête m'a été accordée.

Elle ne pouvait plus parler ni bouger.

— Johanne, dit Al en la secouant doucement. Dis quelque chose.

— C'est que… Je… J'avais cru comprendre que ton seul but était de prouver à ta famille et au roi que tu méritais ta place parmi les chevaliers du roi. Et cette mission, tu l'as menée à bien en démantelant le réseau organisé par le traître Yonescu. Aussi, comment pourrais-tu maintenant renoncer à…

Al haussa les épaules.

— Ma vie entière, je ne me suis pas senti à ma place. Pas à la hauteur de ma prestigieuse famille, ni de ma charge au sein du corps d'élite de notre roi. J'ai voulu prouver à moi-même et aux autres le contraire et maintenant que j'ai réussi… j'ai réalisé que tout cela n'avait pas tant d'importance… Évidemment, Benedictus a très mal pris ma défection. Mes parents ne réagiront pas mieux, je le sais. Mais je sais aussi maintenant que ce qu'ils pensent tous, y compris le roi Édouard, m'importe peu au regard de la simple et pure joie d'être ici, avec toi… Mais je ne voulais pas te faire pleurer, ajouta-t-il en essuyant les larmes qui ruisselaient maintenant sur les joues de Johanne.

— Je… Jamais je n'aurais cru que vivre ici, avec moi, à Brae, avec Cineas, puisse te suffire…

— Et maintenant que tu le sais ? insista Alewyn en appuyant son front contre celui de sa compagne.

— Je le désire plus que tout au monde… Mais ne risques-tu pas de t'ennuyer ? Les sièges, les complots et les traîtres ne sont pas monnaie courante par ici. Et encore moins, les belles dames et les fastes de la Cour.

Les lèvres de Al ébauchèrent son fascinant sourire et le cœur de Johanne se mit à battre la chamade.

— Jamais la vie avec toi ne pourra être ennuyeuse. Je t'aime, Lady Johanne. Me feras-tu l'honneur de devenir ma femme, mon amie et mon autre moi-même ?

— Oui, je le veux.

Ce furent les derniers mots qu'ils échangèrent pendant un certain temps.

Vous avez aimé ce livre ?
Découvrez très bientôt la suite de votre série
« Les chevaliers du roi »
dans votre collection Les Historiques.

Les Historiques

HARLEQUIN

Retrouvez prochainement,
dans votre collection

Les Historiques

Capturée par un Highlander, de Madeline Martin - N°984

SÉRIE : ALLIANCES DANS LES HIGHLANDS - TOME 3

Écosse, XIVe siècle

Dans une Écosse déchirée par les guerres de clans, Calum est prêt à prendre en main son destin. Nouveau laird du clan Campbell, il doit rétablir la paix dont est privé son peuple qui meurt à petit feu, exilé en Irlande. Afin de récupérer ses terres en Écosse, une seule solution : enlever la sœur de son plus grand ennemi pour faire pression sur lui. Sa mission accomplie, Calum déchante cependant. Alors qu'il imaginait sa prisonnière comme étant une frêle créature sans défense, elle se révèle courageuse, intelligente, et belle à se damner ! Or, il le sait, Elspeth appartient à la famille rivale de la sienne, et il lui est impossible de céder au désir qu'elle lui inspire…

La tentation du vicomte, de Ann Lethbridge - N°985

Londres, XIXe siècle

On dit qu'elle a une véritable cour de soupirants et d'admirateurs. Ses longs cheveux blonds et ses yeux d'un bleu envoûtant font tourner la tête de tous les hommes d'Angleterre. Mais cette femme aux allures de déesse aurait un cœur de glace… Lorsqu'il entend les rumeurs à propos de Lady Cynthia Finch, qui a ruiné le mariage de sa chère cousine, Marcus, vicomte de Thorne, sent la rage l'envahir. Bien décidé à venger sa parente humiliée, il promet d'enquêter sur la coupable sitôt arrivé à Londres. Mais, lorsqu'il la rencontre enfin lors d'un bal mondain, il réalise qu'il lui faudra, pour mener à bien sa mission, lutter contre l'attirance qu'exerce sur lui la belle tentatrice…

Les Historiques

La rançon du désir, de Merline Lovelace - N°986

ANGLETERRE, 1188

Lady Madeline de Courcey ne peut croire à son malheur : pupille du roi quelques heures plus tôt, voilà qu'elle se retrouve assujettie au comte Ian de Canmore, qui ne fait pas mystère du mépris qu'elle lui inspire. Ian n'hésite pas à l'humilier par ses insinuations, l'accusant à demi-mot de jouer de ses charmes pour servir ses intérêts. Furieuse et désespérée à l'idée de dépendre de cet homme si arrogant, Madeline refuse de s'y soumettre. Si le comte la croit capable de manipuler les hommes, elle espère bien lui prouver qu'il ne fait pas exception à la règle !

La maîtresse du Viking, de Julia Byrne - N°987

Angleterre, 904

Enlevée par un Viking lors d'une violente invasion, Lady Yvaine ignore si elle doit se plaindre ou se réjouir de son sort. Certes, les Vikings sont les ennemis de son peuple, des barbares dont on lui a toujours dit de se méfier. Pourtant cet homme, au regard brûlant et à la voix sensuelle, semble différent des autres. Après tout, n'a-t-il pas pris sa défense contre son cruel époux qui menaçait de la tuer ?

HARLEQUIN

Réveillez la lady qui est en vous !

HARLEQUIN
www.harlequin.fr

Victoria

**Intrépides et séductrices,
les héroïnes Victoria
vont conquérir l'Histoire !**

Victoria vous transporte des conquêtes vikings aux salons feutrés de la Régence, en compagnie de héros fiers et forts, et d'héroïnes souveraines dans leurs choix.

6 romances à découvrir tous les deux mois.

DIVERTIR • INSPIRER • ÉMOUVOIR

HARLEQUIN
www.harlequin.fr

RESTEZ CONNECTÉ AVEC HARLEQUIN

Harlequin vous offre un large choix de littérature sentimentale !

Sélectionnez votre style parmi toutes les idées de lecture proposées !

www.harlequin.fr

- **Découvrez** toutes nos actualités, exclusivités, promotions, parutions à venir...
- **Partagez** vos avis sur vos dernières lectures...
- **Lisez** gratuitement en ligne
- **Retrouvez** vos abonnements, vos romans dédicacés, vos livres et vos ebooks en précommande...

L'application Harlequin

- Des **ebooks gratuits** inclus dans l'application
- **50 nouveautés tous les mois** et + de 7 000 ebooks en téléchargement
- Des **petits prix** toute l'année
- Une **facilité de lecture** en un clic hors connexion
- Et plein d'autres avantages...

Téléchargez notre application gratuitement

Télécharger dans l'App Store

DISPONIBLE SUR Google Play

SUIVEZ-NOUS !

facebook.com/HarlequinFrance
twitter.com/harlequinfrance

VOTRE COLLECTION PRÉFÉRÉE DIRECTEMENT CHEZ VOUS

Vous souhaitez découvrir nos collections ? Une fois votre 1er colis à prix mini reçu, si vous souhaitez continuer à recevoir nos livres, cela se fera automatiquement. Vous n'avez aucune obligation d'achat et cette offre est sans engagement de durée !

Dans votre 1er colis, 2 livres au prix d'un seul
+ en cadeau le 1er tome de la saga *La couronne de Santina*.
8 tomes sont à collectionner !

☛ COCHEZ la collection choisie et renvoyez cette page au
Service Lectrices Harlequin – CS 20008 – 59718 Lille Cedex 9 – France

Collections	Prix 1er colis	Réf.	Prix abonnement (frais de port compris)
❑ **AZUR**	4,75€	AZ1406	6 livres par mois 31,49€
❑ **BLANCHE**	7,30€	BL1603	3 livres par mois 25,15€
❑ **LES HISTORIQUES**	7,30€	LH1202	2 livres par mois 17,69€
❑ **PASSIONS**	7,80€	PS0903	3 livres par mois 26,79€
❑ **BLACK ROSE**	7,90€	BR0013	3 livres par mois 27,09€
❑ **HARMONY***	5,99€	HA0513	3 livres par mois 20,76€
❑ **SAGAS***	7,99€	SG2303	3 livres tous les 2 mois, 29,46€
❑ **VICTORIA**	7,80€	VI2115	5 livres tous les 2 mois 42,59€
❑ **GENTLEMEN***	7,50€	GT2022	2 livres tous les 2 mois 17,95€
❑ **NORA ROBERTS***	7,90€	NR2402	2 livres tous les 2 mois prix variable**
❑ **HORS-SÉRIE***	7,70€	HS2812	2 livres tous les 2 mois 18,65€

*livres réédités / **entre 18,45€ et 18,85€ suivant le prix des livres

F23PDFM

N° d'abonnée Harlequin (si vous en avez un) ____________

Mme ❒ Mlle ❒ Nom : ____________

Prénom : ____________ Adresse : ____________

____

Code Postal : ____________ Ville : ____________

Pays : ____________ Tél. : ____________

E-mail : ____________

Date de naissance : ____________

Date limite : 31 décembre 2023. Vous recevrez votre colis environ 20 jours après réception de ce bon. Offre soumise à acceptation et réservée aux personnes majeures, résidant en France métropolitaine, dans la limite des stocks disponibles. Prix susceptibles de modification en cours d'année. Vous pouvez demander à accéder à vos données personnelles, à les rectifier ou à les effacer. Il vous suffit de nous écrire en nous indiquant vos nom, prénom et adresse à : Service Lectrices Harlequin CS 20008 59718 LILLE Cedex 9. Service Lectrices disponible du lundi au vendredi de 9h à 17h : 01 45 82 47 47.

Harlequin® est une marque déposée du groupe HarperCollins France – 83/85, Bd Vincent Auriol – 75646 Paris cedex 13. SA au capital de 1 149 680€ – R.C. Paris. Siret 31867159100069/APE5811Z.